李瑞騰 主編

聽我胸中的烈火

余光中教授紀念文集

一九五九年第一次赴美，攝於愛荷華州。

一九五一年二月二十八日與雙親（余超英、孫秀君）攝於台北同安街故居。

一九五六年與夫人范我存結婚。

一九六八年全家福，於台北廈門街老屋前院。

二〇〇八年全家福。

一九九二年一月二日，與夫人范我存在長白山頂天池。

一九七四年六月二十三日（端午節前夕），與葉公超攝於第一屆「中國現代詩獎」典禮會場。

一九六二年與梁實秋、程季淑。

一九五九年與美國詩人佛洛斯特。

一九六一年於美駐華大使莊萊德夫婦，在中山北路寓所設宴款待作家。左起：鄭愁予、夏菁、羅家倫、鍾鼎文、覃子豪、莊萊德、胡適、紀弦、莊萊德夫人、羅門、余光中、余光中夫人（范我存）、葉珊、蓉子、周夢蝶、夏菁夫人、洛夫。

一九八一年十二月二十三日，在香港為詩人辛笛看手相。

一九八三年三月二十一日，在香港與朱光潛先生合影。

一九八四年與巴金攝於香港中文大學。

一九五七年七月十四日與藍星詩人攝於台北市廈門街故居。左起：余光中、夏菁、吳望堯、黃用。

一九八五年藍星詩人聚餐，左起：曹介直、羅門、夏菁、余光中、向明、張健、蓉子、周鼎。

一九五八年三月四日於左營軍中廣播電台門口。左起依序：瘂弦、彭邦楨、余光中、洛夫。

一九八四年十二月二十六日出席金鼎獎頒獎典禮，以「小木屐」獲得當年歌詞獎。頒獎者是林海音。（大華晚報記者郭信福／攝）。

一九七八年於香港。前排左起，胡金銓、盧燕、陳之藩，後排左起，胡菊人、劉國松、余光中、楊世彭。

一九九四年六月於上海作家協會（愛神花園，劉吉生故居）與上海作家協會會員合影，左起黃維樑、余光中、柯靈、辛笛、羅洛、梁錫華。

二〇〇〇年五月，參加莫斯科舉辦之第六十七屆國際筆會世界大會。左起：沈謙、朱炎、高天恩、陳義芝、余光中、歐茵西、范我存。

在西子灣：一九八五—二〇一七（陳建仲／攝）。

《聽我胸中的烈火》序

李瑞騰

我最早討論余光中是一九八〇年，來約稿的是神州詩社的黃昏星和周清嘯，指定我談余光中，將刊於《青年中國》；我於是寫了一篇長文〈詩人的時空感知——論余光中近十年來的詩藝表現〉。大約是我交稿後不久，神州的帶頭大哥溫瑞安和方娥真就出事了，先是被捕入獄，然後遣送出境回大馬。神州瓦解，雜誌停刊，我的稿子另交《幼獅文藝》，發表於五十三卷二期（一九八一年二月）。

大陸文革結束之後，海內外華文文壇變化很大，余先生人在香港，感受必然深刻；一九七〇年代末，余先生推薦給《聯合報》副刊的金兆小說陸續刊出，那時我對巨變後大陸新時期文學興趣正濃，寫了一篇〈鸞鳳伏竄，鴟梟遨翔〉的讀後感，寄到聯副給瘂弦先生，幸蒙刊出（一九八〇年九月四日）。稍後，我接到余先生來信，說他從香港回來了，聯副將舉辦金兆小說的座談會，邀我參與，想來是配合金兆小說集《芒果的滋味》的出版（聯經，一九八〇年七月），我欣然赴會，一起參與座談的除余先生和瘂弦，另有林海音、朱炎、張默、余玉照和羅青，紀錄刊於隔年一月三十日到二月四日的聯副。

那時候，我一邊讀博士班，一邊在出版社當編輯，已發表過一些現代詩的評論。我愛詩，但不願侷限在個別文類，多方摸索觸探，余先生邀約我參與聯副座談，和前輩同席，對我而言是開眼界，文壇關係的擴大；特別是瘂弦，那時他已刊出我兩篇詩文評論，爾後多年，我在聯副發過百餘篇文章，和這最早的因緣息息相關。

就現有資料看來，一九八一年七月，我已出現在臺北市廈門街余宅，一張我和余先生、黃維樑在門口拍的照片可為明證。那應該是維樑從香港來臺，約我在余宅會面；我在一九七八年因沈謙約稿，在他主編的《幼獅月刊》發表〈黃維樑的詩論〉（四十七卷五期），結了文字緣，往後的八〇年代，我參加幾次和香港有關的活動，或多或少都和維樑有關，包括接手《文訊》編務以後很快製作的《香港文學特輯》（二十期，一九八五年十月）。

一九八二年，好友向陽負責《陽光小集》和《自立晚報．自立副刊》的編務，請我專訪余光中，訪問稿〈聽我胸中的烈火：夜訪詩人余光中〉刊於《陽光小集》第十期（一九八二年秋季號），也一併刊於《自立副刊》上。時間是七月十三日，這是我第二次拜訪余先生的書房，留下一組今猶珍藏的黑白照片，我做足功課而來，年輕氣盛，提問直接而尖銳；余先生當晚和永春同鄉餐敘，帶著酒意歸來，談興不錯，極有耐心地回應我的問題。

我三十歲之前和余先生結此善緣，終其一生良性互動，一九八四年他榮獲吳三連散文獎，主辦單位邀我寫評定書；九歌出版社兩度出版大系（一九八九、二〇〇三），余先生總其編事，兩次我都主編評論卷；二〇一三年，我在臺文館館長任上，邀請王心心用南管譜唱余先生作品，演唱會敬邀余先生伉儷到臺南聆賞；大約同時，余先生賜電邀我擔任中山大學余光中人文講座的諮詢委員；二〇一四年余先生榮獲行政院文化獎，余先生邀我在贈獎典禮上擔任引言，介紹他的文學表現。最後是在他的告別式上，我談他的全方位表現；在臺北的追思會上，我談他在文學編輯上的獨到之處；在高雄中山大學的紀念追思會上，用臺音朗誦他的〈洛陽橋〉。

余先生原籍福建永春，出生於南京，從大學時代開始寫作，終其一生，在詩、散文、評論和翻譯各方面都有精彩表現；一九四九年他由廈門到香港，一九五〇年到臺北，開始他在臺灣漫長歲月的文學實踐。此其間，他曾赴美留學、赴港講學，在臺居所也從臺北移居高雄西子灣，每到一處，他都深情注目所處的環境，以詩文和實際行動回應時代社會對他的呼喚，形成群聚效應，因此，臺北廈門街是一道文學風景，香港沙田一時之間彷彿成派，高雄西子灣的海天之間有文字的精靈四處躍動，和他結緣的文學俊彥都能感受到余先生的溫度和風範。

九歌出版社將為余先生出版紀念文集，囑我編選，我在近百篇的紀念文章中選了大約一半結集成書，想到余先生在臺港發光發熱，作品在大陸頗受歡迎，在海外華人社會影響深遠，特以區域分輯，臺灣文章較多，分成兩輯，其次香港、大陸及海外地區，作者們從不同的位置抒發他們的哀感，也側寫了他們眼中的余先生，其中也不乏理性的評騭。我讀著一篇又一篇的文章，前塵往事都一一浮現出來。

前此在編《九歌四十》之際，余先生病中寫了稿子寄來，筆力仍然遒勁；而今為他編此紀念文集，憶想三十幾年前夜訪廈門街，從他那時的近作〈五十歲以後〉拈出「聽我胸中的烈火」為題，我決定再用一次，想到這裏，余先生的詩句竟如鐘聲鏗鏗然傳來：

莫指望我會訴老，我不會

海拔到此已足夠自豪

路遙，正是測馬力的時候
自命老驥就不該伏櫪
問我的馬力幾何？
且附過耳來，聽我胸中的烈火
聽雪峰之下內燃著火山
聽低嘯的內燃機運轉不息
幾乎煞不住的馬力
踢踏千里，還有四百匹

——〈五十歲以後〉（錄後半）

余光中先生傳略

余光中先生，原籍福建永春，一九二八年生於南京。在四川讀中學，曾在廈門大學外文系讀了半年，一九五〇年五月到臺灣，九月入臺大外文系，五二年畢業。先後任編譯官及大學教職。五八年到美國進修，參加愛荷華大學「作家工作室」，翌年得該校藝術碩士學位後，回臺灣教書，先後任教於師範大學、政治大學，期間曾二度赴美國的多間大學任客座教席。一九七二年任政治大學西語系教授兼系主任。一九七四年到香港任香港中文大學中文系教授；至八五年回臺灣，在高雄市任國立中山大學教授及榮譽退休教授至二〇一六年，長達三十二年，期間有六年兼任文學院院長及外文研究所所長。

余先生學貫中西，教學有成，先後獲頒香港中文大學、澳門大學、臺灣政治大學、中山大學榮譽文學博士，並獲第三十四屆行政院文化獎、總統府二等景勳勳章、第一屆全球華文文學星雲獎之終身成就獎、香港霍英東成就獎等殊榮。

他活躍於文學界，經常演講，擔任文學獎評審，也多次獲海內外各類文學殊榮，包括吳三連、中國時報、國家文藝獎、金鼎獎、傳媒大獎之散文家獎、馬來西亞花蹤文學獎等獎項。多年來參與中華民國筆會之工作，一九九〇年起任該會會長。一九九二年起經常應邀到大陸講學，曾獲頒二十多所大學客座教授，並任北京大學與澳門大學之駐校詩人、作家。余先生才學出眾，且用功至勤。著、譯詩文集逾六十種。他溫文爾雅，早生華髮，而精力健旺。其演講極為吸引人，內容充實、見解精到之外，往往風趣幽默，使人解頤。與三數知己聊天時，常常逸興遄飛，機智靈妙，聽者有如沐春風秋陽之感。他的詩歌朗誦，清晰渾厚，抑揚有致，極具神韻。

余先生夫人為范我存女士，育有四個女兒。伉儷二人情愛深篤，余氏的詩〈珍珠項鍊〉和〈三生石〉寫夫妻之情，一發表就傳誦友朋之間，深婉動人。余家四位小姐，都學業有成，有兩位曾在大學教書。父親諱超英，一生致力僑務，一九九二年年初逝世，享壽九十七歲。母親孫秀君女士，早在一九五八年仙逝；余先生以新詩誌其墓碑，又常於詩文中提及其母。

余先生一生文學事業及於詩、散文、評論、翻譯，自稱為「四大空間」，四大領域均成績斐然，詩與散文更為各方傳誦，〈鄉愁〉、〈鄉愁四韻〉、〈我的四個假想敵〉、〈聽聽那冷雨〉等廣泛收入大陸及臺港之語文課本，影響深遠。

一生創作不輟，直到生命最後的階段也從未懈怠。

二〇一七年十二月十四日，余光中先生溘然長逝，新文學史又揭過了一頁。

目錄

卷三　飛鵝山上文星輝永

卷四　鄉愁已遠

卷一　余先生的後院

藍星的精神領袖：余光中

向明

我們藍星詩社的頂樑柱詩人余光中先生突然因不耐時間的高壓而往生了，一時之間對我們這些藍星老夥伴，竟不知所措，有極大的失落感。藍星詩社誕生於臺灣詩文學初生發芽之時（一九五四年三月），是由大陸撤退來臺的少數幾位已經從事詩創作有成的詩人組成，成員不多，如鍾鼎文、覃子豪、鄧禹平、夏菁、余光中等，因當時也是從大陸來臺的詩人紀弦先生正成立現代派，要將在西方流行的現代派詩橫的移植到中國來，並且要打倒抒情，而以主知為創作的前提，這對詩的認識有所本的藍星詩人言，一直秉承詩歷來以抒情傳統為己任，承襲固有的抒情風格寫詩，非常不以為然，是以藍星於這時結社有點像是對紀弦現代派的一個反動。然藍星諸君子對英美詩及法國象徵詩亦各早有涉獵，認識其優劣取捨所在，故並不排除吸收西方詩所具有的現代營養，故後來亦有將藍星以「溫和的現代主義」相稱。發展初期即有認同此一比較保守穩重的詩觀的詩人相繼加入，如蓉子、羅門、黃用、吳望堯、吳宏一、周夢蝶、張健、阮囊、商略、敻虹、方莘、王憲陽及我等少數由覃子豪老師帶領的文藝函授詩歌班學生。所謂加入並非必須遵守什麼信條或公約，且藍星組社時即曾決定為一個不講組織的詩社，憑各人的自由意志與趣選擇參加，以作品為身分證明，凡作品能登上《藍星》詩刊便算是藍星的一員，而且自由出入，絕對尊重各人意願。

藍星創辦初期，由覃子豪先生在當時的《公論報》副刊商借得一約三批寬的版面，於一九五四年六月十七日創刊《藍星週刊》，是為藍星詩社成立的首發刊物。由於在組社的當時即曾決定刊物的編輯採輪流方式，因此《藍星週刊》既係由覃子豪取得的發表園地，自然由他任主編。此時期的藍星由於有此一刊物對外發行，自是以覃子豪為馬首是瞻。余光中則為藍星另闢諸多發表園地，如《文學雜誌》、《文星．地平線詩頁》及《自由青年》等刊物，另外尚與夏菁、覃子豪、黃用等創辦折疊式《藍星詩頁》。故當覃子豪於一九六三年十月正當五十二歲的盛年過世後，藍星詩社的一切重擔便落在余光中一人身上。因當時創社的鍾鼎文忙於為報社主筆，鄧禹平早就寫歌不寫詩，夏菁則是常年為聯合國糧農組織徵召在低度開發國家做農業水土保持工作。其實余光中身為大學英美文學教授亦不清閒，七〇年代即外聘至香港中文大學授課十一年，一九八五年自香港返臺後即至高雄中山大學任教，一教至今便三十二年，在此期間，顯然他已無暇關心藍星大小事務，但他仍是藍星唯一僅存在臺的藍星締造發起人，仍是藍星的精神領袖，我們這些早年的夥伴仍以他馬首是瞻，有什麼大事仍會請示他的意見。

藍星詩社至為特殊的是，誠如余光中在〈第十七個誕辰〉一文中所預言：「藍星似乎有一個傳統，就是社友之間，較少相互標榜的傾向。當然，相互之間要截然禁絕美言佳評，是不可能的事，不過溢美之詞尚少氾濫成洪水的荒謬程度，這種低姿態的作風，對於喜歡高帽子的人而言當然缺乏鼓舞性。」余光中這幾句非常坦誠且至為公允的話，確實已為藍星詩社同仁間自律所公認的準則，至少余光中自己絕對遵守做到，他甚少為藍星同仁寫序或評介，要有也是以極精練的寓言或旁徵側引的介入分析，絕少有溢美之詞。然而這樣自律的後果是藍星的延續發生了問題，沒有培植接班人，老人日漸凋零，使得詩刊無法辦下去。由於自律，同仁間不互相標榜扶植，使得青年詩人對加入藍星興趣缺缺，有人戲言所謂「藍星無後」是其副作用。其實由淡江大學中文系支持的藍星第九種版本《藍星詩學》，自一九九三年三月出刊至二〇〇七年的第二十四期，正準備為慶祝藍星五十周年出專號時，卻因稿源不繼而默默等待，停刊至今。上月中光中兄突然來電問我，有人願意接辦藍星復刊，我的意見如何？我說已有三位朋友向我試探過，我回答我做不了主，同時恐再難以接續當年風貌。光中說他亦有同樣看法。我們都老了，實在無能為力繼續照顧一份詩刊該有的成就，算了。

藍星詩社自一起始就被認為是一由高級知識分子組成的詩社，因為組成成員中多是教授學者，與其他詩社組成的成員截然不同。後來又有風評說「藍星的個人成就大於詩社成就」，當然這還是從學歷地位去認定的偏見，其實這兩者說法並不有損於我們這幾個出身軍旅，沒有高學歷也在藍星的詩人，即以周夢蝶為例，他的個人成就又有幾人能比，至於我這只有初一學歷的老兵，這些話只是一種砥礪鞭策，我會更加不服氣。和光中兄結交近六十年，他最知道我這騾子脾氣。余光中是藍星的精神領袖，更是我的精神指標。

——原載二〇一八年一月《文訊》三八七期

向明，本名董平，湖南長沙人，一九二九年生，曾任軍職，為藍星詩社最早成員，曾任《藍星》詩刊主編多年，後任《中華日報》副刊編輯、《臺灣詩學》雜誌社長及年度詩選編委多年。曾獲國家文藝獎、中山文藝獎及大陸頒發之詩魂金獎，一九八八年獲頒世界藝術與文化學院榮譽文學博士，出版詩及評論著作四十五本。

懷念余光中：一生知音．一世情誼

劉國松

去年十二月十四至十七日，香港水墨會在香港水墨藝博會中，為我舉辦了一個「向劉國松致敬」的展覽，所有的展品全是向香港、臺灣和英國的重要藏家處借來的。博覽會特別在十六日下午為我安排一個演講座談會。就在會前，突然傳來好友余光中過世的消息，我一時頭皮發麻，心震神搖。講前我向聽眾宣布此一不幸的消息，共同向他致哀。隨後我前往美國訪問，一直到日前返臺，腦子裏不斷出現與光中兄的一生交誼，那些一起奮鬥論戰的往事，知音笑談的情境，恍如昨日，感念至深。再拜讀了好友楊世彭在聯副上的〈悼念光中〉一文，更為感慨，實在忍不住要寫點與光中兄的往事。

初次見到余光中是在「五月畫會」的會場上。我向他表示，五月畫會的成立，多少也受到「藍星詩社」的影響。與光中開始正式往來，則是在一九六〇年編輯《筆匯》時。我本來負責美術領域的編撰，那年主編尉天驄去了預備軍官訓練，叫我代為主編，余光中即是我邀稿的作家。當時買雜誌的人很少，多半是送的，也沒稿費，我們只能在家裏請作家吃大鍋飯，一起過著青年藝家的窮日子。余光中就是我家的常客。

有一天，他特別告訴我：〈蓮的聯想〉就是在去你植物園的家，經過歷史博物館後面的蓮花池有感而創作的。那時我住在內子黎模華林業試驗所的宿舍，我們都稱它為破廟，位在植物園裏，過去是劉銘傳的巡撫衙門，現今為林業陳列館。

光中在香港中文大學執教時，曾寫過一篇〈沙田七友記〉，在講到我時，曾說：「最近（陳）之藩還向我問起許常惠的近況，他說『見到你和國松在一起，就想起常惠，以前你們三位一體，老在一塊兒的。』之藩說的是十六、十七年前的『文星時代』。那時三人確實常在一起，隔行而不隔山的三泉匯成一水，波濤相激，礁石同當，在共有的兩岸之間向前推進，以尋找中國現代文藝的出海口相互勉勵。當時臺灣的文藝頗尚西化，我們三人的合流都多少成為一股逆流。無論在創作或理論上，我們都堅持，兼習西方的文藝只是一種手段，創造中國的現代文藝是終極的目標，至於本土的傳統，不能止於繼承，必須推陳出新，絕處求變。」在那個時期，我們三人還發起一個「現代文藝餐會」，我們邀請了姚一葦、楊英風、俞大綱、劉鳳學、王大閎，每月由一人請吃飯，並談談他那一行的現代化情形，但後來因大家相繼出國無疾而終。

一九六四年暑假，有一天光中來電，說美國愛荷華大學一位美術史教授李鑄晉來臺，他請吃飯，要我作陪。我很高興依約前往。席間光中一再地向李教授推薦，希望他去看看我的畫。而李教授一再推辭，說他第二天要去花蓮，晚上才回來，第三天下午就要去日本，恐怕抽不出時間來。但經不起光中一再地讚賞我的作品，李教授勉為其難地答應在去日本之前的上午十點鐘，去我家看看我的畫。

當天晚上回家後，一如既往，我立刻通知五月畫會成員，每人帶兩幅作品來我家。那一天早上十點，所有畫友都到齊，一直等到快十一點，還未見人影，我只好向他們解釋，如果李教授實在抽不出時間，不是我騙你們。正說著，就聽到門外有汽車聲，我趕快跑出去，只見李教授正在下車，他一見我就說：「很抱歉，我只有十分鐘的時間，還要趕下一站。」但是等他進了畫室，看見我牆上一張剛畫好的畫，就呆住了，半天沒有講話，過了一陣子，我才向他介紹各位畫家和他們的作品。等大家坐定之後，李教授就指著我那張後來取名為〈寒山雪霽〉的畫說：「這張畫很使我感動！我這次來臺灣看故宮博物院的畫，就想能順便看到一些有創新的畫家，將來我可以在美國籌辦一個中國創新繪畫的展覽，可是一直沒看到滿意的畫，今天我看到你們的畫之後，就決定籌辦了……」他一直在說他的想法，還問了我們一些問題，這樣不知不覺地談到快十二點鐘，他才因為有飯局而匆匆離去。

李教授回美國後，就向美國洛克菲勒三世基金會提出舉辦畫展的申請。名為「中國山水畫的新傳統」，由美國藝術聯盟主辦，首次展出是安排在一九六六年的七月二十至八月十二日，在明尼蘇達大學美術館，我出席了畫展的開幕式與李鑄晉的演講，隨後在著名大學巡迴展出兩年，我也因為受這個展覽之惠，接到歐美好幾個美術博物館的邀請舉辦個展。相比在臺灣被打壓的情形，我倒先在西方藝壇被肯定，真是情何以堪？這一切都是由於光中對我的支持與推薦和李鑄晉教授的提攜而得來的。

光中兄對我的讚賞與支持，可以由他看了我的畫，因感動而寫詩來證明。他曾為我的八張畫寫了八首詩。一九九九年臺中現代畫廊特別在法國用石版印製了一套《余光中劉國松詩情畫意集》，將他親筆寫的詩也都以七十三乘五十六公分石版畫紙印出來，張隆延先生還為詩畫集寫了篇長序，相當壯觀。高雄中山大學圖書館特別將此套詩畫集裝上框，掛在圖書館的大堂上。我倆合作還不止此，在二〇〇二年五月，河北教育出版社也出版了一本《劉國松・余光中文采畫風——對影叢畫》，一邊選集了光中的詩文，另一邊就是我不同時期的創作。另外還在二〇〇八年五月初，大陸中央電視臺《大家》節目主持人曲向東和三位採訪人員專程來臺採訪光中與我，先來臺北與桃園採訪了我，後來我又陪他們南下高雄採訪余光中教授，也就在採訪的當天晚上得知汶川大地震的消息，災難之大，光中與我都很震驚。當時我即向他們表示，我願意捐出一張畫義賣救災，他們聽了也很感動。

大詩人鄭愁予教授說：「余光中是個相當有正義感的人，對社會不平的事反應迅速。」所以在我們從事「中國畫現代化」運動時，受到保守勢力的攻擊，他總是憤憤不平地為我們講話。

一九六二年三月二十五日發生的秦松「倒蔣事件」之後，中國文藝協會的王藍就邀請正反兩方各四人，在其水源路會址的樓上，舉辦辯論會。我方代表以余光中為首，還有席德進、顧獻樑和我，對方是以政工幹部學校的梁氏兄弟帶頭，本來要辯十二次，每周一次，但舉辦了四次之後，梁中銘就說；「我們並不是反對你們，而是擔心那些不會畫畫的年輕人跟著你們亂畫！」當時我立刻接著說：「既然如此，我們的辯論就沒有必要了。」

辯論就此結束，我還以為打了大勝仗，後來才知道，那是愛護我們的張隆延教授（曾任國立藝專校長），見「倒蔣事件」的嚴重性，立刻去見了蔣經國，解釋不應把新舊派之爭，用政治手段來誣害，這才是為什麼十二次的辯論四次就結束了的原因。正是在這場辯論中，我才真正的認識到余光中教授頭腦之清晰，辯才一流，真是讓人敬佩！

他為五月畫展寫過序文，也寫過評論。他甚至看到一九七〇年五月畫展全已走上民族性的畫風時，特意為我們寫了篇〈從靈視主義出發〉的中英文宣言，可惜臺灣藝壇冷漠，這一運動未能得到正常的發展而夭折。

回想我們同在香港中文大學的那幾年，是此生最親近的時刻，我退休返臺之後，他還安排我去中山大學演講。今生今世，他一直照顧我，對我影響很大。如果不是他向李鑄晉強力地推薦，我哪有可能去美國而改變了一生，獲得如此成就。他是我的朋友、知音，更是我的恩人。

一生知音，一世情誼。感念於心，永誌不忘。

——原載二〇一八年三月七日《聯合報》

劉國松，知名畫家，被譽為「現代水墨之父」，曾任香港中文大學藝術系主任、美國愛荷華大學與威斯康辛州立大學客座教授、臺南藝術大學研究所所長、大陸多所重點大學與美術學院的名譽教授，現任臺灣師範大學講座教授。榮獲國家文藝獎中華藝文終身成就獎、二等景星勳章及行政院文化獎。

悼念光中

楊世彭

十三晚美西時間八點許，收到一位臺灣朋友的電郵，說是詩壇泰斗余光中先生過世了。我夫婦立即致電高雄余府，接聽的是位彭女士，僅說師母出去了。我們留下姓名，整晚咪咪（余夫人的小名）沒有電覆，想是該待處理的事務太多，身體不好的她也可能累倒了。我夫婦在等待期間看了網上許許多多的報導新聞，今晨這類消息更多，臺灣、香港、美國的朋友傳來不少後續報導；我則默默翻閱檔案中所有與光中通信的點滴，作為對這位相識四十八年摯友的哀思。

初次認識光中，乃是一九六九年的夏天。那時我為了籌備英文京劇《烏龍院》的製作，自美來臺作三個月的「惡補」，向大鵬劇團的三位名演員學習此劇大小角色的身段做表，也為美國演出訂購全劇十幾個角色的行頭穿戴。這段期間的某一宴會，認識了這位大名鼎鼎的詩人。那時光中正準備去丹佛市的 Temple Buell 女子學院執教兩年，知道我就在三十英里外的科羅拉多大學戲劇舞蹈系任教，欣喜之下立即與我訂交，相約一月後在科州再敘。

光中與我對今後兩年的異國相聚期待頗深，是有其原因的。當時臺灣赴美留學者幾乎百分之九十都是念理工的，文科留學生奇少，而念完學位留在文科崗位上在美長期工作者，更是少之又少。光中與我都是臺大外文系畢業的，他後來在愛荷華大學作家養成計畫獲得藝術碩士學位，我在夏威夷大學戲劇系獲得導演學的藝術碩士，以及威斯康辛大學的戲劇博士學位。他在 Temple Buell 執教中國文化課程，我在科羅拉多大學執教導戲，可說都與文學藝術有關，我們之間具有共同語言，乃是不爭的事實。

九月初光中一到丹佛市，就與我聯繫，我也立即把他接到家裏，光中對美國生活最感滿意的，就是駕著汽車在超級公路上飛馳，第二天，我二話不說帶他到車行看車試車，最後還幫他殺價還價，結果他花了三千四百美金買了輛全新的雪佛蘭 Impala 八缸轎車，這是他畢生第一輛新車，當晚開了回去，肯定寫詩誌記這件大事。

從此光中在教學寫作之餘，每周末都會來我家消磨，周五傍晚來，周日下午回丹佛居所。我們總在吃完家常便飯之後，在收拾乾淨的餐桌上喝茶，聽他敘說臺灣文壇的掌故及某些文人的趣事。記憶中最有趣的故事就是某位窮困詩人常來向他借錢，借五千總可拿三千，錢一到手就雇了三輪車遠赴淡水河邊賞月，而天生簡樸的光中卻經常搭公車進出。還有一則就是光中自稱不敢罵國防部，但教育部仍可一罵，因為那些守成不化的官員曾經否決他晉升正教授，因為他沒有博士學位，也不大搞學術著作，他那些新詩，好像在升等方面沒起什麼作用。他曾撰文消遣那些教育部官員，說莎士比亞在當時的臺灣絕對升不了正教授，因為他僅小學畢業，《哈姆雷特》又不是學術著作，而「哈姆雷特有雞眼考」這類的論文，則對升等很有幫助。光中說到「學術著作」四字時，用的是揚州腔調，想來當時教育部有這麼一位揚州籍的中級官員吧。

光中執教丹佛女校的兩年間，不少他的文友聞風來訪，大多也與我訂了交，其中國際聞名的畫家劉國松與詩文均有至高造詣的楊牧，都是在這段期間認識、至今仍在交往的好朋友。記得國松首次來我家時剛下了瑞雪，我特別駕車帶他及光中到附近的峽谷去賞雪，回來時早就天黑。內子久等我們不回未免擔心，說萬一你們在峽谷彎道出了事，那還了得！光中聽了大呼這怎麼可能？「若真出事，中國文化豈不斷層啦！」這類警句也只有光中可以隨手擷取，也是他在正經場合不大顯示的幽默。

第二年余夫人咪咪帶了四千金飛來丹佛與他團聚，他每周周末來我們家的習慣也就中斷，但我們兩家的密切來往卻也開始建立。他家小女兒與我們的大女兒年紀相近，大女兒首次去朋友家外宿，英語叫作"sleep over"，還是在丹佛余府呢。十二年後，當我在一九八三至八五年間自科大請假，擔任香港話劇團的藝術總監，光中那時也在香港中文大學執教，我們兩家的來往也持續了兩年多。

我在美國用英文執導的二十幾齣戲，兩岸三地藝文界同行看過的極少極少，但光中卻在一九六九至七一年間看過至少三齣，包括一齣百老匯走紅劇及由我譯導的英文京劇《烏龍院》，七〇年的首演版本及七一年的重演版本都曾看過，而這齣京劇英譯的初稿，還曾由他過目，並在好幾處地方幫我潤色修正。我在香港話劇團執導或譯導的戲，他也曾看過好幾齣。過去二十年間我在臺灣執導譯導的戲，他幾乎全都看過。在我的華人至交裏，看過我舞臺作品最多的，他肯定是前三名。

其中有一齣，更是別具意義，那就是十九世紀英國才子王爾德的名劇 *The Importance of Being Earnest*，我曾前後導過五次，而我所採用的譯本，正是光中翻譯的，改名叫作《不可兒戲》。

王爾德是唯美主義的先鋒，他的絕世幽默及錦心繡口，是翻譯家的噩夢，但在光中的譯筆下，卻是信達雅兼具，舉重若輕精彩紛呈，真是翻譯學的最佳示範，也是中文舞臺上難得有的精品。我在一九八四年讓香港話劇團首演這個譯本，由我執導，以粵語、國語兩組演員輪換演出，反應非常之好。一九八五年我重演粵語版本，將此劇帶赴廣州巡演，也由電視臺現場錄像在廣東廣西地區播放。一九九〇年我在臺北國家劇院執導此劇，由劉德凱、周丹薇等明星主演，也得到很好的反應。二〇〇二年我在香港話劇團重排此戲，由兩組演員輪換演出，其中橫蠻的貴族巴夫人則由兩位男演員飾演，效果也相當好。二〇一二年臺北的新象公司與國家劇院合作，將這個譯本作第五度公演，仍由我執導，也邀請國際影星盧燕飾演巴夫人，影星楊謹華、楊千霈、林慶台等主演，布景服裝都由美國設計師主理，製作得非常精美悅目。在這些演出中，光中夫婦都曾到場觀賞，也接受觀眾的歡呼。我能五次執導光中這個譯本，也是難得的經驗與緣分。

最後一次與光中合作，乃是二〇一四年的「余光中人文講座」，在高雄中山大學舉行。這是臺灣最有聲望的講座之一，第一位主講者是電影導演李安，小說家王安憶主講第三屆，我主講第四屆，在中山大學住了兩星期，做了四個演講及工作坊，也與光中做了一次對談，最後的成果更是一本小書的出版。在此期間，能與光中咪咪多次相聚，更是我晚年難得的福分。

今年二月我夫婦上船遊覽，路過高雄時上岸至余府拜望，那時光中剛在家門前跌倒，頭部略受輕傷。我趁咪咪帶領內子出門洗衣時與光中在客廳內獨處，談了不少話題，但感覺詩人的談興與幽默，已經不如以往那樣酣暢了。那天中午我請他夫婦在某大旅館午餐，那也是我們最後的相聚。兩月前我有一篇文章在《聯合報》副刊刊載，下午接到咪咪打來的電話，恭賀該文的刊出，也與光中略談幾句，我那七月間出版的新書，他們大概也都看了。

今晚在燈下翻閱所有與光中的來往信件，看到他一九七一年八月五日的親筆信，上面說到「那天早上，在 Boulder 府上道別回臺北時，忽然淚下。在丹佛這兩年，要是沒有你們照拂，真有寂天寞地不堪設想之感了。這也是冥冥中排定的緣分吧……人生聚散，本來無常，走筆至此，不勝悵悵！」看到此處，我也不免淒然淚下；今生能有這位才華傲世卻又親切待人的朋友，豈非難得的緣分？

——原載二〇一七年十二月三十一日《聯合報》

楊世彭，美國夏威夷戲劇系藝術碩士、威斯康辛大學戲劇系博士，曾任科羅拉多大學戲劇舞蹈戲教授、科州莎翁藝術及行政總監、香港話劇團藝術總監。專書十種，翻譯劇本約二十齣，中英文論文散文百餘篇。為國立臺灣大學講座教授及傑出校友、台北藝術大學「姚一葦劇場」講座教授、香港演藝學院榮譽院士、北京中央戲劇學院名譽教授、香港政府銅紫荊勳章得主。原籍江蘇無錫，資深崑曲京劇票友。

余先生的後院

王文興

余先生走了。雖是高齡仙逝，亦覺愴惋，但我愴惋中亦有平靜，人生更迭，當如是也。我們尊稱他為先生，當年習慣如此，如梁實秋、英千里、臺靜農，皆謂先生。

這兩日我常想到他家居臺北的一段時間。心中不時的出現他廈門街寓所的印象。那是一座日式住宅，前方是一小院。他的書房面對此一前院。他寫讀，會客，都在這書房中。我有幸得知他住宅背後還有一座後院。有天，蒙他和余太太（太太也是尊稱，即今的師母或夫人）引領，面識了這一後院。

後院是此住宅大走廊的所對，面積比前院要大五六倍。想來日間，此一大廊的玻璃門是拉開的，活動時裏外都可以通行。我那日去的時候，正當春日溫和的季節，只見此院草地初綠，園內稀稀落落有一些曬衣架繩，陽光正金黃地照亮在此院內。我們就坐在玻璃門開處，這走廊的地板上，腳踩廊下的臺階，面對此園，小談片刻。

這幾日我常想到此園。今感覺此園恐甚像我們對余先生的回憶；他的一生，他留給人的回憶，正像此一後園，幽靜，優美，春日的陽光普照，正如他一生的文學成就。

余光中這個名字，將永垂不朽。他無疑是華文現代文學的第一功臣。這是肯定的。他不僅是吾人現代文學的開山始祖，他甚至促進了我們現代繪畫、現代音樂的誕生。他的名字將永垂青史。

九十是人生的高齡。寄望余太太和余府的眾位小姐節哀。

——原載二〇一八年一月《文訊》三八七期

王文興，福建福州人，民國二十八年生於福州，後居廈門，三十五年來臺居東港，三十七年遷臺北。大學入臺大外文系。當時受教於夏濟安教授、黎烈文教授、張心漪教授，亦嘗受惠於殷張蘭熙女士之校外英詩課程。五十二年赴美，入愛荷華州立大學英文系，獲創作碩士。五十四年回臺大外文系任教四十年退休。任教期間主要擔任西洋小說課程。著作計有《十五篇小說》，長篇小說《家變》、《背海的人》（上）（下）、《剪翼史》及散文與評論若干集。

偶逢之處

張曉風

（零）楔子——別寫我

「別寫我——你們寫不好的。」

這話，記在作家木心的遺稿中，這種零零散散的句子，他寫了很多，雖然碎，卻也自成面目。我初聞木心此言，忽如冰水澆頭，自顱至踵，無一處不寒涼。有點類似宗教中乍然皤悟時的傷惻。有些事，原來竟是「一說便錯」的——但，怎麼辦呢？不說，人不知，說了，更糊塗，這怎麼辦呢？

其實，那說「不可說」的，說「一說便錯」的，並說「不立文字」的禪宗，到最後，還是靠「說」，把這些「說法」傳了下來。

（壹）藤賣老王

紀念單位找我寫余光中先生，我立刻就知道，自己會應了木心那句話——「你們寫不好的。」半世紀以前，余老師的老師梁實秋稱讚他的愛徒用了八個字：「余光中右手寫詩，左手寫文，成就之高一時無兩」，這個「無兩」，一「無」就「無」了五十年，居然並沒有出現一個可以略略等於余老的人物，也真令人唏噓。其實，連梁老也沒把余教授說透，因為梁老只見過「少年余光中」，余氏不僅是「左右開弓」的好手，他實在是「千弩齊發」的神手啊！

沒有人能長期握著那麼璀璨的五采筆[1]，沒有人有本事形容余老師能像他自己形容的那麼好，余老師死而有知，看看後生晚輩寫他的手筆，也只好淡淡一笑，不予計較算了。

記得當年臺靜農老師去世之時，我去出席喪禮。最悲傷的竟然不是臺老走了（因他病久，拖著也是受苦），而是眼看滿靈堂掛的輓聯絕大多數都寫得醜。一代大書法家走了，靈魂卻要忍受那一屋子絕醜的毛筆字，真是折磨啊！唉，希望余老師不會厭煩這些寫得不像樣的紀念文字。

在臺灣曾有位漢寶德教授，他是美學家，也是建築師和專欄作家，此人晚年收了個徒弟，對，是徒弟——不是系上的學生，就是學徒——漢寶德先生後來寫了本書，叫這位功成名就的徒弟給他寫篇序。於是這位名叫登琨艷的弟子就寫了。而他驚人的題目居然是「瓜賣老王」，意思是說，「老王賣瓜」，此事尋常，所以一般常態現象應該是師父賣徒弟，哪有徒弟賣師父之理？這簡直是「瓜跳出來賣老王」嘛，但師父囑咐，不敢不寫，所以只好應命。

我來為余光中先生寫紀念文字，比「瓜賣老王」還等而下之。因為登琨艷畢竟是正式跟著漢寶德的科班學徒，是新時代的「舊式學徒」，而我卻無福亦步亦趨地追隨余老師，作他的學生，只能時時拜讀他的作品，或偶爾聆聽他的演講。如此說來，我這不叫「瓜賣老王」，我只能說這是「藤賣老王」，當然讀者若能「順藤摸瓜」，然後，又順著瓜，體會到種瓜老王的深耕過程，那，我這根纖纖細藤的一番說白也就有點貢獻了。

（貳）初識

我初識詩人余光中先生是在上世紀的五〇年代，在何處認識——哈，哪裡還會有第二個地方？當時，好像好作品都該登在《中央副刊》，我們所有的精神糧食幾乎全是從《中副》取得的。我們認識的才子才女也全都在那個版面上走台。

副刊版面只有A3紙那麼大，而我就只挑余先生的詩來看。倒不是我生來穎慧性好讀詩，而是因為家裡人口多（其實，我家人並不算多，但那時候是逃難的年頭，家裡常擠著許多一時沒房子住的寄居親戚），一份報紙永遠在別人手上，身為小孩就只好趁大人上廁所之際搶過來瞄兩眼。如果碰到上廁所還要把報紙帶走的大人，小孩便沒輒了——當然，你若是更小的小小孩，那就沒事，因為你根本不會看報，而我是眾多小孩中少數會看報的，但當然不能大剌剌地去藤椅上蹺腿看，只能坐在榻榻米上把短短的小詩匆匆瞧它一瞧，雖然似懂非懂，自己心裡卻高興莫名。詩短短的，剛好適合在前一位大人放手，後一位大人尚未接手之間來咀嚼。

那麼短小的詩，大約八行，稿費當然不會多。但據余老師追憶，那時代物價不高，那篇小詩的筆潤竟夠他帶著女友去吃頓飯，並且一起去看場電影——好像還剩點零頭。

那真是個好年代啊！

1 「璀璨的五采筆」是一本書的名字，作者是黃維樑教授，內容敘述並分析余氏之寫作藝術。

然後，我長大了，一九六五年，要出書了，文星出版社大概覺得我們全是小豆子，不夠分量，所以就以打群架的方式把九個人綁在一起出——本來編者隱地是打算十個人一組的，但林懷民臨時給拉了下來，是文星老闆蕭孟能自己否決的。他的意思是說，這雖是一部年輕作者的叢書，但其他人再怎麼說，畢竟也都滿二十歲了。蕭先生說：「我出書，假定讀者是大學生，而這個林懷民哪，不過是衛道中學的學生，才十七歲，我怎麼可以拿中學生的作品去給大學生看呢？他太年輕了，讓他再等等吧！」這一等，林懷民就跑去跳現代舞了——唉，蕭老闆當年錯了，隱地才是獨具慧眼的主編。

以上的故事和余先生有什麼關係呢？一九六六年，書上市了，那時候他好像從國外回來，知道出版界有這麼一件小盛事，就幫忙出了一句廣告詞，詞曰：

「九個青青的名字」。

余先生對小輩一向非常提拔鼓勵，這句讚揚，我雖然只分到九分之一，但已不勝忻喜。不時，二十五歲的我騎著腳踏車經過鬧市中最火紅的文星書店，看見新書成列，也看見那句品題高高懸著，只覺顧盼自雄，恨不得告訴滿街行人：「我就余先生說的『青青的名字』啊，我正冒地而生，我是會長大的小樹芽呢！」這種心情我從來沒敢去告訴余先生——因為太幼稚了，說不出口。

余先生成名早，卻是「名滿天下，謗亦隨之」的人物，李敖之類的人罵他「拉幫結派」。其實，有大才華的人怎麼可能去跟誰拉幫跟誰結派，如果比爾蓋茲要跟你共組基金會，有人會說他在拉幫結派嗎？

（參）不是左右開弓，而是千弩齊發

余先生年輕時因為又寫詩又寫散文，文壇咸認為他是左右開弓的厲害角色。其實余先生何止左右開弓，除了詩和散文，他幾乎無役不與，簡直是千弩齊發，他有興趣的藝文服務至少包括下列八項：

第一，他寫論文，論文不希罕，要做教授哪能不寫論文？但一般學者所寫的厚本論文大概讀者不會超過十人。余先生的論文卻是可深思，可咀嚼，可啟發，可擊節讚歎、可讓天下人共賞的「有機論文」。

近三十年來，余先生常在各種論述中談論「中文的生態」遭汙染的問題，兩岸三地粗糙而潦草的歐化句子常令人哭笑不得。說什麼「超英趕美」，連自家話都不會說了，跟著人家說「英式中文」，不嫌寒傖沒出息嗎？我演講時，常發余老師的論文，讓學生事先閱讀，因而會先去電話徵求同意。幾次以後余老師就乾脆跟我說：「你要用就盡量用，不必客客氣氣先來跟我說了！」

余先生指陳當今中國語文之病的病灶，簡直如ＭＲＩ（台譯「核磁共振」）的透闢，令病情一目了然，無所遁形。

第二，余先生工翻譯，他曾開玩笑說，從事翻譯是因為文字量大，稿費比較可以養家活口。這真令人慶幸，看來余先生如果沒有「家累」（啊，那包括恬雅沖淡的余師母和四個天使般小女孩的甜蜜的家累），我們就會少掉許多本好書了（包括《梵谷傳》、《英美現代詩選》、《不可兒戲》……）。不過，文人說的話不可盡信，我認為一切絕佳的一等創作都是出於「創作者（包括翻譯者）得逞其才、得其自我實現的喜悅」。至於錢，其實是「小事耳」。能翻出那麼多或優雅或俏皮的文字——不止是嚴復說的「信、達、雅」，還加上趣致——余先生的「養家說」應該只是低調謙辭。余先生一生雖靠筆吃飯，但靠的絕不是那枝五采筆，而是——粉筆。在臺灣，除非你打算作個流行作家，否則，你得另謀一個職位來養活自己，你要成立一個「養自己基金會」來支持自己的志業。

作家該由誰支持？由國家？作家難免「吃人嘴軟，拿人手短」。由市場？作家又難免為銷路而「媚俗」（出版社往往也會成為努力教你媚俗的幫凶）。比較好的方法是另謀職業，然後可以不把從文學得來的錢看在眼裡——這樣方能和文學談一場「純純的，不涉金錢」的終身的永恆之愛。

既靠寫作吃飯，卻又能作品精良不改初志的人當然也有，不過，這就比較難了。畢竟，叫「等米下鍋」的人去堅持信念和理想是不容易的事。

有人誣陷余先生是「國民黨收買的打手」，我聞此言，不禁失笑。哈哈，此事荒謬極了，第一，國民黨哪有那麼聰明——他們一向呆呆的。第二，余先生哪有那麼笨——他早知道自己在千古歷史上的定位，他才不供任何人收買驅使（小外孫或者可以例外）。要收買文人，大概只有三寶，名、錢、官位，這三樣余先生都看不上眼，他擁有的資產比這些可貴多了。

第三，說到粉筆生涯，余先生也是個「理想的夢幻教授」。他因自己有創作的天分，解釋起古今的詩作來，自有別人不及處（這就如籃球教練最好是球員出身一樣）。作為教師，余先生不僅課講得好，他詮釋別人作品的語言，信手拈來，皆自成妙諦。對學生也如長兄如慈父，且因其為人幽默有趣（不是逗人哈哈大笑的那種），跟著這種老師，是可以在潛移默化中學會一身本事的。而且，他的「售後服務」絕佳，學生要結婚的，他證婚，生了孩子，他幫著取名字……

說到他教書的最後一站中山大學（這間大學，是把他當鎮校之寶來尊敬的）。他當初受聘倒也有趣。那時英文系主任是黃碧端教授，她有天在辦公室外的走廊上看見有位李永平教授對面走來，手上捧著一封信，邊走邊看。黃碧端主任好奇，就攔下他來問看誰的信？李說是余先生的信，余先生想離開香港了。黃主任聽此一言，不禁竊喜，立刻去信請余先生考慮到西子灣來。這一來，就在南臺灣紮營三十多年。

第四，余先生不單盡心顧校內孩子，也熱心校外文藝活動，要演講、要座談、要朗誦、要評審、要寫序，他都慨然拔劍相助。梁老去世，他找朋友共同努力擘畫，促成「梁實秋文學獎」的美事。

有錢人也許可以一擲千金作某些義舉，余先生所擲出的卻是「一刻勝千金」的時間。

高雄想要行銷自己，余老師便熱心幫忙規畫，一首〈讓春天從高雄出發〉傳誦至今。不過，這首詩倒是我唯一要對余先生抱怨一下的。相對於台北，高雄當然是比較「春先到」的城市。但就整個臺灣島來說，春天如果要找個地方搶灘登陸，那當然是我娘家所在地屏東啦！地理上屏東才是最南端，春天當然應該先拜鵝鑾鼻或恆春的碼頭嘛！哪裡輪得到高雄呀？可惜我沒曾當面跟他抗議過。

余先生還在馬政府時代擔任「搶救國文教育聯盟」的召集人（我是副召集），余先生和國文有關係嗎？對，有的，他在香港中文大學執掌的就是中國語文學系。在香港的制度下常希望學生的中英文能力能並轡而行。「搶救國文教育聯盟」於二〇〇五年開始，後來換了新政府，我和余先生覺得無法使上力，便退出了。我們在電話線上共事了十三年，可惜教育單位不給我們一場痛快的戰鬥，而老是玩些令人鬱悶煩擾的陰招。

第五，余先生不單幫「文青」晚輩，而且還廣及各種藝術，他支持現代繪畫、現代音樂、現代舞蹈、現代書法……至於現代詩、現代散文、現代小說、現代戲劇，他都有興趣——簡單說，他是「現代文學」和「現代藝術」的推手。其功其勞，是沒有任何一位號稱「文化部長」的人可以望其項背的。

當年，胡適、魯迅那些精英，當然也算「一代尖子」，但胡適是理論派，自己並沒有太多文學內功。魯迅當然有其高明處，可惜不脫「紹興師爺」的刻薄尖酸。林語堂提倡「幽默」（他為此還遭到某些不公批判）很好，但他自己的中文卻不夠勁練老辣，幽默這玩意兒也不是「說有就有」的。幽默是學問加智慧、加修為、加人生歷練、加大環境的滋養、加接受者的襟度、加作者本人的風流俊賞與謙沖卑抑、加自嘲自貶的遊戲童趣……

啊，說到「趣」這個字，好像有必要再加一段余先生和幽默感的關連，我們算它是第六點吧！

第六，民初年間，林語堂努力推行幽默主義（「主義」二字是我自己亂加的），中國文人三千年來一向因為對道統太有承當，而顯得有些面目森嚴，幽默感便很不容易培養出來。

余先生其人，如果一個學生踏進教室遠遠看著，他那清癯而稜角分明的臉，也是一張屬於令人生敬乃至生畏的臉。只是等他一開口，那屬於南方的清揚柔和的音色，那受過良好文言文訓練的老輩學者才有的抑揚頓挫的語言節奏，加上令人驚喜錯愕的靈動措辭，學生很快就會忻然會心，沉酣在春風絳帳中。

產生一個幽默大師，不是一件容易的事，一百年也只能碰上一個。說來也許有人不信，幽默這個招式，如果沒有新舊兩種文學的加持（如加上外文素養更好）是弄不成的，錢鍾書——余先生所佩服的民國文人——便有這種DNA淵源。

可惜，沒有學生把余老師的談吐記錄下來，否則也算一部《世說新語》。

余老師有一次與「筆會」諸君遠赴布拉格開會，當地產水晶，水晶製品華美而昂貴，文人囊澀，買不下手，余先生頗有捷才，於是口占四句：

「昨天太窮／後天太老／今天不買／明天懊惱」

大家一聽有理，便紛紛衝到店裡去買了。

一個出生在民國時代的文人，宜乎有兩漢的正大，魏晉南北朝的渾厚和細緻，加上盛唐的富麗、宋元的民間通俗和明清的流粲，再加上來自西方的幽默自在。

如果不是心存幽默感，晚年的余光中日子其實很可能不好過。臺灣師範大學好意，為余老師在圖書館一樓辦了個回顧展，不意竟有多位惡毒的人在現場留言簿上大罵：

「滾回中國去，別在這兒擋路。」

奇怪，這傢伙何不用日文來罵余先生？

人能為人幽默，為文幽默，其實便也天下無敵了，管他別人褒貶！

這一點，先做到的是梁實秋，後做到的是余光中。梁先生當年也遭人狠批過，不過，怕什麼，幾十年後，批人的和遭批的，大家都死了，到了那個時候，才來討論是非吧！只是幽默這種調味品，好像比較適合放在散文裡。詩，雖也可以放，但國人好像不怎麼接受「幽默詩」。而且，大部分的詩人本來也就不怎麼幽默。余先生放了，但他這一類的詩卻不是他最知名的詩。而余先生的散文卻可分成三種，一是論文談藝的，二是類如「散體詩」或「散文詩」而臻文字美學之極致的，三是渙然冰釋跟人閒話家常的幽默文學，這第三類倒常是一般讀者所樂於親炙的。

第七，胡適當年提倡白話文，撂下「十字真言」就走人不管事了。那十個字是「國語的文學，文學的國語」。前五個字比較容易做到，靠行政力量就可以貫徹。可是後半句要這個「國語」好起來，就不是三、五年內可見功，甚至不是三、五十年可達成的。再加上日本侵中的空前大戰爭來辣手摧花，「黃金十年」（一九二七～一九三七）的紛郁春光很快凋敝，中土的語文變得奄奄一息。

余光中的出現，使得胡適以及他那一代五四諸君子在胡亂吆喝之際所倡言的白話文終能以美文的方式現其金身——像陳獨秀，當年嗓門雖大，但他實在是個「用文言文來罵文言文」的怪人，他自以為寫了白話文，今日之小子如果讀了，想必捧腹，或者，根本不知其所云。

余先生是「麥飯石」，投在語文的「混水」中，可以使語文重歸澄澈鮮潔，這番澄潔，其實得來不易。余先生可謂一代之修辭家。

有人問我：

「既然余先生在語文上大有成就，怎麼沒見他拿諾貝爾獎？」

我只好一笑：

「李白、杜甫也沒得過什麼獎啊！作者得的獎都藏在讀者讀罷作品時，深深長長的那一聲嘆息裡。余先生沒得過諾貝爾獎不是余先生的損失——是諾貝爾獎的損失。作為一個詩人，余先生是完足的。」

第八，余先生在有意無意間，繼承了中國傳統文人的「全方位作者」的作風。如果要在古人中找一位余先生最心儀，且最覺親切體己的人物，應該就是蘇東坡了。

蘇軾能詩能文，也填詞，且與年輕詩友相往還，也談文學和藝術的理論……，余先生不及東坡的是他沒有做過官，也沒寫過「論策文」，更沒有畫過畫（但他的「鋼筆書法」很迷人）。蘇不及余的是蘇沒有「翻譯」過異族文學，也沒有參與過大規模的文學論戰。

余先生文學生涯的含涉面那麼廣，每次出任務，力道都那麼強，我認為是來自傳統文人對國家民族的「不可救藥的義務感」，其中也包含「俠式」的正義感。

余先生晚年受訪時，偶談到他當年在筆槍陣仗中說話太鋒利，我曾勸他要約斂一點。咦？此事我竟全無記憶，但想來，我倒也很可能這樣勸人，「中文系人」加上「教徒」的雙重身分，讓我作風一向如此，原來身為晚輩的我那時還敢去勸諫余先生呢！

說起戰火，我倒是跟余先生一起做過一次戰場上類似「紅十字會」的工作。不是去射殺誰，而是去救人。當年「□□詩社」由於內訌，有人去告密說這批人是「匪諜」，他們倒也望之可疑，例如沒事就聚眾練拳，唱「匪區小調」，不上課，滿校園去推銷他們的雜誌……終於被捉將官裡去。後來看看形勢更不好了，為首的二人給送去軍事法庭了！詩社社員有一人跑來我家求救，我於是寫了四封信，給調查局、新聞局、文工會等單位，又怕我一人力量不夠大，又邀了余先生和羅青、亮軒，四人一起簽名。

然而，簽這個名，為「匪諜」說話，可也不是不冒風險的，好在四個人皆說不怕，我就把信遞出去了。

現在回想，當時也真是肝膽相照啊！然後，人就放了，刑罰是：驅逐出境（為首的原是僑生）。

警備總部居然還客客氣氣請我們吃了一頓飯，說是誤會一場……

如果當時因簽了那個名而禍延身家，我自己倒罷了，若牽連害了余先生（也不是不可能的），那真是罪無可逭啊！

（肆）偶逢

文人與文人之間的來往，我認為不宜太疏，亦不宜太密，疏則兩下無涉，太可惜，密則太貼近生活，不免因狎熟而成天言不及義，那也可惜。余先生晚年選擇定居南臺灣的高雄，其實也有稍疏文藝圈的意思吧。

我與我所敬重的文人之間，其實也是採這種態度相處的。

譬如荒原旅行，各負一囊、各馳一馬、各探幽谷奇徑、各飲野溪山澗、各憩巖穴、各仰午夜繁星，這種旅伴，豈不甚好？

然而，偶或狹谷巧遇錯肩，或遠遠就聽到對方的馬蹄聲，或看見或摸到對方昨夜取煖後留下的一堆猶溫的餘燼，或者聽到其他的同行者說：「我剛才遇見你的朋友哦，他正癡癡地在一棵桂花樹下聞花……」凡此種種，雖只是偶一相逢，但都是可貴的鱗爪，無價的記憶。

所以，如果一個朋友驟然離去，你卻說不出七、八個故事來回味其人之一生，恐怕要算「太疏」而不十分夠資格互稱為朋友了吧？

下面且說十個我在認識余光中先生的七十年間偶逢的機緣。

〈其一〉

余先生長我十三歲，這年齡有點尷尬，我不能把他當父執，也不敢把他當哥兒們。往好處說，也許可以說「亦師亦友」，不過我們之間倒有重關係卻是我後來才知道的。余先生大約一九三五到一九三七年曾就讀於一間南京的小學，名字有點怪（所以就記住了），叫「崔八巷小學」，沒讀多久，就因中日戰爭而離開。十三年之後，因抗戰勝利而舉家自重慶還都的我也進入「崔八巷小學」，但一學期後，便因遷居「藍家莊」新蓋好的二層樓眷村社區而轉學到「軍人子弟小學」去了。這間崔八巷小學如果在臺灣開同學會，不知校友會不會只有我跟余先生二人，聽說他們後來改了名字，叫「秣陵小學」。

所以說，余先生是我的小學同學，雖然，他入學時，我尚未出生。

余先生謝世半年後，我刻意去了一趟南京，想去看看余先生和我一起讀過的那所學校，這是我生平第二次來到此校，上一次是七十一年前，我六歲。我事前當然已給自己做好了心理準備，告訴自己，不要太浪漫，不要太發思古之幽情，這個地方每個月都面目不同，哪能為著等我而七十一年不改變呢？

不過，及至下車，仍嚇了一跳，早先聽說它已從「崔八巷小學」改成「秣陵小學」，不料它又火速變成「石鼓路小學」了，原因似乎是人數，因為就讀人數不足，便跟別家小學合併了。小小的校區，蓋滿了四層樓的教室，我幼小時認為大得不得了的，甚至有點荒涼的黃泥操場也不知如何就消失了……

我又去看余先生讀中學的「青年會中學」，倒是頗有幾棵大樹。它也換了名字，變成第五高級中學了。這原是一所教會中學，余先生英文好，跟這所中學應有關係。這所學校原址在南京，抗戰時期遷去四川，抗戰勝利後又搬了回來，余先生都一直追隨就讀。

然後，就這樣了，這一切，原在我意料中，但及至一見，驚動還是不小。驚動什麼？驚動滄海桑田，世事千變，想尋舊跡，則渺渺然全不可得。那些遙遠的故事和畫面，只存檔在一個地方，什麼地方？在記得的人的頑抗而不肯磨銷掉的憶念中。

〈其二〉

然後，我又去了常州。

常州近水，曾經湖泊多如星辰，且在運河線上，一向山幽天遠，人情淳厚。也不知如何鬼使神差，一生漂泊遷徙的蘇東坡最後從海南島回來後，竟選擇了此地作為終老之鄉。可嘆的是，只一年，他的肉體卻背叛了他，他的肉體說：「我哪裡也不住，我累，我要安息了。」蘇東坡的最後一首詩，是在這城裡寫的。

但我去常州，倒不是為蘇東坡（雖然他是余先生最愛的古人），也不是為他的深邃優美的紀念公園，而是為余老師幼時的一則故事。

那時是民國二十六年（一九三七）年底，日本人進逼南京城，重要的國民黨官員都已去了重慶，「攜眷」太奢侈，所以「眷」得自己走。余媽媽便帶著九歲的獨子余光中從常州水路出發——常州，是余媽媽的故鄉（這條水路，蘇東坡當年走過，他從靖江出發，赴常州城），余家要去上海，但去重慶卻為什麼先去上海呢？因為中國已部分「變色」，有許多地方已是日軍掌握的「淪陷區」，所以只得「繞道」。這一繞，可繞得遠了，從常州，到上海（上海是租界，可以「自由行」），轉香港，去安南（當時越南叫安南），再往雲南，然後彎回四川重慶。四川是余先生生命中的重要驛站，他和余師母都在那一帶度過他們的少年時光，他和余師母之間的「家中語言」也是四川話。

但我為什麼要去常州呢？因為這地方差一點就是余先生幼年喪命的地方。話說逃難當日，在常州和蘇州之間，梅花曚曚然不知國土之大難，一逕簇簇盛開，船在太湖地區迤迤航行。忽然，由於船夫逞能，不收帆，帆就撞上早先給炸壞的橋洞而傾翻了，「余小弟」用他細瘦的胳膀攀在橋墩上，天寒地凍，朔風野大，眼看命危，而余媽媽又想起錢還在船裡，得趕快去取，否則，就算上岸，三天後也會餓死凍死……

不知是不是蘇東坡一靈有覺，竟然去感動異方之人來搭救這孩子。救人的那人是位路過的日本軍官（當地已是「淪陷區」，所以到處有日本人），他發話，並且對空鳴鎗，叫眾人過來救人。那日本軍官那天所以途經此地，原是為了要去蘇州看梅花。啊，幸好有梅花在開，幸好有想看梅花的人經過。

余先生大概因河水冷冽，一時失溫，救上來便發起高燒來，余先生童年時眉清目秀，一看便知是個慧黠的小孩，那軍官一時動了憐憫心腸，便去拿了日本軍方的藥丸給這落水的孩子服用，「余小弟」很快便痊癒了，母子繼續上路。

啊，我多麼感謝那位軍官啊！我在心中給他取了個名字，叫「梅花少佐」，好在有這位「梅花少佐」，好在他不遲不早經過此地，好在他經過時動了一念之善（想來，清晨有意去一探梅花的人，應該是個好人），他不知道自己為華夏民族留下了一脈詩胤，我若能見到他，真當叩首謝之。

（當然，話也說回來，日軍在華，狂殺濫射，死去的幾千萬男女老少人口中或者有才華尤高於余先生的也未可知，這筆帳真不知該如何算啊！）

梅花、河水、帆船、相依為命的母子、戰火、家人離散的哀痛、墮水落難的小逃亡者……我在常州城裡當然尋訪不到這些……眼前只見高樓連雲……蘇東坡的紀念公園裡處處曲徑通幽……但，謝謝你，「梅花少佐」，你的一句話，一丸藥，救了一個小孩，有了這孩子，有了這孩子日後的詩，中國就不會亡。

〈其三〉

好，接著，再來說點好笑的事吧！

余先生生平於地理於歷史都特別敏銳。前者是空間概念，後者是時間概念。

一九八二年秋天，陰曆七月十六日，月圓之夜，余老師大抒其思慕古人之幽懷。

那一年，余先生在香港中文大學執教。當天黃昏，他約了相熟的幾個好朋友，先赴酒樓晚宴，然後，他們打算去做一件雅事。晚宴沒問題，香港到處都有好餐廳，這批人都不善飲，只略略喝些紅酒意思意思罷了。

然後，他們就出發去辦「雅事」了。

明月當空，他們來到港口，租了一條小船。原來，那一天，余先生算好了，是個偉大的「紀念日」，日曆上當然不會寫，但對余先生來講，這是「蘇東坡遊赤壁兼寫〈赤壁賦〉的九百周年紀念日」。〈赤壁賦〉，這麼了不起的散文，豈可不為它作個「九百周年慶」？

香港是個島，周邊是大海，海上仰望明月，想來自有一番清趣，何況同舟者也都是性情中人，也都是一時俊彥。

當然啦，如果能去湖北，去黃州，去文章的原產地，那也不錯。可惜那時代，要去內地，還不是十分方便的。海，當然遼闊無涯，令人陡生壯志，只可惜港口太小，港內船隻多如排蟻，你來我往，碰碰撞撞，陸上塞車，港中塞船，這在香港也是沒辦法的宿命……好吧，再忍耐一下，等船家衝出船陣，去到海上，那就好了……

可是，時間一分一秒過去，半小時了，船還在左邊擦擦，右邊蹭蹭，看不出有任何突圍的可能。

「怎麼回事，我們怎麼老在原地打轉，我們什麼時候才能出海啊？」

「我們當然只能原地打轉！」船家的口氣也不太好，似乎覺得這批人是渾人，全然不解事。

「我們要去海上呀！」

「我們這裡的船就只能在附近轉轉，去外海，那是要有牌（執照）的呀！」

船家對這批客人的無知似乎頗為不屑。

這批學者哪裡知道一個小小殖民地香港，在英國人手下還有這麼多規矩？這些上通希臘天文，下通五洲地理的學者，哪裡曉得去海上看個月亮，還要「執照」這麼大的陣仗。想跟蘇髯套個交情玩玩，在這個年頭還頗不容易呢！遭貶黃州的東坡，尚可以自由自在「縱一葦之所如，凌萬頃之茫然」。身為民主自由時代的我輩反而只能困在如停車場一般擁擠的港灣裡前衝後撞。

於是狼狽下了船，好在明月尚在，長空尚在，好朋友互相調侃自嘲的雅興尚在，一番「倣效赤壁之夜出遊」的華麗構想，到頭來，全然變為鬧劇草草收場。

余先生後來複述這段故事，既不憤怒，也無遺憾，居然還頗開懷，讓我覺得當年那番出人意外的幽默而又荒唐的結尾，雖也令人錯愕掃興，卻立刻讓這夥朋友明白這是人生常態，有些情況，在二十世紀的香港，好像是回不去了。蘇軾如聞此事，想必大笑三聲，接著說：

「噫！有趣！有趣！」

〈其四〉

「他呀！他這個人，我怎麼說他呢？——他是個『字癡』吧！」

說話的人是余師母。

我聞其言，放在心裡，想了很久，其實一直也沒想明白，余老師看到白紙黑字的時候，著迷的到底是什麼？漢字對他來說，字字都是鮮活簇新的奇蹟嗎？都是倉頡今天早晨剛剛新創製新公布新頒發的嗎？

余先生不用電腦，他用鋼筆親手寫自己的詩，編輯捨不得去打字，便把整篇鋼筆書法直接登在副刊上。看到的讀者都忍不住驚嘆一聲。

如今，再也看不到晨起版面上那種典雅得像手工紡織布一般經緯交錯且慎重斑斕的詩行了——這是我最最傷心且不甘不捨的事。

〈其五〉

余先生不菸、不酒、不說葷腥笑話，當然更不會借酒裝瘋。他愛音樂，但從未聽過他放聲高歌，甚至連大聲罵人的事也沒見過，人稱「學院派」——但說這話的人大約至少帶三分貶義，彷彿嫌余先生不開竅，揮灑不開，不像才子文人的狂放行徑。

我卻認為，「學院派」是個好字眼。使酒罵座之徒雖然圖了個痛快，但能讓世人過得好一點嗎？中國大概有九十年之久缺少好文字了，文字忽然莫名其妙的要去負責為政治服務（不過，他們都說，那是「為人民服務」），能好好回到深夜燈下，兀然獨坐，書寫一個書生的一世襟抱，其實，余先生可算是另一種型態的宗教先知吧！

真正的才子對自己的才華必須有所認識有所珍惜，且對同時代其他才子的才華也能認識並尊重。

前年，美國有位歌手得諾貝爾文學獎，頗跌破某些人的眼鏡。文教記者也傻眼，巴布．狄倫大名人人知，但他憑什麼算詩人？又憑什麼得獎？眾才子是說不出什麼道理來的，這時候，記者最方便的採訪請教的對象便是余教授了。其實遠在半世紀之前的六〇年代，余先生就看好巴布．狄倫，並極力推薦給年輕人。余先生也努力幫臺灣「校園民歌」許多忙，視他們為新時代的新樂府。瑞典學院的那批評審，只好說他們比較穩健，他們過了五十年才想起巴布這號人物。套句曹操的話：「吾才不及卿，乃覺五十年。」（原句是「乃覺三十里」。）菸菸酒酒，只是「作才子狀」的小道具，余先生才真有其識己識人的大才具。

〈其六〉

余先生棄世前一年，我曾寫過一封信給他，雖是信，卻也有個題目，名曰「教老守策」（「教戰守策」不是人人都有需要去閱讀的，「教老守策」則凡是沒夭折的人都該一讀）。此信的「正讀者」當然是余先生，「副讀者」則是余師母和幼珊，據幼珊說，全家看了笑聲不斷，我為此頗覺自豪——不過，說到音容笑貌，我便想來說我記憶中的余先生的容顏。

〈其七〉

余先生一張臉如山石崚嶒，線條楞巖似經典，卻不十分有表情，更不見誇張的戲劇性的五官變化。余先生雙耳稍稍招風，讓人想起塞爾特神話中的精靈。如果我是相學家，我會把這特徵當「貴相」——我是指對文學家而言。余老師最常見的表情是不作什麼表情，其次是正色凝視和善意聆聽。他的眼睛大而清澈有神，每次他特別睜大眼睛的時候似乎代表他驚奇不能置信，那眼神似乎在說：

「咦？咦？事情怎麼會這樣？太離奇了吧？」

至於余先生的笑容，也是挺收斂的。但非常誠懇天真。就算大笑，五官變化也不大，不像某些文人或藝術家有時笑起來會比較誇張，例如拍桌子、打板凳之類，余先生則笑相和吃相同樣斯文。大笑的時候，頂多也只是頭顱稍稍後仰，上半身也微微後傾。《論語》中「莞爾」二字很難作解釋，看余先生的笑容似乎有些明白，他的笑貌是同意，是接納，是不動聲色的鼓勵。

〈其八〉

余先生的寫作年齡很長，長達七十年，是杜甫的兩倍，李賀的四倍，而且，他又愛惜時光，所以著作豐富。可是，接下來就應該是詮釋者的事了，就像有《昭明文選》，便該有李善，有杜甫就要有仇兆鰲。

舉例言之，余先生在詩中曾用過「第五縱隊」，第五縱隊是上世紀三〇年代西班牙內戰時冒出來的詞彙，余先生用它來象徵吾人年老時「整個生理系統的背叛和倒戈」，這類典故的來龍去脈，如果沒人來詳加解說，叫小輩讀來就有點吃力了。詩人寫詩，本就有特權海闊天空，但得身旁得有個「解人」。余先生故世後，台北某文藝團體請一位教授朗誦余先生的詩，其中有首詩是講一群巷弄中的小孩，穿著木屐，踢踢拖拖跑來跑去，表現四〇到五〇年代的臺灣風情，十分傳神且有趣。

但朗誦者把一句「去追趕別的小把戲」解釋為換了別的「遊戲項目」。其實，我認為這個「小把戲」，余先生是在寫「方言」，四川方言，「小把戲」指小孩，通常指小男孩，是個善意的字眼，略等於「小傢伙」，卻更親切（語音略如「蕭八席」）。至於〈五行無阻〉裡面涉及生死宗教的民間信仰和神話，讀起來決不比希臘神話省力，這些工程，也得要「有心人」來「上心」。

〈其九〉

如果你是古代富翁，你也許會自豪於自家經營的千頃良田。如果你是古代小有資產的閒官，經營了一座妻子都不知道的果園，種了一千株好橘子，臨終宣布遺產是「我養了木奴千頭，夠你們用的了……」

而余先生的遺產大家早已了然知曉，那就是他跨世紀的千首新詩。就這一百年來說，可說是位豐產詩人了。可是，他臨行前似乎仍然稍有遺憾，他還有一首詩，題目都想好了，內容也洞然於胸，但寫作還是須要體力和精力的，他終於沒能寫出來。他說：

「如果寫出來——會是一首好詩——題目叫——『陽關』。」

這段話，是余幼珊，跟他們住同一棟大樓的次女說的。

我倒寧可相信中國民間的傳說，如果有一首詩，如果它構思太好，必會遭鬼神嫉妒，決計不想讓詩人完成它。啊，那首詩中可能有萬萬不可洩漏的神祕天機，有可以勘破世人癡迷的大智大慧，鬼神容不得這首詩問世……是這樣的嗎？……詩人站在玄關，前面是溟漠陰關，後面是灼灼陽關，陽關一唱，西出一別，遠方是「有故人」？還是「無故人」呢？行者一舉趾處，便是異域，而詩人暫立在幽祕的玄關……

上世紀，曾有個寫廣東大戲的才子，自稱「南海十三郎」，中年以後，他又另加了四個字，變成「神憎鬼厭南海十三郎」。

啊，啊，一切的詩人都是神憎鬼厭的吧？有了詩人，鬼神就失業了——因為鬼斧，神工，全讓詩人給奪去了，鬼神一時恨不得將眾詩人殲滅殆盡，但可慶幸的是，斧鑿可奪，已完成的工程卻是長存的——雖然，還有一首詩，欠著，沒寫成。

然而，我只聽「陽關」二字，便已動容，前一字讀來剛強堂皇，後一字則婉轉纏綿，而且，關，是《詩經》第一字，只此二字，我便覺得比之柯立芝沒寫完的那首元代皇苑詩更為想像無窮⋯⋯

啊，我想我應該去找書法家董陽孜，把這兩字寫下來，陽關——詩人腦海中摁下的最後鈐記。

〈其十〉

余先生有一項絕技，平常很少示人，倒也不是他藏私藏密，而是沒有機會。

朋友見面，不是在觥籌交錯的席間，便是在冠蓋雲集的演講廳裡，他的那項本事沒法表演。他的本事是什麼？原來是「打水漂漂」。在那個不十分有玩具而到處都有大小水潭的年代，小男孩普遍都會這項絕技，但玩得好不好卻大有差別。

最重要的是——先要找一塊好石片或瓦片，不能太重，也不能太輕，圓圓扁扁，光滑趁手，身子要放低，丟的時候要記得，不是把石頭丟到水裡，而是要讓它一路保持在水面上輕盈彈跳⋯⋯

他說的道理我全懂，可是，我就是沒練過這個把式。其實，要我說，我也有辦法把條件說得很詳細。

余老師那天把石頭扔了出去，成績不好，記得石頭似乎只跳了五下。

「今天不好，這裡沒有好石頭，如果石頭好，可以跳十幾下的⋯⋯」

我們說話的地點在香港的新娘潭，時間是一九八三年秋天。那時我赴港客座半年，余老師余師母便招待我作一次郊遊。

我很想幫著去找一片好石頭，可惜找不到，也許是當地地質的關係吧！

啊，我只好憑想像力，想像有一塊好石片脫手飛去，在池上一路跳遠，點下一個復一個的圓心，而圓心一個個盪開，如滿池用綠漣漪形成的許多老式黑膠大唱片，無聲的音樂旋轉迴響，最後，石片在看不見的遠方不知所終……

我近日回想往事，覺得要打好一場水漂漂之遊戲也不容易，必須天時、地利、人和湊齊。第一要風和日麗之際，狂風暴雨驟至可不相宜，雪雹交加就更可怕了。第二要一片大大深深的澄碧池子，淺水或臭水都不好，淺水沒浮力，臭水敗人雅興。第三池畔如有陰涼的老樹更好，否則烈日下光禿禿的池子令人疲怠。第四最好此地天生有許多用不完的又圓又扁又輕盈稱手的石頭片。第五，有技巧相埒的友伴可以吆呼競技，揚起鬬志。當然，如果此隊人馬中有今日之青年同行，想必他們認為最最重要的事是——事先把手機充好電，將整個過程詳詳盡盡地記錄下來，那才叫完美。

不過，想著想著，我忽然吃了一驚，咦？這些，豈不有點像詩之大業的隱喻嗎？

在宇宙中某一短暫的時間，某一狹小的空間，某個名叫大化的孩子投石向水，石子身不由己，遂歡忭脫跳，一路向前飛舞而去。然後，著水，水盪開……著水，水盪開……石子精心演出，著水，水盪開……最後，終於，一切恢復平靜……啊，我在想，那澄靜的琉璃池子會緬思那個高明的投石小孩嗎？而那小孩會懷念那枚完全合乎理想的石子和它一路絕美而輕揚如點水蜻蜓的演出軌跡嗎？至於那枚石子，它會回顧一眼自己所曾經奮力盪開的同心圓，以及那一圈復一圈有餘不盡直走天涯的帶著美聲唱法的漣漪嗎？

我站在想像的池潭之畔，試圖用血脈中一度烙記住的一句半句如偈子又如棒喝的那些詩句，來挽留住現實世界裡無方留下的水之縠紋或風之蝕痕。

張曉風，原籍江蘇省銅山縣（徐州），筆名曉風、桑科、可叵，東吳大學中文系畢業，曾任教東吳大學、香港浸會學院、陽明大學。曾獲中山文藝散文獎、國家文藝獎、吳三連文學獎等，並於一九七六年獲選十大傑出女青年。著有《地毯的那一端》、《步下紅毯之後》、《從你美麗的流域》、《玉想》、《星星都已經到齊了》、《送你一個字》、《花樹下，我還可以再站一會兒》，另有童書《祖母的寶盒》、《看戲》，評述和小說、詩作等。三度主編《中華現代文學大系》散文卷及《問題小說》、《小說教室》等。

在光中走進詩史

何懷碩

十四日午前在中廣播音中得知光中先生仙逝的消息，百感交集。自從今年八月他在信中說「目疾為患」之後，我一直想去高雄探望他。八月太熱，想等秋涼，我卻又應邀去了一趟杭州及上海。又有一趟北海道之行。因見余老十月下旬九十大壽慶生會堅持站著說話，顯示健康難關已過，百壽可期，便感不急，正想十二月下旬南下，豈料遲了一步而愧悔不已！趕快寫封信慰問咪咪大姊，我說今天頓覺人生好空虛，好荒謬。文豪走了，舉目四望，還有誰？

余老一生優美的詩文，文學界與友生已有許多透徹深入的研究與評論。他的成就有許多方面，最令人難忘的是語言的運用，充分表現了天才的機鋒，是罕遇的奇葩。大概只有蘭姆或王爾德等巨匠才能相提並論罷。這裏面絕不是頭腦機靈，口才便給而已，其人須博古通今，書讀得多，又博聞強記，還要識趣幽默，通達開朗，口齒清爽，語調親切動聽。聽其言如沐春風，如打通任督二脈，而遍體舒暢。

余老的講演，或幾個文人老友相聚時他的談吐，才子的機鋒，令人如飲甘醇，如夏天喝冰可樂，難以忘懷。因為余老七〇年代中去香港教書十多年，一九八五遷高雄教書三十多年，雖偶爾有機會晤面，畢竟不像早年在臺北時期。不過，我還不忘記他創「雅不可耐」等新成語。幾十年前有一次在余府（廈門街）做客，余老的尊翁匆匆外出時神采奕奕跟我們打招呼。余老對我說：他老人家每天「閒裏偷忙」。真是溫馨又詼諧。余老的諧趣散文，如〈給莎士比亞的回信〉、〈我是余光中的祕書〉、〈戲孔三題〉等等，讀者可自去品嚐，以拜讀余老詩文來敬悼老詩人吧！

去年十一月，余老寄《粉絲與知音》一書相贈。今年八月，我十多年前《給未來的藝術家》一書出增訂版，遂寄剛收到的第一本給余老，他給我回信，這是最後收到的光中先生的一封信。信末說他為目疾所苦，寫作不方便，而有「長壽則多難，令人難堪，奈何！」之語。我讀後很難過。一位大作家，不太能讀寫，是多麼痛苦。記得一九七五年我在紐約唐人街中國書店買到《知堂回想錄》（知堂老人一九六七年五月逝世。六〇年代初寫回想錄，寫完已是文革前夕。一九六六年文革開始，知堂大難難逃，翌年突然去世，八十三歲），它的「緣起」及「後序」都提及古人「壽則多辱」這四個字。他說：「從前聖王帝堯曾對華封人說道，壽則多辱，這雖是一時對祝頌的謙抑的回答，其實是不錯的。人多活一年，便多有些錯誤以及恥辱，這在唐堯且是如此，何況我們呢？」

死於文革可怕的時代，知堂借古人「壽則多辱」來自況，有許多隱藏不便明言之苦痛。光中先生生活在榮光中，在溫暖的家園中，在千萬讀者的仰慕中，但因老病而有「長壽則多難」之嘆。十四日當我一知道詩人駕鶴飛升，立時想到他的「多難」與知堂的「多辱」；兩個處境與成就完全相異的文豪其老年人生的慨嘆如此，都令人感慨哀悼。

我不知余老有沒有對其他人透露人生長壽則多難的感慨，他最後這信上的字跡，雖稍遜健康時的挺拔清麗，也還是他自己典型的風格。

一個鄉愁的時代隨著結束了，他在光中走進詩史。

——原載二〇一八年一月七日《聯合報》

何懷碩，一九四一年生於廣東，國立臺灣師大研究所退休教授、美國聖約翰大學藝術碩士、臺灣第十七屆十大傑出青年（一九七九年）、中外知名書畫家，同時也是著名藝術、文化評論家與作家。書畫作品在歐美、大陸、香港、臺灣展覽多次，廣為中外美術館、博物館與著名收藏家所藏。除書畫作品之外，文字著述有《懷碩三論》（包含藝術論、近代畫家論、人生論）、《苦澀的美感》、《繪畫獨白》、《域外郵稿》、《何懷碩文集》、《給未來的藝術家》等二十餘部。

向前看，向後望
——余光中先生的三幅畫像

季季

有人問我和余光中先生見過幾次面，我說次數多寡有何意義，重點是在歷史現場看到什麼樣的畫面。諸多畫面已流為空白，有些也已模糊，餘下三幅較為清晰的，至今懸於腦際，或左或右搖擺。如今余先生大去，有人問我能否寫幾個紀念文字。他的詩、散文、評論、翻譯，無需我錦上添花，倒是那三幅私藏畫像可複製於此並一組餘音與文友分享。

臺北——淡江校園裏的一首詩

第一幅畫像，是一首詩。

一九六七年夏，淡江大學一女生騎腳踏車來我家聊天。我高中畢業沒考大學，一九六四年來臺北後雖曾在臺大夜補班上殷海光等人的課，但時間不長且不是正規課程，婚後凡有大學生來訪，總喜歡和他們聊一些上課內容和生活點滴。女學生來訪時，吾兒半歲多，還在嬰兒車裏咿咿呀呀，她先和小兒拉拉手玩一玩，坐定後聊沒多久就說：

「妳認識余光中老師嗎？」

我說認識，但不熟。原來，她喜歡上余光中的課。她素描著校園裏綠草地、大樹下的景象，瞬間在我眼前幻化為一首優美的詩；在那幅詩裏，詩人在為一群青春學子朗誦詩……

「哦，余光中是那樣的老師啊？」

「是呀，天氣好的時候，他常一時興起帶我們到外面朗誦詩。他說坐地上如果不舒服，可以躺下來，哈哈，我是不好意思躺啦，有些男生就躺得東倒西歪，有時候余老師自己也躺下來，唱 Joan Baez 的歌給我們聽！……」

「哦，Joan Baez？我家有她的唱片！」

我去後面房間把小小的國際牌唱機和 Joan Baez 唱片搬到客廳，和她陶醉在清澈柔美的歌聲中。當年跟女學生或其他大學生一定還聊了很多，然而，除了余光中這幅「詩裏的詩」，其餘畫像都被婚姻礪石磨碎了……

——那一年，余光中虛齡四十，師大英文系副教授，也在臺大、政大、淡江兼課。那一年，他也是四個女兒的父親，且曾在三女之後痛失誕生三日即腦溢血夭折的兒子（其散文名篇〈鬼雨〉即述葬子之悲）。——

香港——大埔街頭的汽車駕駛

第二幅畫像，是他去香港中文大學執教之後。

不知他是否還帶學生到草地上、大樹下朗誦詩、唱民歌？第一次去他家，不好唐突問他的教學生活。我們喝著茶，聽他和夏祖麗談她媽媽林海音及純文學半年前出版《青青邊愁》的一些事；他的書大多在純文學出版。他家的鸚鵡藍寶寶，不時在客廳裏飛起飛落，有時停在他的肩膀，懷疑的掃視著三個陌生女子的臉孔。

一九七八年夏，我進入《聯合報》副刊組服務半年多，新聞局委託「著作權人協會」請十餘位作家去香港參加書展。當時臺灣還沒開放觀光，團員大多第一次去香港開眼界，也想逛書店買禁書。為了「安全」起見，新聞局安排團員住在彌敦道「富都飯店」；那是與國民黨交好的國際奧會委員徐亨的產業。

書展開幕時，范我存代余老師來參加；說他要上課沒空來，邀夏祖麗、蔣家語和我次日下午他下課後去他家喝茶坐坐。師母還教我們如何搭九廣鐵路至新界，又如何去他們沙田中文大學的宿舍……

那時〈狼來了〉與鄉土文學論戰餘音未息，我們在余家謹守為客之道，談話盡量輕鬆。蔣家語當時任《民生報》記者，一九七六年曾以〈關山今夜月〉獲第一屆聯合報小說獎佳作，大學時是余光中任教政大西語系的學生，說話嬌滴滴的，甚至說她跟鄭元春快結婚了，不想穿西式婚紗，要在香港買中式鳳仙裝禮服，問老師哪裏有得買？師母立即代為回答：大埔有一家，可以去看看。余老師也立即說：那要抓緊時間，妳們不是還要回去參加晚宴嗎？我現在就送妳們去。

臺灣文壇當時有四老名嘴，四中名嘴，四小名嘴，余老師名列四中名嘴之一，口才便給，言語幽默，開車往大埔途中對師母說：「咪咪啊，我們這匹馬今天福氣不淺，不但載了一位準新娘，還同時載了兩個咪咪，破了歷史紀錄。」

師母咪咪回過頭來看坐中間的咪咪，哈哈哈，一時之間，連那匹馬也跟著我們笑出聲（范我存與夏祖麗皆小名咪咪）。

車子轉入大埔一條單行道，無處停車，余老師說：

「買好了在路口等我，要眼明手快哦，我繞兩圈兜兜風。」

那家老店在巷口第二家，中國傳統服飾華麗繽紛，老闆娘的廣東話都需靠余師母翻譯，蔣家語目迷五色，試了一套又一套，好不容易挑好兩套鳳仙裝走到巷口已過一小時，上了余老師的車直說對不起。

「曹操說，繞樹三匝，無枝可依，」余老師笑道：「我比三匝還多了兩匝，來香港五年，第一次繞這麼多匝，算起來正好一年一匝。」

「哎喲，老師，你的算數好好哦。」蔣家語嗲聲撒嬌了。

「繞這麼多圈也學到一個心得，每次快到那個巷口，就要稍微減速慢行，既要向前看，也要向後望。」

「老師，為什麼要向後望呀？」準新娘又有話了。

「萬一我開過巷口妳們就出來了，我就趕緊暫停一下，等妳們走過來上車，否則的話，等我再繞一圈回來，妳們至少得站在路邊再等十多分鐘……」

我不會開車，卻在余老師的車裏記住了「既要向前看，也要向後望」；很簡單的一句話，包容了對人的體貼，流露了對處境的觀察，也暗合了寫作觀與生活觀。

——遺憾的是，得來不易的鳳仙裝，並沒祝福蔣家語的婚姻；離婚後也常被流言所困，二〇〇八年三月因鼻咽癌離世，比她的老師早了幾千步。——

臺北——時報文學獎「半個耳朵的距離」

第三幅畫像，是他從香港返臺後參與時報文學獎散文類評審。二〇〇五年九月，我在《行走的樹》第一章〈搖獎機．賽馬．天才夢——九月，以及它的文學獎故事〉寫過此事，似無需重寫，謹錄舊文於後供讀者參考。

一九八〇年我轉到《中國時報》服務，從第三屆開始參與時報文學獎作業，其中一屆散文獎也差點首獎從缺，幸而被余光中的一句話扭轉了結果。余教授是文藝界名嘴，說話不疾不徐，條理清晰而幽默；右手寫詩左手寫散文，常為時報文學獎擔任新詩與散文決審。有一年評散文，最後一輪圈選，出現兩篇兩票的局面，其中一位評委認為兩篇成績都不夠突出，建議同列甄選獎，首獎從缺。他一說完，只見余教授微微一笑，不慌不忙說道，他在香港中文大學教書時，偶爾看電視轉播賽馬，常常看到兩隻馬明明同時抵達終點，但裁判宣布結果時，必然有一隻是冠軍，另一隻是亞軍。說到這裏，余教授停頓一下，大家不解的望著他，只見他摸著耳朵說道：「原來其間的差距只有半個耳朵的距離。」一句話畫龍點睛，重新投票時，首獎順利產生。

（歷屆時報文學獎評審無數，「只有半個耳朵的距離」是我認為最微妙的評審語言。我自此深記，並且深思其意。在我們的生命裏，如果你能躲過「只有半個耳朵的距離」，也許就能僥倖逃過一劫……）

高雄——〈蓋棺不論定〉，餘音未息

余光中是多面向的創作者與評論者，對中外文學流變與作家成就知之甚詳，一九六八年春（四十歲）即發表〈蓋棺不論定〉，細數各國各代之名家，生前死後的聲望起落；從李、杜、白居易到胡適、徐志摩，從莎士比亞到龐德，洋洋灑灑論證，且摘其中幾句與讀者重讀。

——一位作家的價值，很難獲得定評，生前如此，身後亦然。生前，他容易招人曲解，致天下之惡皆歸之；身後，他既已成為偶像，人們對他的溢美，也每每鄰於迷信。相反地，生前享盡聲譽，死後光芒畢斂或惡名橫加的例子。（註：此句未完，似校對遺漏。）而無論是低估（underestimate）或者過譽（overestimate），都不是一位作家應得的報酬，也會導致文學史的混亂。——

——古人棺木已朽，議論尚猶未定。今人墳土未乾，評價自然更難一致。——

同年秋天出版《望鄉的牧神》，其後記最後兩句也值得再讀：

——一個人如果靈魂是清白的，他衣服上偶然沾來的幾個斑點，終會在時間之流中滌去。我甚至懶得伸手去拂拭。有誰，是穿著衣服走進歷史的呢？——

這些五十年前的文句，預言了其後至今的傲骨與辯證。

餘音未息，而腳步已遠。

向前看，向後望，歷史那樣走來，也將這樣走去。

謹此，送別余老師。

——原載二〇一七年十二月二十一日《中國時報．人間副刊》

季季，一九四四年十二月生於臺灣省雲林縣。省立虎尾女中高中畢業。一九七七年進入媒體服務：曾任《聯合報》副刊組編輯，《中國時報》副刊組主任兼「人間」副刊主編，時報出版公司副總編輯，《中國時報》主筆，《印刻文學生活誌》編輯總監。出版短篇小說《屬於十七歲的》、《季季集》，長篇小說《我的故事》，散文《攝氏二十—二十五度》、《寫給你的故事》，傳記《我的姊姊張愛玲》（與張子靜合著）、《奇緣此生顧正秋》、《行走的樹》等共二十多冊；主編年度小說選、散文選、《紙上風雲高信疆》等十餘冊。

遲到的祈請：譯詩一首敬悼余光中先生

彭鏡禧

在二〇一七年六月二十九日香港城市大學翻譯與語言學系舉辦的「二〇一七翻譯研究、實踐與教學法研討會」上，我提出一篇報告，討論狄藍・托馬斯（Dylan Thomas，一九一四—一九五三）"Do Not Go Gentle into That Good Night"一詩的中文翻譯。該詩寫於一九四五年，但直到一九五二年他的父親過世後才出版。這首詩被譽為「英語文學中對父子關係最動人的歌頌」，而其詩藝方面的高度成就「或可稱為最偉大的英語十九行二韻體詩（villanelle）」。此一詩體分為六節（stanza）：前五節每節三行，末節四行，共十九行。首節的第一行重複出現於第二節、第四節以及最末節的第三行；首節的第三行重複出現於第三節、第五節的第三行以及最末節的第四行。各節第一、三行叶韻，第二行及最末節第四行另叶一韻，因此全詩只有兩個尾韻。

也許是本詩內容的關係，論文撰寫期間，余光中老師的身影不斷浮現腦海。老師曾因跌倒住院，雖已在康復中，據說行動已經不如往常矯健。蘇其康兄和其他幾位學長年初即已籌畫出版慶祝老師九十大壽的論文集，本想提交這篇論文共襄盛舉；躊躇再三，終覺不甚妥當。心境或許近似托馬斯寫作當時。研討會之後，應上海《東方翻譯》之邀，把文章翻譯成中文，也附上該詩的拙譯，全文刊於該刊二〇一七年第四期。現在我把譯詩略加修訂，謹以此遲到的祈請，敬悼中華文壇、譯壇、杏壇的仙品。

絕不溫馴地進入那良宵

絕不溫馴地進入那良宵——
老者應於日暮時熾熱、狂嚷；
怒斥，怒斥光明之漸消。

智者臨終，明知黑暗來得正好，
但因所立之言未如閃電發光，
絕不溫馴地進入那良宵。

善者，最後一波打來，號叫
微德原可於綠灣婆娑蕩漾，
怒斥，怒斥光明之漸消。

狂者捕捉飛奔烈日，頌歌逍遙，
太遲方覺悟，一路徒留哀傷，
絕不溫馴地進入那良宵。

憂者將亡，近盲的炫目見到
盲眼能燦爛如流星，神采飛揚，
怒斥，怒斥光明之漸消。

而您，我的父親，何其悲愀，
求您詛咒、祝福我，熱淚奪眶。
絕不溫馴地進入那良宵。
怒斥，怒斥光明之漸消。

——原載二〇一七年十二月二十七日《聯合報》

彭鏡禧，臺灣大學外文系學士及碩士、美國密西根大學比較文學博士。曾任美國維吉尼亞大學客座教授、香港城市大學客座教授、中華民國比較文學學會理事長、中華戲劇學會理事長、臺大外文系主任、戲劇系主任、文學院院長、特聘教授、中華民國筆會會長。現為臺灣大學名譽教授、輔仁大學講座教授。研究領域為莎士比亞與文學翻譯。已出版編、著、譯作品四十餘種，包括莎士比亞戲劇譯注七種、合作改編傳統戲曲四種等。

余光中老師的多重面貌

鍾玲

一九六七年春，我在臺灣大學外文系選了余光中老師的英美詩選課，當時我在臺大外文研究所就讀一年級，而研究生是可以選修大學四年級的課。在我這個於南部讀中小學、中部讀大學的臺北新鮮人眼中，他是位高不可攀的偶像。那一年常常跟高雄女中同窗的方瑜兩個人熱切地讀《現代文學》、《純文學》、《文學季刊》上登的作品，包括余光中、白先勇、陳映真等。余老師修長的臉上表情肅穆，氣勢穩重如山，講課的聲量有歌劇男中音的渾厚宏亮，所以我總跟兩個來旁聽的文友，坐在最後一排。我對他著實又敬又畏。

余老師的詩〈火浴〉在《純文學》一九六七年四月號上發表，我細讀之後發現詩中所呈現的是藝術家自我超越的過程，但是卻沒有描述過程中的矛盾和痛苦，所以寫了一篇評論：〈余光中的火浴〉，並把它投去《純文學》。沒多久稿子被退回來了。我想雜誌不登就算了，只希望我評論的對象能讀到它。於是有一天下課，我就跑到講臺前，把稿子交給余老師，口中喃喃地說：「一篇我寫你詩的文章，請指教。它給退稿了。」說完就跑了。

一九六七年八月我飛去美國威斯康辛大學讀比較文學系的碩士學位，上飛機之前幾天，看到《現代文學》八月號登出了我這篇〈余光中的火浴〉，我想一定是余老師拿去給他們登的，余老師真的很大度、很愛護學生。次年春天我在威斯康辛大學的圖書館翻看新寄到的《現代文學》雜誌，上面又登出余老師那首〈火浴〉，是更正版，其後有〈余光中附識〉，他說：「敢於冒著觸犯老師的危險，來從事嚴肅的文學批評，這種精神，是值得提倡……現在我接納了她的意見，把〈火浴〉從原有的四段擴充到目前這種格局，不知道她看後會不會多加我幾分？」看完我瞪目結舌了一分鐘，他欣賞我的膽識，之後令我開心了一陣子，但還是不懂那麼嚴肅的老師怎麼會叫學生給他加分？三、四年以後我才知道他是在幽我一默。

一九七一年初，我飛去冰天雪地科羅拉多州的丹佛城參加現代語文學會的學術會議，那時我正在寫博士論文、也開始找工作。正巧余老師在丹佛城的寺鐘學院任教，而我在東海大學讀一年級就認識的學長王靖獻，即楊牧，也來開會，他跟余老師本是藍星詩社熟絡的詩友。余老師就駕車把我們一友一徒接到他的住處。飯後三個人喝啤酒聊天，他們兩個興起開始說笑話，嚴肅的余老師、含蓄的楊牧師兄，一對上了就欲罷不能，我始而微笑，繼而捧腹。那一夜我見識到余老師幽默詼諧的一面，對他的畏懼全消。

一九七七年我嫁到香港來，余老師已在香港中文大學任教兩、三年。就那麼巧，外子胡金銓和余老師已經成了熟朋友，他就是余老師筆下的〈沙田七友記〉之一。反倒是胡金銓把我這個余門弟子帶去參加老師家的雅聚。隨後七年我了解到余老師在家人、朋友之中的面貌。余老師和太太范我存是一對配合無間、默契十足的夫妻。夫主外、婦主內，「外」的範圍遼闊，時間上他翻越一個又一個高峰，成為當代最重要的詩人和散文家，空間上他所征服的讀者心靈，由臺灣擴張到港澳大陸、到國際。余太太「內」的範疇也不小，包括陪同和張羅余老師被邀的海外演講、受獎、主持家務、帶大四個女兒、管理財務、大量閱讀文化類書籍；余太太也向外發展，專長於古玉研究、飾物的結繩、博物館導覽。兩位都是內心強大的人。在香港余太太跟我也成為買玉、研究玉、談心的密友。

余氏夫婦好客好友，常在家中請朋友來聚餐，最常見到的是任職中文大學的陳之藩、思果、高克毅、黃維樑。置身朋友之中，余老師很放鬆，他一句話逗得大家哄堂大笑，自己卻紋風不動，只眨眨眼。如果有臺灣和大陸的文友來訪，他會駕車帶他們去觀看新界的山水。余老師另外有一個身分，就是文藝遠足隊隊長。在香港我參加過近十次遠足，每次都有十人左右，包括余太太、黃國彬、黃維樑、朱立、劉述先等。身為隊長的余老師精神煥發、步履輕快，不時跟大家指點山水勝處。那時我對自己的體力完全沒有自信，信步而行沒有問題，但是像飛鵝嶺這般陡峰我那裏敢爬！就拉著余太太同坐在山腳的大石頭上，最後等到余老師帶隊凱旋下山，他總是意氣風發地走在最前面。

一九八五年余老師離開中文大學，赴位於高雄的中山大學出任文學院院長，及外文研究所所長。任職香港大學中文系的我，在一九八六年秋正好有一學年的休假，余老師召我回中山大學客座。我充滿了喜悅赴任，因為可以回高雄就近看顧年近七十的父母，又可以追隨余老師左右。那一學年見識到龍藏深淵的余老師，他在高雄開始落地生根。那年他任總策畫，推出大型的「木棉花文藝季」，這是官界、學界、媒體合作的文化活動，主辦單位有高雄市政府、中山大學、臺灣新聞報。余老師寫了一首為這個活動定調的詩：〈讓春天從高雄出發〉。這首詩令讀者意識到余光中是位為高雄發聲的詩人，余老師自己也開始認同高雄這個他鄉為家鄉了。

一九八九年初余老師告訴我外文研究所有一個教職空缺，可以申請。我想父母年事已高，應該回高雄照顧他們了。於是辭去了香港大學的教職，回中山大學外文研究所專任。實在太幸運可以做余老師的下屬和同事十四年。作為學術主管，余老師是大家的典範，只要他坐鎮，大家都心定，以身為文學院一分子為榮。他孜孜不倦地寫作，同事們都仿效他，各在其位努力研究、寫文章。這十四年我體驗最深的是余老師和大自然山水的關係。如果說大陸是他的母親，臺灣是妻子，香港是情人，臺灣由中部玉山到南部的墾丁，就是他的兒女心頭肉。這片山水激起他的奮發、觸發他的熱情、引發他的赤子之心。表面上，他閑情逸致地跟我們一同遊山玩水，他的內心卻正在詳細偵測、探索山型之美、地勢之奇、植物之貌，於是寫下了〈隔水呼渡〉、〈關山無月〉、〈龍坑有雨〉、〈滿亭星月〉這些人情與自然水乳交融的散文絕唱。

在中山大學那幾年，余老師除了是我的上司、同事、文友、遠足隊隊長，我們還發展出調侃者和被調侃人的關係。他總愛拿我體弱的樣子開玩笑，在〈關山無月〉一文中，描寫入夜時分，大家在亭中苦等攝影家高島，即王慶華，開車帶晚餐飯盒來，余老師說：「『此情此景，正是講鬼故事的好地方。不如開講罷，用恐怖來代替饑餓……』『那也好不到那裏去，』哄笑聲中鍾玲反對說。『你這個人哪，餓也餓不得，嚇也嚇不得。由不得你了……』」（《隔水呼渡》，頁五十一）那十年隨余老師進入臺灣山水深處，我已漸漸愛上了大自然，以至於二〇〇三年離開高雄赴香港任浸會大學文學院院長後，會有膽子跟著城市大學和浸會大學一些教授，去港九新界行山，終於擺脫了我文弱的形象和心態，這都要感謝余老師這位隊長的教導。

在詩藝上，余老師曾給我稍加點撥，就受益無窮。一九八六年冬我隨余氏夫婦臺中行，余老師在「紫荊花的下午」節目誦詩，接著赴東海大學，余老師和我一同主持「創作經驗」座談。回高雄不出兩天，余老師就寫出意境高遠的詩：〈大度山懷人〉，所懷之人就是楊牧。我一個月以後才寫出〈大度山寫意〉，我覺得最後兩句不夠有力：「就是這高曠和空靈／浸潤今日的你昨日的我。」

我拿去文學院院長辦公室給他看，他建議改成「就是這高曠、這空靈／浸潤今日的你啊／昨日的我。」（《芬芳的海》，頁一六三）我領略到寫詩有一個竅門是常被忽略的，就是詩人對讀者說話的語氣。余老師只去掉「和」字，用了排比；加一個感嘆詞「啊」；多分一行；這首詩就活過來，變成跟讀者有腔有調的對話了。為什麼余老師的詩會感動兩岸四地海外所有華人呢？因為他的詩歌傳達全面的詩意，除了內容情深、結構嚴謹、比喻巧妙、平仄考究，還有就是他的詩用了能打入人心的語調。

二〇〇三年以後這十四年，雖然我在香港、澳門隔著道海峽，每次余氏夫婦赴港、或過港，應邀去領獎或演講、朗誦詩歌，只要有聚餐，我大多有機會參加，跟他們敘舊。我回高雄也常去他們家探望。跟余氏夫婦交往了三十多年，加上這些年照顧他們的老二余幼珊也是我在中山大學十多年的同事，所以每當我們在一起都有完全接納彼此的那種自在和心安的感覺。到了二〇一〇年代初，余老師已經八十多歲了，依然創作不懈。因為他聲譽更隆，各方邀請，尤其是來自大陸的，多如紛飛的雪。余老師本來就愛出門遠遊，又享受在大群聽眾前以他鏗鏘的聲音，把自己的詩歌輸入他們的心中，所以只要健康許可，他都會應邀以滿足對方要求。直到二〇一六年夏那一次跌倒。

去年夏天余太太忽然腸道大出血，入高醫加護病房，情況危急，幼珊在醫院照顧母親。第二天早上余老師像平常一樣到大廈前的公園散步，因為心中憂慮老伴的病情，出門過完馬路走上行人道時，一個失神摔倒，頭撞地上流了很多血。文曲星是有上天照應的，一位住在同一棟大廈的女士就走在余老師後頭，認出了余老師，馬上找大廈管理員叫救護車。夫婦兩位進了同一家醫院的加護病房；余老師的病情也不輕，因為有顱內出血，真是夫妻同命。八月份我回高雄市去探望他們，他們已經出院一個多月了，恢復得不錯，余老師的頭腦非常清楚，他說現在會害怕走路，因為上次跌怕了，完全不知道怎麼跌倒的。我想他最害怕的應該是顱內出血影響到他的創作力。

過去一年我去探過他們幾次，余太太像以前一樣頭腦靈活、口齒敏捷，行動稍微慢些。反而余老師一次比一次瘦弱，聽力一次比一次差，說話一次比一次不順，看得我心中難受，但是想到他的種種面貌，那個在臺上朗誦詩歌打動幾千聽眾的詩人，那個在課堂上講課深入詩歌情懷的老師，那個主持文學大系、大型文學活動的文壇領袖，那個步履輕快的登山隊隊長，那個幽默、喜歡鬥嘴、靈思如湧的冷面笑匠。他這些面貌曾存在過，也會一直存在。而他最在意的文學創作一直進行到最後，在二〇一七年十一月二十八日他小中風入院前一個多月，他還寫下〈悼念李永平〉一文，刊載在二〇一七年十二月號的《文訊》上。文中說，他當年為李永平的小說《吉陵春秋》寫序文，那時李永平沒有告訴他吉陵到底位於何處，「害我狂猜了好久。」一余老師典型的幽默，躍然紙上。

二〇一七年十二月六日我收到散文家黃秀蓮的電郵，說因為余老師小中風入院，她七日將由香港飛到高雄探病。黃秀蓮是余老師在中文大學中文系任教時的學生。我想黃秀蓮心繫老師，是有心電感應的，就在她抵高雄那天，余老師的病情轉嚴重，她得以在老師最難度的人生關卡隨侍在側。黃秀蓮在老師病床前，還跟他一起背唐詩。余老師已經心臟積水、肺部積痰，後來余太太告訴我，余老師是染上了肺炎。八日余老師轉深切治療部，病情沉重。除了余太太和余幼珊，其餘三個女兒也分別由海外、由他地回來，在十二月十三日一家團圓人齊了，想余老師是整個中華民族共同擁有的大詩人，但是在他最後一刻，靜靜陪他面對死亡的應該是他最親的家人。十四日早上在安寧病房，余老師在至親環繞中安詳過世。

——原載二〇一八年一月《文訊》三八七期

鍾玲，美國威斯康辛大學麥地森小區比較文學系博士，曾任教紐約州立大學艾伯尼校區，香港大學，中山大學人文學院院長，香港浸會大學協理副校長、文學院院長、講座教授，澳門大學。著有散文集《日月同行》、《大地春雨》；小說集《天眼紅塵》、《生死冤家》；學術著作《文本深層：跨文化融合與性別探索》、《中國禪學與美國文學》等。

我和光中先生的中山因緣

黃碧端

我和余光中先生最「資深」的關係，當然是讀者。和許多五、六〇年代的文少、文青一樣，余先生的散文和詩是必然的讀物，也必然的受到他的文字影響，一如余先生也承認自己受屈原、李賀、李白、愛倫坡、濟慈、王爾德……等等的影響一樣。

但我是無可救藥的雜食者，一直到在臺大念完碩士，都是法學院的學生，讀物的來源龐雜。我從余先生得到的，毋寧是看見中文書寫的「可能性」。余先生曾說自己：

……我的感性裏面的想像，所謂中國或者中華文化是一個奇大無比的圓，圓周無處可尋，圓心無所不在，這個半徑是什麼，半徑就是中文。我希望我能做的就是把這個半徑拉得更長一點，這個圓就可以畫得更大。

毫無疑問，他是擴大了中文世界「半徑」的重要人物，承接了中文的精髓，還匯入了西方文學的諧謔機鋒和結構……傳遞給他的讀者的當代中文的「可能性」，遂變得極為豐盛。僅僅就這點來說，正如梁實秋先生說的，余光中也足稱「一時無兩」！

我的「雜食」使我一步步走近文學，最終是在文學的領域完成博士學位。一九八〇年我回國到剛剛成立的中山大學任教，一九八二年接任外文系主任。那年我迎入剛自美國聖路易的華盛頓大學完成博士學位的小說家李永平，次年迎入來自西雅圖另一個華盛頓大學的比較文學學者蘇其康，外文系軍容大盛。

而記得很清楚的是，一九八四年的春天某日，我在外文系走廊上碰到手上拿封信在看的李永平。永平看到我，指著手上的信跟我說，余光中先生寫信說他有「避秦之念」。我聽了心中一動：這不是把余先生延請到中山的好機會嗎？那時余先生在香港中文大學任教已近十年，香港將在一九九七回歸中國大陸也已是定局。「九七大限」使當時香港人心惶惶，余先生信上說的「避秦」，指的便是這十年後將要到來的「大限」。

接下來我邀請余先生來中山的細節，才剛寫在《文訊》這個月出的李永平追思特刊。絕沒想到的是，小余先生二十歲的永平今年九月底遽然離世，而才三個月不到，余先生也告別人間！一線相牽使余先生到西子灣的兩人竟相繼離開，撫今追昔，特別教人感傷！

余先生初到中山大學，不僅是校園的大事，也是整個高雄的大事，剛剛到任的市長蘇南成立刻來請詩人為高雄賦詩，定「市花」……余先生基本上是個不大會拒絕人的人，他的廣為傳頌的〈讓春天從高雄出發〉便是這樣寫出來的。

〈讓春天從高雄出發〉，三十多年來的歷任高雄市長，大概每位都引用過。詩中的木棉花典故：「……／讓春天從高雄登陸／這轟動南部的消息／讓木棉花的火把／用越野賽跑的速度　一路向北方傳達／……」倒有個趣事。這詩寫成時，高雄根本沒有木棉花，遑論「火把」。但余先生一聽要他為高雄定市花，立刻說該用木棉花作市花，木棉是英雄樹，給高雄當市花最好。我們沒人在高雄見過木棉，一個城可以用它沒有的花作市花嗎？有天同仁一起驅車載了余先生全城去找，最後在高雄女中校園裏找到一棵，勉強這市花總算在高雄還算「有影」，定下案來。當然後來高雄種了很多木棉，春來開得火豔，如今是不辜負當年詩人的期待了！

中山大學未久也蓋好了第一棟教授宿舍，我們都搬進那棟背對壽山面向大海的宿舍，我住五樓，余先生住四樓，一直到我一九九二年北上到國家兩廳院任職，做了約六年的近鄰。

我雖離開中山這麼多年，但一直在文教界任職，余先生作為文壇祭酒，仍時時見面。我擔任文建會主委時，推出一個規模很小卻很受歡迎的讀書活動，叫「好山好水讀好書」，第一場便請了余先生打頭陣，非常轟動。我兩度在國家兩廳院，也適好在國家劇院演出余先生翻譯的王爾德名劇《溫夫人的扇子》（*Lady Windermere's Fan*）和《不可兒戲》（*The Importance of Being Earnest*）。

余先生在中山大學待了三十二年，高雄是他一生住得最久，也最當成家的城市。而我，人生因緣，和許多碩彥相聚中山大學美麗的校園，又成為延引余先生到中山的推手，和光中先生伉儷且因此日日相聚多年，引為幸事！

而今，余先生文星馳回他的白玉樓，從此聚首無時，謹以此小文敬為送別。

——原載二〇一八年一月《文訊》三八七期

黃碧端，臺灣大學政治學學士、碩士；美國威斯康辛大學文學博士。曾任國立中山大學外文系主任、教育部高教司司長、國立暨南大學人文學院院長、國立臺南藝術大學校長、行政院文建會主任委員、國家兩廳院藝術總監、教育部政務次長等文教職務。現為中華民國筆會會長。著有散文集《有風初起》、

《沒有了英雄》、《期待一個城市》、《昨日風景——黃碧端自選集》；時論集《記取還是忘卻》、《沉寂與鼎沸之間》、《當真實的世界模擬虛構的世界》；書評/書論集《書鄉長短調》、《黃碧端談文學》等；一九九二創辦《表演藝術》月刊。

詩的志業
——悼念余光中

陳芳明

余光中老師對詩的追求，終其一生。他是臺灣社會所延伸出來的藝術觸鬚，總是為我們探索陌生的水域。直到他生命的最後階段，也從未懈怠下來。從十六歲出發，到九十歲之際，始終都在開拓生命的新感覺、新語言、新境界。縱然進入晚年，他的靈魂依然維持在年輕的狀態。他那勤奮的姿態，我在年少時期就已經見證過。如今，我也到了向晚歲月，卻還是看到他持續書寫，持續閱讀。他曾經對我說過，如果不是在寫散文，就是在寫詩，或者是在寫書評，或甚至在做翻譯的工作。他的生命特別生動活潑，只因為他一直在擴展生命的邊界。

我認識余老師那年，我才二十歲。那時我就見識了他埋首書寫的背影，與他訂交五十年，到今天，他的背影仍然是我所熟悉。身為歷史系的學生，卻有一位外文系教授為我指點。這可能是我人生道路上最幸運的亮點，我始終看到余老師的背影，因為他永遠都走在我道路的前頭。如果我對詩的信仰從未動搖，如果我對文學的信仰日益加深，那一定是受到余老師的引導。半世紀的幅度有多大？這不是用語言可以輕易形容。

如果臺灣文學曾經受到現代主義運動的衝擊，那麼余老師就是這個運動的先驅者之一。我在

《臺灣新文學史》說過，如果白話文是第一次文學革命，那麼現代主義就是第二次的文學革命。如果白話文是注重在日常生活的描寫，那麼現代主義則是偏向內心世界的探索。在這個意義上，余老師做了許多大膽的冒險。他在一九六〇年代，不僅發表過〈降五四的半旗〉，也寫過〈儒家鴕鳥的錢穆〉。那種向中國文化傳統挑戰的身姿，到今天還是令人難忘。這並不是說，他完全否定五四以降的新文學運動。他的主要精神在於強調文字變革的重要。

我年輕時看到他顧盼自雄的身段，頗為訝異。但是目睹他不斷自我挖掘，不斷自我挑戰時，我在內心告訴自己，有一天我也要成為那樣的人。但是，余老師並非是全盤否定論者，而是採取批判性的接受。在蕪雜的文學傳統裏，他仔細挑出一些能夠繼承的美學與美感。在香港教書時，他公開說過，他擁有兩個文學傳統，一是自詩經以降的古典文學傳統，一是自五四以降的新文學傳統。當他開始重新追認時，他自己的文學創作與文學知識已經進入另外一個境界了。他給自己的思維找到了一個出口，那就是「反叛傳統不如利用傳統」。

如果說，他的散文是詩藝的延伸，亦不為過。或換過來說，詩是他散文的濃縮，而散文是他詩的解放。兩者之間，互通有無、互通聲息。

在臺灣現代主義運動的陣營裏，他用功之深，書寫之勤，似乎少有出其右者。能夠臻於如此境界的原因，乃在於他不只熟悉傳統與現代，也在於他同時能夠出入於東方與西方之間。他擅長做對位式的閱讀（contrapuntal reading），與貫通式的閱讀（comprehensive reading）。前者屬於空間的涉獵，後者則偏重時間的鑽研。

余老師曾經寫過一篇長文〈龔至珍與雪萊〉，為我們示範了什麼是對位式的閱讀。雪萊是西方浪漫主義運動的健將，龔定庵則是晚清「詩界革命」的重要旗手。能夠完成這樣的比較，必須對於中西兩個不同文學傳統瞭若指掌，才有可能到達這樣的境界。他所做的可能是學術研究，卻帶給我們一個啟示。詩的完成，並非只是依賴天分而已，還要透過不斷的閱讀，透過持續的知識累積。他具備了過人的領悟，以及大量閱讀，終於為自己釀造敏銳的鑑賞力。一切都齊備之後，他才恰當注入自己的豐富想像，既可完成創作，也可以建構知識。

余老師在詩藝上的重大突破，可能發生於一九六二年與洛夫之間的「天狼星論戰」。洛夫強調現代詩必須反傳統，余老師則堅持他維護傳統的立場。經過那次論戰後，他才到達了《蓮的聯想》，也更進一步到達《敲打樂》與《在冷戰的年代》。從此以後，他已經確立了穩定的詩風。很少有這樣的創作者，汲汲於尋找自我定位。他在藝術範疇與知識領域之間，找到相互結盟的關鍵。我仍然記得他在《逍遙遊》的後記說，當時他正在撰寫唐代詩人李賀作品的研究。由於非常入神，他這樣形容自己的專注：「我寫到整個臺北盆地已經睡著，而李賀從唐朝醒過來。」這段散文之靈活，讓我年輕的眼睛為之一亮。

他所完成的詩集《敲打樂》，余老師毫不否認自己是受到美國熱門音樂歌手的影響。他藉由音樂的節奏，嘗試把內在的家國憂患置入詩行之間。這冊詩集是余老師罕見的藝術表演，在寫詩之前，他優先聆聽巴布．狄倫（Bob Dylan）與瓊．拜雅（Joan Baez），熟悉他們的創作背景與寫歌的手法。他可能是第一位臺灣詩人如此貼近美國年輕樂壇。他有一篇散文〈那一窩夜鶯〉，便是介紹當時的敲打世代的女性歌手。縱然只是短短的接觸，他用功甚勤，讓我們看見他的詩風如何轉變。那是他對政治與歷史的抗議時期，也顯現了中國所帶給他的憂愁與焦慮。沒有經過那個複雜的時期，余老師可能無法到達後來的《白玉苦瓜》。

他散文創作的精進，也在那段時期產生變化。從《望鄉的牧神》到《聽聽那冷雨》，可以讓讀者發現他的文字營造也與詩藝同步呼應。身為他的讀者，我從年輕時期就開始追隨他的每一部作品。我走上詩評的道路，後來又發展成為文學批評，其中最重要的影響關鍵可以說完全來自余老師。對於他的藝術成就無法在短短的篇幅裏完全概括，但可以理解的是我對文學的信仰未曾發生過任何動搖，有很大的原因都是來自余老師的提攜與鼓勵。即使見面的時間愈來愈稀少，但是偶爾透過長途電話給他問候，或者有時他會寄書或寄信給我。那熟悉的鋼筆字，常常為我帶來一種非比尋常的穩定感。

我無法忘懷那年他邀請我南下與他對談。當時中山大學為他成立「余光中數位文學館」，希望找到恰當的人選來介紹余老師的文學。那天到達時，整個演講廳已經坐滿聽眾。臺上司儀介紹我時說：「我們特地邀請政治大學臺文所教授陳芳明來與余老師對談，他也是余老師的粉絲。」我上臺之後，余老師就說：「在對談之前先讓我說幾句話。粉絲是一大票的人，陳芳明不是我的粉絲，他是我的知音。」他這樣解釋時，整個廳堂響起了掌聲。這是我第一次發現余老師是如此看待我，縱然過去與他斷交二十年，他完全不放在心裏，總是敞開他的胸懷與我友善地對話。

上星期我遠赴捷克的布拉格演講，那是一個寒天欲雪的城市，我很早就關機睡覺。第二天清晨醒來，開機之後才驚覺有那麼多訊息與電話進來，每一個訊息都傳來余老師去世的消息。坐在異鄉的床前，一時情緒特別複雜混亂，我不知道如何去整理。面對窗外冰涼的冬天景色，看見蜿蜒的石板小路，一直延伸到街頭的轉折處。我好像是單獨一個人，孤伶伶被遺棄在寒冷的遠方。我終於失去與他最後的對話，落寞坐在旅館裏，我想起了我偏愛的一首余老師詩作〈後半夜〉：

此岸和彼岸是一樣的浪潮／前半生無非水上的倒影／無風的後半夜格外地分明／他知道自己是誰了，對著／滿穹的星宿，以淡淡的苦笑／終於原諒了躲在那上面的／無論是那一尊神

我寧願相信他是毫無負擔地離開人間，如果上面無論是哪一尊神都可以得到他的原諒，那麼對於紛擾人間的任何一個靈魂，他也應該以同樣的態度看待吧。我以被放逐的心情來懷念余老師，我很早就已經放下世間的任何恩怨。老師走了，我更加要選擇放下所有的愛恨情仇。

——原載二〇一七年十二月二十四日《自由時報》

陳芳明，臺灣高雄人，一九四七年生。臺灣大學歷史研究所碩士，美國華盛頓大學歷史系博士班候選人。曾任教於靜宜大學、暨南大學中文系，現為政治大學講座教授。著有《臺灣新文學史》，散文集《掌中地圖》等六冊，詩評集《美與殉美》等四冊，文學評論集《鞭傷之島》、《典範的追求》、《危樓夜讀》、《深山夜讀》、《星遲夜讀》，學術研究《探索臺灣史觀》、《左翼臺灣：殖民地文學運動史論》、《殖民地臺灣：左翼政治運動史論》、《後殖民臺灣：文學史論及其周邊》及《現代主義及其不滿》等，傳記《謝雪紅評傳》，政論《和平演變在臺灣》等七冊。

百年文學一光中
——懷余光中先生

羅　青

前　言

二〇一八年是新詩運動一百周年，也算是新文學運動、五四運動一百周年。甫於去年底辭世的余光中先生，轉瞬已屆周年忌的日子。余先生的文學生涯，與上述三個百年，都有密切關係；他的詩、散文、評論與翻譯，在這三個百年裏，都佔有重要而明顯的位置；歷年來，海內外的專書專文，論之者眾，而先生在文學上的貢獻與成就，亦廣為傳頌，婦孺皆知，無需我再贅言。

謹以此文，記錄先生與我交往的點滴，希望在學術論文之外，全面而深入的了解先生的為人，以及他對文壇藝壇的一片苦心與貢獻。

1. 文化鄉愁歷史情

詩人余光中先生於二〇一七年十二月辭世了，文化中國的殿堂上，流失了一名忠誠精警的「守夜人」，增立了一根堅實雄渾的擎天柱。

余府上下至親好友，當然是哀慟逾恆；同事門生、詩朋文友，更是痛惜不已；就連海內外的萬千讀者，也紛紛同悼。然光公先生以九十高齡，駕返瑤池，如願回到「文化中國」的歷史懷抱，於公於私，應該都了無遺憾，回顧新詩百年，新文學百年，都可謂鳳毛麟角，實為喜喪。

新詩新文學百年，是「文化中國」五千年來，前所未見的「人才紅利時代」，俊彥品類之眾，豪傑人數之多，全都超越前代，此一時代可以一九四五年為分水嶺，因為對日抗戰勝利與二次世界大戰結束，不但是中國史，也是世界史的重要里程碑。

《說文解字》云：「三十年為一世。」一九四五年出生的一代，也就是筆者這一代，是「戰後一代」；往前推三十年，一九一五年以後出世的余先生，可稱之謂「戰亂一代」；再往前推三十年，一八八五年以後出生的一代，如蔣介石、胡適、徐悲鴻，都算是「革命一代」。余先生是「戰亂一代」的代表人物之一，這一代最大的特色是遭逢長期內戰的分離與隔絕，流寓放逐海內外及世界各地，造成了各式各樣前所未有的「鄉愁一代」，余先生的作品，深切厚重的反映了這一代的心聲，他的過世，標誌了地理鄉愁時代的結束。

鄉愁詩人余光中的「鄉愁」，不僅僅是對某時、某地、謀人的懷念，而是對「文化地理」的眷戀，對「歷史傳承」的牽掛，他筆下的長江黃河、千巖萬壑、風流人物，全是「文化中國」大觀園中的殿堂長廊、棟樑石柱、水木庭園的化身。五千年來，出現在中華文化中的「政治中國」不計其數，而「文化中國」只有一個，而且持之以恆，一直在不斷擴大。

一九二八年誕生於南京的余光中，在二十二歲到臺灣繼續念大學之前，曾經隨父母，經常來往於南京、杭州、武進、永春之間，抗戰時流亡蘇、皖，十歲時遷往上海半年，又從香港轉安南，經昆明、貴陽，抵四川與父親團聚，入重慶讀中學，可謂走遍江南江北。二十歲考大學時，因國共內戰的緣故，放棄了北京大學錄取資格，轉而就讀於南京大學，又南下至廈門大學，最後進入臺灣大學外文系三年級，隨梁實秋習英國文學。他在大陸童年、青少年、青年的經驗，成了他中年後，夢牽魂繞，揮之不去的寫作泉源。

大學畢業那年，余先生出版處女詩集《舟子的悲歌》（一九五二），其中有「昨夜，/月光在海上鋪一條金路，/渡我的夢回到大陸」之句，顯示他早期懷鄉懷人之作，多半與小我有關，到了三、四十歲後，他的詩境擴大，從大我出發，對「文化中國」嚮往眷戀，成了他既深且廣的核心主題。

余先生的詩，在參加「現代主義論戰」（一九五七—五八）之前，非常符合梁實秋古典主義式的文藝理論，深受梁先生的鼓勵與提攜，遂於一九五七年入臺北師範大學英語系兼課，同年譯作《梵谷傳》、《老人和大海》（後改為《老人與海》）出版。一九五四年他應邀參加鄧禹平、夏菁、覃子豪、鍾鼎文所組的「藍星」詩社，編輯出版《藍星》詩刊，遙承「新月派」豆腐干體的「格律詩」傳統，與紀弦發表在《現代詩》上轟動一時的「現代派信條」（一九五六），大異其趣。

當年紀弦高舉「橫的移植」西化大旗，推崇現代主義所有流派，提倡知性「詩想」與「自由詩體」，絕對反抒情，反形式，反格律，反押韻，主張詩歌分家；他最鄙視流行歌曲歌詞，斥為靡靡之音，誓言打倒根除。此論一出，附和者眾，聲勢浩大，遭到覃子豪為文猛烈質疑（一九五七）；次年，余先生也加入論戰；論戰時，彼此大動干戈，互不相讓，論戰後，紀弦的主張，好像佔了上風；而余先生則赴美入愛荷華作家寫作班留學，獲藝術碩士學位，開始受到美式現代主義的影響，詩風為之一變。

兩年後，余先生返國，正式入臺北師大任教，遇到在成功大學任教的中文系名學者蘇雪林與報紙專欄作家言曦及其盟友，抨擊現代詩與新詩太過晦澀難解，造成報章雜誌拒刊，此舉促成了覃、余、紀三個「老戰友」聯手反駁，刺激詩壇更加朝向現代詩靠攏團結。

一九六〇年出版詩集《鐘乳石》、《萬聖節》及《英詩譯註》之後，余先生開始大步躍入現代，不但發表〈現代繪畫欣賞〉，為抽象畫搖旗，同時也加快詩作現代化的腳步，例如〈燧人氏〉之類作品，意象晦澀，聲音淒厲，節奏跳躍，態度叛逆，已完全與「新月派」告別：

餓了，食一座原始林，一個羅馬城／和幾乎是秦始皇厭恨的全部文化／複舐噬夜的肝臟，在太陽太陽之間／挾黑暗而舞，複撻她，踏她，踢她／燧人氏是我們的老酋長。／在眾神之中／他是最達達的

二十八年後，余詩在大陸最重要最忠實的推手與知音流沙河先生，在他《余光中一百首》（一九八九）一書中，仍不免視此詩為負面教材，評之為「虛無到了狂悖狀態的歪詩」，認為如此達達主義，實在無法接受。可是，這種寫法，在當時的詩壇，十分流行，比起某些重度晦澀的作品，〈燧人氏〉還算屬於流暢易懂的「小腳放大」。

當時，集艱澀大成的，是「創世紀」詩社詩人洛夫的組詩〈石室之死亡〉（一九五九），就連紀弦讀了都要瞠目以對。當年余先生有心在技巧現代化上，急起直追，於是卯足全力，於白先勇主編的《現代文學》（一九六一）發表〈天狼星〉（長篇詩組），意欲為所有的現代詩人畫家，作一篇總傳，把瘂弦、周夢蝶……等「孤絕詩人」及五月、東方畫會的「前衛畫家」一網打盡，以「天狼」

之晦氣不祥，來象徵遭社會排斥打壓的現代藝術叛徒，而叛徒們則悲壯的燃燒自己大無畏的氣概，照亮社會。長詩甫一發表，便受萬方矚目，傳頌一時。

余先生想藉此一長詩，與《創世紀》詩刊同仁瘂弦的長詩〈深淵〉（一九五九），還有洛夫的〈石室之死亡〉，一較長短。三人之間，瘂弦晴天霹靂，率先於五月發表一氣呵成的〈深淵〉，反映現代社會無限的下沉與墮落，驚豔詩壇，眾口交讚，令紀弦為之結舌，啟發了〈石室〉，又招來了〈天狼〉。不讓瘂弦專美，洛夫倉促上陣，勉強將〈太陽手札〉與〈外外集〉中的短詩，修改增補，重組擴大，雜湊成軍上陣，詩一發表，果然令大家驚異錯愕，莫測高深，毀譽參半，爭論不休。而現在看來，〈深淵〉在意象豐繁、比喻奇絕、語言節奏、詩想結構的經營上，無疑是其中最成功的，堪稱新詩百年中的傑作之一。

有趣的是，洛夫看到由十首中型長詩組成的〈天狼星〉，居然驚動詩壇，引起熱議，頗為不服，發憤火速寫了長篇〈天狼星論〉，在《現代文學》發表，條例全詩缺失，認為總體說來還是太傳統而不夠現代。

此文刺激了余光中深切自我反省，立刻在《藍星詩頁》三十七期，發表〈再見，虛無〉一文，傲然予以駁斥，寧可回歸傳統，也不願盲目現代；同時開始挾現代主義寫作技巧，創造性的回歸古典傳統，慢慢形成他融現代、浪漫與古典於一爐的開闊風格，能出能入，可大可久，於三年後，出版了詩集《蓮的聯想》（一九六四），讓詩壇風氣為之一變，整整影響了兩代人的寫作。十五年後，余光中在訂正出版《天狼星》（一九七六）時，從善如流，接納洛夫批評中肯之處，大幅修改全詩，留下了一段佳話。

從四十歲開始，十幾年之間，余先生進入現代詩創作的豐收期，一九六九年的詩集《敲打樂》、《在冷戰的年代》，以及其後的《白玉苦瓜》（一九七四）、《與永恆拔河》（一九七九）、《隔水觀音》（一九八三），都膾炙人口，風行四海；名詩如〈當我死時〉、〈如果遠方有戰爭〉、〈或者所謂春天〉、〈安全感〉、〈在冷戰的年代〉、〈一枚銅幣〉、〈鄉愁〉、〈鄉愁四韻〉、〈長城謠〉、〈守夜人〉、〈白玉苦瓜〉……等，傾巢而出，輔之以詩評，兼之以論戰，加之以譯介，把修正後的現代主義大纛，高高舉起，儼然成為詩壇祭酒。精力充沛的他，於詩之外，又努力於散文創作，蹊徑獨闢，自成一家；他又不時發表散文、小說以及評論，還有評論之評論，除現代畫外，還支持現代舞蹈，使得梁實秋衷心讚嘆云：「余光中右手寫詩，左手寫文，成就之高一時無兩。」此後，凡有現代文學大系之編纂，總序撰寫人，非余先生莫屬，駸駸有文壇領袖之姿。

余光中於一九七四年受聘入香港中文大學中文系任教十一年，在大陸改革開放後，經由成都流沙河先生的熱情推介，其詩文跨越海峽，流傳大江南北，獲得了不少讀者的青睞。流沙河極具慧眼又真懂詩詞，文史博洽，聞多識卓，下筆靈動灑脫，最能深入淺出，精解余詩妙處，加之他襟懷開放，誠心一片，最能打動讀者，感動作者，致使「鄉愁詩人」一詞，不脛而走。余先生有幸，得遇故土巴蜀才子，致使四川香江魚雁不絕，其惺惺相惜相重之情，亦為新文學史上的百年佳話。

從一九六二至七九年之間，余先生曾三度應邀赴美講學，對當時搖滾樂精彩獨創深刻有味的歌詞，非常欣賞，於是從一九七二年開始，為文介紹巴布·狄倫（Bob Dylan，一九四一——）……等美國民謠歌手，譽狄倫為「最活潑最狂放的搖滾樂壇上一尊最嚴肅沉默的史芬克獅。現代酒神的孩子們唱起歌來，他是唯一不醉的歌者。」三年後（一九七五），他與楊弦等民歌手，掀起「現代民歌運動」，公開讓韻腳格律，穿上寬鬆的便裝，重回現代自由詩體之中。

狄倫於二〇一六年獲得諾貝爾文學獎，證明了余先生當年的慧眼是如何的精準。在此之前，約有二十年之久，現代詩人不敢沾碰流行歌曲，余先生對自己的格律舊作，更是諱莫如深，絕口不提。當年，也遭楊弦捲入現代民歌的我，忽然醒悟到，原來傳唱十多年家喻戶曉的流行歌曲〈昨夜你對我一笑〉（蘭成改編歌詞、周藍萍作曲）竟然出自余先生之手，簡直目瞪口呆，笑不可抑：

昨夜你對我一笑，／到如今餘音嫋嫋，／我化作一葉小舟，／隨音波上下飄搖。

昨夜你對我一笑，／酒渦裏掀起狂濤，／我化作一片落花，／在渦裏左右打繞。

昨夜你對我一笑，／啊！／我開始有了驕傲：／打開記憶的盒子，／守財奴似地，／又數了一遍財寶。

此詩此歌，清純靦腆、樸實風趣兼而有之，比起後來現代詩中赤裸裸的床戲大戰，不可同日而語。這首詩歌，通過鄧麗君、費玉清、蔡琴等美妙的歌喉詮釋，早在流沙河之前，就已在大陸風行，至今不衰。

可是在民歌運動興起之前，這樣的詩歌，無論識與不識，都無人願意提及，更不屑評論。致使余先生《文星》雜誌時代的文友李敖，曾一度因經濟原因，施其慣技，把余先生早期格律時代的佚作及淘汰的舊作，暗地裏蒐集一冊，以為抓住了詩人的軟肋，私下要脅先生，意欲強行替他出版，可見「格律詩」與「流行歌」，在現代主義高潮時期，幾乎成了庸愚腐朽、落後傖俗的代名詞，見不得天日。拜現代民歌運動成功之賜，一九八一年洪範版《余光中詩選一九四九—一九八一》出版，先生坦然把早期詩集中的格律詩精選一輯，包括〈昨夜你對我一笑〉，讓讀者了解了先生詩藝發展的全貌。

2. 孤獨一葉落——觀畫憶余光中先生

「這片落葉，莫非是康明思（E. E. Cummings）的落葉？」余光中先生指著我的畫說：「把美國現代詩繪入中國墨彩畫，前所未見，你可能是第一個！」他頓了頓，又繼續說：「最近九歌出版社要重印我擴編的《英美現代詩選》，我正在校對，康明思的詩，我選了九首，這首我雖然也很喜歡，但太短，而且不適合翻譯，所以割愛了。」

二〇一七年初春，我在臺北的 Space 7 美術館（九九藝術中心），舉辦「回到未來——羅青七十回顧世界巡展臺北預展」，余先生伉儷，由甫自加拿大返臺的幼女季珊陪同，專程搭高鐵，由高雄趕來參觀。他前年由於憂心余夫人腸道不明原因大出血，次日在家門口附近，跌了一大跤，導致顱內出血，自己也住進高雄醫院加護病房，到了年底，方才下床練習走動，從此深居簡出，謝絕一切應酬。此番居然毅然勞師動眾，北上觀畫，使我大感意外，惶恐不安，除了在電話中殷殷致謝外，匆忙竟忘了攜帶輪椅備用。九十高齡的余先生，拄著拐杖，舉步遲緩，笑了笑說：「不妨事，我現在拐杖熟練，車坐久了，站著慢慢看一看畫，也是一種休息。」

我那張畫名叫〈看一片落葉〉，先把畫中左上角的一句詩「一片雲，一片石，看一片落葉」寫成落葉形狀，讓此文字落葉，轉變成鮮紅葉子，飄飛在白雲之上，再轉換為赭紅葉子，飄搖於頑石之上，最後幻化成一葉陰影，飄落於畫面右角之下。余先生不愧為英美詩專家，慧眼如炬，立刻看出此畫是受到康明思（一八九四—一九六二）一首小詩的啟發。

康明思那首詩，可歸類為「圖像詩」（concrete poetry），與中國宋代興起的「神智體」或「謎象詩」很像，其排列的形式，十分奇怪，好像中文一樣，豎著排，乍看上去，充滿了阿拉伯數字 1，英文字母 a 與 i，還有英文字 one，標點符號的半個括弧（，簡直莫名其妙，不知所云。

l（a

le

af

fa

ll

s）

one

l

iness

但若是將之依照傳統英文橫排起來，則成了 l（a leaf falls）oneliness，這就容易懂多了。原來此詩，就只有兩組字：loneliness（a leaf falls）。詩人把抽象的「孤獨」與具體的「一葉落」，平行並列，讓兩組「形象」對照，成為「意象」，產生言外之意。

這種把英文字母符號中，與「孤獨」有關的形象如：l，a，one，i，（，），又讓與「掉落」有關的發音如 f，穿插其間的寫法，大約是受了一九一九年左右，美國詩人龐德（Ezra Pound，一八八五—一九七二）所提倡的「意象派運動」（Imagist movement）之影響。而龐德之所以提倡「意象派」，要把英文從主語、述語及賓語的文法規矩中解放出來，完全是受了當時在日本任教的美國美學家范諾羅莎（Ernest Fenollosa，一八五三—一九〇八）研究中國古詩的影響。而范氏譯介評論的中國古詩，以「意象」並列的詩句為多，如「枯藤、老樹、昏鴉；小橋、流水、人家」之類的。這種沒有主詞、動詞，以「意象」並列為主的詩，其來源是《詩經》「賦、比、興」中「興」的手法之運用。

繞了一大圈，當時西方現代主義的最新手法，原來出自於中國最古老的「興之美學」。我向余先生解釋到這裏，大家未免靜靜相視一笑，繼續看畫。

老實說，一般人看畫，只問喜不喜歡就完了，多半看不出畫藝的淵源，更不在乎那些多餘又囉嗦的說明。我陪著余先生看畫，彼此心中都有一種孤獨許久，又突然不太孤獨的感覺。

這是二〇一七年春天二月間的事，就是在那次觀畫聚談時，余先生與余夫人雙雙大力鼓勵我，把過去十幾年來所寫的散文，結集成書，並答應為書寫長序。現在余先生的擴編《英美現代詩選》與我的懷友文集第一冊《試按上帝的電鈴》，均已先後出版。在我於寒流中著手編輯文集第二冊《天下第一卷》時，不料卻驚聞先生在高雄辭世的消息。

我楞楞看著窗外，掛在枯枝上，將落未落的幾片赭紅樹葉，又呆呆看著擺在書桌上兩本微溫的新書，心中默默構思，不知應該如何畫一幅〈葉落成書圖〉。

3. 天下不見了

記得有一次，聽余先生說到他前幾年初上泰山的經驗：「嗨，好不容易坐上纜車，又是人擠人，到達玉皇頂的時候，已經是傍晚了，入住旅社，接著就晚餐，窗外一片漆黑，什麼也看不見。」他聲調平緩的說著：「夜晚被褥又濕又冷，一宿不得安眠。第二天起個大早，興匆匆的去日出峰，只見四周雲海，白茫茫的一片。」他語調一轉，眉頭微皺的說：「都說『登泰山而小天下』。到了我登泰山，豈止『小天下』，天下根本整個完全不見了！」

現在想來，這段詼諧中帶點冷澀的小故事，似乎具體而微，象徵了他早年在大陸臺港三地努力寫作的經驗，以及在南臺灣西子灣度過晚年的歷程。

我第一次讀余先生的詩，是在高中一年級的時候，剛好手邊得到一本日記式彩色年曆，便把在報上讀到長詩〈天狼星〉中「孤獨國」的片段，抄在上面。記得那些詩，意象詞句，新舊交錯並用，令我感到十分奇異清鮮，節奏讀來又非常輕快融洽，充滿一種全新知感性（sensibility）的塑造，給了我無限啟發。

從一九五六年紀弦在臺北創立「現代派」詩社，到一九八六年臺灣正式進入後工業社會，這三十年間，是中國現代主義文藝的黃金時代。余先生的文學生命，在大陸金陵、廈門（一九二八—一九四九），開始成長；一九五〇年後，在臺灣茁壯、開花並結果，奠定了他後三十年成為詩壇祭酒，文壇領袖的地位。

一九五三年韓戰結束，臺灣文藝界逐步進入百家爭鳴時代。當時影響最大發稿最多的，當屬報紙副刊，由《中央日報・中央副刊》一馬當先，《新生報》副刊隨之，成為當時名家發表的最佳園地。其中以林海音主編的《聯合報・副刊》（一九五三—一九六三），影響最為深遠，發掘許多本省外省的新秀作家。到了一九七一年後，蔡文甫主編《中華日報・副刊》，高信疆接編《中國時報・人間副刊》（一九七三），掀起了各報副刊競爭的高潮，徵稿的對象，擴及至流寓在全世界的華文作家學者。到一九七七年瘂弦（王慶麟）接編《聯合副刊》時，副刊的競爭已達到了白熱化的地步。當時每天副刊「王」與副刊「高」（高信疆）一對一的對決廝殺，造成很多人早上看報，必先看副刊的盛況。余先生的詩文、評論，是各報爭相邀約的對象，在文藝界及社會上，發揮了巨大的影響力。

除了副刊，如雨後春筍的文藝雜誌也是吸引讀者的要角，其中以一九五二年穆中南、王藍打頭陣的《文壇》，一九五四年平鑫濤的《皇冠》與朱橋的《幼獅文藝》最為重要，尤其是《幼獅文藝》，一九六九年由瘂弦接編後，率先網羅了海內外各路藝文名家及學者，銳意培養文藝新秀，成為藝文黃金時代中最耀眼的純文學花朵，銷路廣大，備受歡迎。而這段期間，走通俗文學路線的《皇冠》所推出的瓊瑤與張愛玲，也能獨領風騷，橫掃市場，不遑多讓。此股競相創辦雜誌的風氣，到了蕭孟能創辦《文星》雜誌（一九五七—一九六五），臻至頂峰。余先生與李敖，都是在《文星》園地中，開始大放異彩的。

能與大型月刊雜誌比肩的，是一些前仆後繼的小詩刊與前衛藝文季刊。以同仁刊物為主的詩刊，印刷簡單，頁數不多，讀者稀少，毫無稿費，實力遠遠無法與大刊物相比。不過，詩刊銷路雖然小眾，影響卻不遜雜誌。因為詩刊同仁，大多是有理想、有遠見、有抱負的年輕才俊，大家出錢出力，無需迎合市場，埋頭只問耕耘，少有功利之心；精心編輯邀來的文章，多半思想前衛，筆鋒犀利，大膽銳意實驗，敢於挑戰成規，奮勇掀起論戰，不畏當道權威。

一九五三年，紀弦率先創辦一人刊物《現代詩》季刊，次年引發夏菁、覃子豪、鍾鼎文、余光中……等共同出版《藍星》詩刊；洛夫、張默、瘂弦也合編《創世紀》詩刊；隨後有王在軍、陳敏華、文曉村出版《葡萄園》詩刊（一九六二）；詹冰、林亨泰、白萩……等創辦《笠》詩刊（一九六四）。此後蜂擁而來的有《主流》詩刊（一九七一）、《龍族詩刊》（一九七一）、《大地詩刊》（一九七二）、《秋水詩刊》（一九七四）、《草根》詩刊（一九七五）……等數十種同仁刊物，還有各大專院校的學生詩社、詩刊，不斷為詩壇文壇注入新人新血，開創新式寫作風潮，貢獻前沿實驗作品。例如高信疆出身《龍族詩刊》，林燿德（一九六二—一九九六）、紀蔚然、張大春、夏宇出身《草根》……等。余先生也不計稿酬，對這些同仁刊物，盡力聲援支援，參與鼓勵，兼而有之，提攜了許多新秀。

在詩刊之外，前衛的綜合藝文刊物，也是余先生支持的對象。例如當時夏濟安主編的《文學雜誌》（一九五六），尉天驄主編革新版的《筆匯》（一九五九）以及後來的《文學季刊》（一九六六），白先勇創辦的《現代文學》（一九六〇），朱嘯秋的《詩．散文．木刻》（一九六一），邱剛健的《劇場》季刊（一九六五），林海音主編《純文學》月刊（一九六七），朱立民、顏元叔、胡耀恆創辦的《中外文學》（一九七二），王健壯的《仙人掌雜誌》（一九七七），還有稍晚的《聯合文學》（一九八四）。這些雜誌或多或少，都與余先生有相當的源源，他除了常為《文學雜誌》、《純文學》、《中外文學》寫稿外，還兼任過《現代文學》的主編，出版過「詩專號」。

一九六六年，孫科、王雲五、陳立夫、孔德成等一千五百位文化名人，針對大陸「文革」，聯合上書行政院長嚴家淦，建議發起「中華文化復興運動」，同時展開大量古籍今注今譯工程，並翻譯英人李約瑟的《中國科學與文明》，編印《中國科學技術史》叢書、《周秦漢魏諸子知見書目》、《中國史學論文選集》、《中國人文及社會科學史》叢書、《中國近代法制研究》、《中國文獻西譯書目》……等，興起了一股文化研討的熱潮。是年，創作、翻譯、教學三棲，詩歌、散文、評論齊發的余先生，當選年度十大傑出青年，長久的努力，獲得社會廣泛的認可，遂有「藝術多妻主義者」之譽。

此時，臺灣的出版業也蓬勃發展，出現了許多專印文藝書籍的出版社，其中以純文學、爾雅、洪範、九歌、大地……最專業也最有名，余先生的書，多半由這幾家出版社印行，成了出版社品牌的保證。

這段期間詩壇文壇發生了「現代主義論戰」（一九五七—五八）、「文言白話之爭」（一九六一）、「現代畫論戰」（一九六一）、「現代詩論戰」（一九七二）、「中國現代民歌」論評（一九七四）、「鄉土文學論戰」（一九七七）等，余先生無役不與，爭論過後，或改變了當時的創作風氣，或改變了自己的寫作風格，成果不但多方面，而且多層次；其中以一九七七年八月參加當時興起的「鄉土文學論戰」，在《聯合報・副刊》發表〈狼來了〉一文，十分惹人注目，造成很大的爭議。

從一九七四年開始，余先生應香港中文大學之邀，出任中文系教授，因為地緣的關係，對大陸「文革」時的極左教條主義及其在香港產生的流弊，有了深刻的感受與認識，心情十分激動。當他受到王拓、朱西甯、銀正雄發表在一九七七年四月《仙人掌雜誌》上文章的提醒，發現臺灣文壇也有類似的極左傾向時，憂心如焚，未加多慮，毅然挺身而出，為文示警，主旨在護衛詩壇文壇一片淨土。

當時余先生人在香港，最容易感受到，臺灣欣欣向榮而又相對純淨的文壇，文化水準最高，是全世界唯一可以中文自由投稿前衛文學的最後淨土，這是他與詩友、文友辛苦耕耘所得，而且得來不易，一定要捨命維護，不能輕易斷送。不料卻遭人誤解此舉與情治當局有所串聯，致使他百口莫辯。

現在事實證明，余先生當時之憂，並非杞人之憂，而文章也適時達到示警的目的，避免了「極左教條主義」加劇蔓延或進一步惡化所帶來的文學災難。要知道當時的世界，仍陷於「東西冷戰」的格局之內，莫說是面對隔岸「大敵」的臺灣，對共產主義及其同路人要「堅壁清野」，就是離開臺灣，走到地球表面上任何號稱自由民主的國家，如美、日及歐洲諸國，對來自「鐵幕」的關鍵思想，也是零容忍的。因為「極左教條主義」搞的是「一言堂」，排他性極強，在當時是絕對不能見容於自由世界的。

我一九七〇年代初留學美國時，便領教過「麥卡錫主義」（McCarthyism）的餘威遺毒，什麼「自由民主」、「言論自由」，只要關係到「生存毀滅的關鍵問題」，各國都即時盡力剷除，絕不手軟，尤其是美國，FBI及CIA在這方面的工作，非常之細膩，甚至透過美國新聞處，把工作做到臺灣文藝界來。

回顧當時的論戰，余先生並未反對「鄉土文學」，也十分支持鄉土作家，對他批評的「極左現象」及歪風，並未指名道姓，牽拖點名。細讀全文，他的立論，旨在喚醒文壇注意藉文學外殼上市的「毛記」極左偏差思想，與其會造成的惡果，有憑有據，並非危言聳聽。

老實說，余先生當時所警惕的「極左」，即使在當今的共黨國家，都要遭到嚴厲的批判，更遑論當時正在走向後現代多元化的臺灣。余文發表後，願意或不願意自動對號入座的作家，都可自由就文論文，各抒己見，申明自己的立場與論點。

論戰經過兩年結束，警示的目的已達，其結果，在實質上，並未損及任何作家在此一爭論中出版書籍，發表文章的權益及其言論自由，顯示了當時社會、政府與文壇的理性與包容，值得慶幸。

而當年論戰時，挺身而出，對號入座的「極左統一派」作家陳映真，在多年之後，跑到大陸投靠，大張旗鼓的在北京臺北兩地為「文革」辯護，弄得收留他的「主人」尷尬不已，連一生支持愛護他的臺灣老友，也只能打馬虎眼的以「『哦！哦！』地作了平淡的回應」[1]。至於那些明裏暗裏號稱反共而又無脊梁骨的「臺獨工作者」們，對此一事實，只有鴕鳥一番，無言以對。

余先生一生以文學藝術、研究教學為職志，只在大學任教，專心著述寫作，永保在野之身，從未涉足官場干祿，亦無政論惑眾之作，多年來有關此次論戰的各種不實謠傳，至此不攻自破。比起

1　尉天驄《回首我們的時代》（臺北：印刻出版公司，二〇一一），頁二一八。

那些打著「質樸土地老農」旗號自我標榜的詩人，實在不可同日而語。這種「老農詩人」，一遇到「官、位、權、錢」的照妖鏡，貪婪剛愎的原形，立刻畢露，再也無法躲在「臺灣價值」的遮羞布下，四處招搖撞騙。

一九八五年，余先生結束中文大學的教職，自港返臺，沒有回到他在臺北的舊居，也未返還他任教過的師大、臺大、政大，與老友故人重聚，而受高雄中山大學校長李煥及文學院教授們的情意精誠所感，毅然來到一新而陌生的環境，出任文學院長，離開了他關係淵源最深的北臺灣文教界。所幸中山大學對先生禮遇甚隆，先生自己也豁達自適，慨允以餘生全力耕耘南臺灣，但也沒有忘懷臺北的文友讀者。三十多年來，他不以南北往返長途奔波為苦，對所有藝文活動的邀情，均量力欣然支持，對出席各種政治活動的召喚，則一律敬謝不敏。如此典型風範，事實俱在，應該是「臺灣價值」真正的護衛者，而其身後所有的謠言攻訐，當然也就自然隨風而逝。

詩是余先生的最愛，自從一九五二年他的詩集《舟子的悲歌》問世以來，六十多年來，詩筆從未間斷，一共出版過二十多種現代詩集；光是一九六九年，就出版了《敲打樂》、《在冷戰的年代》、《天國的夜市》三本，量多質精，為新詩百年以來，難得一見的多產詩人。此外，他的散文數量亦豐，品質之高，不讓詩歌專美，時或過之，風行兩岸三地，常被選為大中學校教材，歷久不衰。

詩文評論之餘，余先生還努力於翻譯，中譯英，英譯中，數量均豐；其中他對英美現代詩，情有獨鍾，五十年來翻譯介紹不斷，在顱內出血病癒不久，以九十高齡之軀，還費時費腦，親自校訂厚近四百頁的擴編《英美現代詩選》，於過世前五個月出版。

余先生八十以後，創作火力依舊不減，每年都有新作，可謂已達到了個人藝術的頂峰；例如他八十二歲時所寫的〈臺東〉（二〇〇九）一詩，於一派天真之間，從容寫來，就已達洗盡技巧，純任自然，爐火純青，雅俗共賞的地步，直接可以入選為新詩百年壓卷之作。

> 城比臺北是矮一點、天比臺北卻高得多；／燈比臺北是淡一點、星比臺北卻亮得多；／人比西岸是稀一點、山比西岸卻密得多；／港比西岸是小一點、海比西岸卻大得多；／街比臺北是短一點、風比臺北卻長得多；／飛機過境是少一點、老鷹盤空卻多得多；／報紙送到是晚一點、太陽起來卻早得多；／無論地球怎麼轉、臺東永遠在前面。

然而，無論如何，他所熟悉的紙本文學世界，卻早已開始面目全非，逐漸被鋪天蓋地的網路世界所取代。當初的報紙副刊，現在只剩下《聯合報．副刊》還在堅守初衷，文學雜誌只剩下《皇冠》、《幼獅文藝》、《聯合文學》……幾家在維持，文學專業出版社僅剩九歌尚能堅持不墜，而且持續發展。當年與他聯袂的文友或論戰的文敵，也多半告別故去。當他一人獨自登上創作高峰時，環顧四周，目睹紙本投稿的環境，空前惡劣，當有「天下不見了」的感慨。

我於一九七一年初識先生，當時他剛從美國客座返臺，我則正準備留學美國，相聚時間雖短，但卻十分相得。近半個世紀以來，蒙先生不吝鼓勵提攜，不斷主動為文贈詩，對拙作詩文書畫，毫無保留的多方溢美，謬獎推薦。直到他辭世之前五個月，還主動親筆寫長文，為我的新書《試按上帝的電鈴》寫序。而我卻手懶筆拙，無以為報。只在他七十大壽時，在異地作〈老牌長壽大颱風〉一詩遙賀。去年十月余先生歡度九十大壽前，我預備以〈老牌落日天文異象觀測研究員〉一詩（見附錄），當場獻壽，不料因受邀到佛羅倫斯演講後，逕自轉往吉隆坡畫展，旅蹤不定，又行錯過。
驚聞先生忽然大去，心頭愕然、惘然、茫然……遲然，欲追不能；悔然，悔不當初。無奈，謹以小詩一首，遙祭先生在天之靈。

大樹飄零送別光中先生

枝葉片片飄零了，大樹一棵
而主幹依舊粗壯，頂天立地

曾經，油亮在枝頭上的碧葉
是指揮日月攪動風雲的舌頭

飄飛在長風中的紅葉，曾經
是逍遙山巔映照水邊的詩箋

如今，落歸入泥土裏的枯葉
是古意斑斕黑白分明的碑貼

主幹不斷吸收千年天地精華
不知花費多少日夜寸寸成長
更不知要花費多少的啊歲月
才能把自己寸寸的反饋天地

回憶一九九三年，應美國詩人史奈德（Gary Snyder，一九三〇—）之邀，至加州大學戴維斯分校演講並共同授課半月，期間住宿在他位於溪野拉（Sierra）山脈中百畝山莊的紅木森林裏，史奈德告訴我說，屋前的美洲紅杉（sequoia），樹齡可上千歲，死後也要屹立千歲，方才完全回歸塵土。願以此樹，伴先生遠行。

4.化身園丁的蜜蜂

一般作家，能夠獨善其身，力求作品精深雋雅，質量均豐，就已是鳳毛麟角，世間難得一見了，遑論能在行有餘力之際，樂意耗時費心，既甘心大方沾溉同儕，又情願伏首提拔後生，進而捭闔縱橫，兼善天下者，更是百年未必能遇。

作家中，尤其是詩人，多半自我中心成癖，一拳在握天地自成，雖然身處現世，但卻習慣睥睨一切，全都視為腳下蠢材俗物；尤有甚者，喜歡不分敵友，一律奉上橫眉冷對；絕難能有作品作家，入其法眼。值此新詩及新文學運動百年之際，若要推舉一位詩人作家，能夠自渡渡人，並以文壇藝壇為文化己任者，非余公光中先生莫屬。

我們可以形象化的說，光中先生是一隻化身為園丁的蜜蜂，他不僅在自己的園地裏辛勤工作，釀造蜂蜜，出產蜂蠟，讓感性的甜美與理性的光輝，顧盼生姿，發光發熱，而且還願飛出自己的花園，在藝文的大植物園裏，義務充當一名園丁，推崇前賢，欣賞同儕，鼓勵後進。五十年來，同輩推崇他為詩壇祭酒，後輩尊敬他為文壇領袖、藝壇導師，可為實至名歸，毫不誇張。我們看八、九〇年代出版的幾種現代文學大系，總序都敦請光公先生執筆，便可明白。

以推崇前輩而言，余先生最為人所樂道的是他對業師梁實秋先生尊重與感懷，有厚厚一冊近六百頁的祝壽文集《秋之頌》（一九八八）及《雅舍尺牘》（一九九五）可以為證。而晚生如我，之所以能於秋翁先生退休之後，親炙受教於「雅舍」門外，也是完全拜光公引薦之賜。

至於他與前輩「文敵」紀弦（一九一三—二〇一四）和解的過程，也令人十分動容。余先生八十九歲時，撰文回憶當時為反對紀老提倡「現代詩是橫的移植，而非縱的繼承」，雙方因而大打筆仗的往事，坦言「藍星詩社」同仁「對紀弦『飛揚跋扈為誰雄』的霸氣，不甘認輸，我在中央副刊上發表了一首詩加以諷刺。同時《文星》雜誌也提供了寶貴的篇幅，讓詩人們爭議新詩西化的問題。其實，不久紀弦偏激的主張，也透過他主辦的《現代詩刊》影響了我。同時，《現代詩刊》也一直對我有惡評。過了很多年，紀弦遷居去美國西岸，曾經領了我遊覽舊金山，完全忘記了和我交手論詩的舊事。老來我們重逢，他完全看不出有什麼芥蒂，閒談之中，有時興奮的像一個小孩。」接著他筆鋒一轉，談到讀紀老晚年文章〈一隻鴿子〉的驚喜：「他的文體全然變了。以前在臺北鼓動現代主義風潮時，他慣於文白夾雜，會寫出『乃有我銅山之西應』一類的句子。暗暗引起吳望堯的仿效。〈一隻鴿子〉全用白話寫出，生動地描寫他跟一隻鴿子的交情，令我非常感動。至此我對紀弦的看法全面改觀，肯定他是一位不失赤子之心的老頭。」

余先生大概不知道紀老在《紀弦回憶錄——半島春秋》（第三部，二〇〇一）中，也不無感慨的平靜提到此一世紀重逢：「『華美經濟及科技發展協會』一九八五年年會在舊金山舉行，由夏祖焯主持的文學組，邀請余光中、鄭愁予……主講。我也前往捧場，於休息時間，就和光中、愁予約定，次日中午，請他們二位到『湖南又一村』去小酌，聊盡地主之誼……多年不見的老友，重逢於海外，自是十分愉快，免不了多喝幾杯。被稱為『四大飲者』之一的鄭愁予，舉杯一飲而盡，那氣派，還像當年在臺北時一樣。而余光中，頭髮已有點灰白了。」科技界的夏祖焯不是文學圈外人，而是何凡、林海音的長公子，故有此一「世紀之邀」。那年，瘦高又高壽百歲的紀老，年齡七十有二；略矮而清癯燦鑠的光公先生，五十有七，在人生的馬拉松上，紀老仍不愧為現代詩一馬當先的領頭羊。

至於在同輩詩人之間，余先生成人之美的評論最多，最膾炙人口的是他分別在一九五八及二〇一一年對瘂弦（一九三二—）詩作的評價論戰，一九七八年對洛夫（一九二八—）後期詩作的激賞稱道，一九九〇年對周夢蝶（一九二一—二〇一四）詩境的剖析欣賞。瘂弦是「藍星詩社」競爭者「創世紀詩社」的主將，余先生不吝多次跨社為文讚美；「創世紀詩社」另一大將洛夫，曾嚴厲批判余先生的長詩〈天狼星〉，余先生也立刻為文駁斥，然反思過後，又從善如流，修訂舊作，繼而又在適當時機，為文稱頌自己昔日的詩壇死敵[2]。「藍星詩社」中，周夢蝶雖然年紀較長，但卻尊稱余先生為老師，於言詞進退之間，執禮甚恭，二人相交，充分顯示了文人相重之情，傳為佳話。至於他對其他文類名家的稱讚，更是不勝枚舉，無法在此盡數。

余先生對學生及年輕詩人的鼓勵，更是不遺餘力，恩澤廣被，受益的青年詩人不少。以學生而言，其中最為人所傳頌的是女學者詩人鍾玲（一九四五—）在念研究所時，針對老師在《純文學》（一九六七年三月號）發表的〈火浴〉一詩，寫作論文，勇敢指瑕，結果投稿遭退；於是，她斗膽將文章面呈老師；不久，八月號《現代文學》將該文刊出；次年，修訂版的〈火浴〉，又重新在《現代文學》發表。師生如此互動，一時傳為美談。他對學生詩人方莘（一九三九—）的肯定，更是為大家所豔羨，〈震耳欲聾的寂靜——重讀方莘的《膜拜》〉一文既出，立刻被當時許多「現代詩論選」編輯納入，列為重要現代詩批評文獻。

至於在提攜後輩詩人上，最有名的是一九六八年他評介方旗（一九三七—）自費出版的處女詩集《哀歌二三》（一九六六）。事實上該書剛問世，就有「笠詩社」的知名評論家，及時在《笠》詩刊上發表書評。然而該文舉例平淡無奇，無甚可觀，立論也穩妥保守，毫無亮點，只知敷衍一些詩筆很有潛力，假以時日或可成家之類的陳腔濫調，叫人讀罷胃口為之索然。等到余先生的評論文章〈玻璃迷宮〉一出，選詩摘句，無不精彩萬分，分析解說，鐵口斬截直斷，全文充滿了慧眼雋語，譽揚之句，更是擲地有聲，令人不得不對方旗刮目相看。文章甫一發表，立刻使薄薄一本《哀歌》，成了熱門奇書，惹得愛詩者爭相搜求，變為詩壇罕有的奇珍。

期待禮尚往來，本是人之常情，余先生也不例外，但受到他主動為文譽揚的詩人作家，多為狷介之士，泰半遙拜心領，卻吝於公開回應，深恐招來相互吹捧之譏，遂令余先生在熱情揮筆後，有些悵惘無奈。不過，雖然明知結果如此，但他日後仍然一本初衷，不改主動仗義拔刀的俠氣，從無抱怨之詞。直到他年屆九十時，才不經意的對我透漏，他曾遇到過方旗的哥哥，當面解釋說，弟弟是個怪人，跟誰都不來往。難怪余、方二人，從未通信，更別提見面了。

至於對周夢蝶的反應，余先生在夢公過世之後，忍不住調侃了幾句：「就這麼，粗茶淡飯，不求聞達於富貴，他過著獨立而自由的日子。不過他雖自由，卻不寂寞，而與女弟子們的通信，倒熱鬧得很。我先後贈他好幾首詩，外加一篇短評（〈一塊彩石就能補天嗎？〉），他卻有收無答。於是我終於向他抱怨，為什麼『重女輕男』？瘂弦也曾對我笑語：『夢蝶是最浪漫的詩人。』儘管如此，他仍是紀弦以下最艱苦卓絕的詩僧，粉絲之多，不可思議。」

話說一九七一年秋，余先生第三度應美國文教界邀請，講學二稔，載譽返回闊別的臺灣。他非常關心詩壇最新發展，尤其是青年詩人動態，於是向當時影響最大銷路最廣的青年雜誌《幼獅文藝》主編瘂弦，打聽情況，希望能推介認識藝文新秀，以便約見鼓勵。碰巧，那兩年，我在瘂弦的知賞之下，接二連三，幾乎是以連載的方式，在《幼獅文藝》上，大篇幅發表長短習作，惹得文壇為之

2　余光中〈一塊彩石就能補天嗎？——周夢蝶詩境初窺〉（《中央日報》副刊，一九九〇年一月六日）。當年周夢蝶拒絕接受「中央日報文學獎」的終身成就巨額獎金，並謙稱自己詩作還不夠好，幸而余光中即時以〈一塊彩石就能補天嗎？〉一文，闡釋評論其詩，挽回了周公對自己作品的信心，從而欣然受獎；〈天鵝上岸，選手改行——淺析瘂弦的詩藝〉（《聯合報》副刊，二〇一一年六月十三日）；〈用傷口唱歌的詩人——從〈午夜削梨〉看洛夫詩風的演變〉見《分水嶺上》（臺北：純文學出版社，一九八一）。

側目，同儕驚愕連連。

當時我在軍中服役一年，剛剛退伍，一面在民權東路一家國際進出口貿易公司上班，一面在南海路美國新聞處臺北圖書館中，查閱資料，準備出國留學。余先生居住的廈門街，距離南海路不遠。知道瘂弦推薦我去拜望余先生，便立刻以電話聯絡時間，依約登門拜訪，一見相得，晤談甚歡。當時我是初生之犢不畏虎，說到興起，不禁高談闊論，從中外詩文繪畫到搖滾巴布．狄倫，還有梅蘭妮（Melanie Anne Safka-Schekeryk，一九四七—），滔滔不絕，毫無禁忌。緩聲溫語的余先生，見狀並不以為忤，靜靜頷首，興趣盈然以對。不料如此會面的過程，竟成以後見面晤談的模式。現在想來，實在太不應該，耽誤了多少面接教言的機會，錯過了無數領略機鋒的啟悟，真是太不更事，罰當面壁。

記得初次會面臨走時，余先生不忘殷殷叮嚀我多讀書，並細心察覺到我的不足之處，慨然出借數冊中英文珍奇藏本，現在還記得，其中之一是當時難得一見的禁書，錢鍾書的《圍城》，給了我下次見面的藉口。當時，余先生正聯合楊牧為《現代文學》四十六期編輯「現代詩二十年回顧專號」，才剛開始發表作品詩齡不到兩年的我，居然受到青睞，納入十六位受邀詩人之列，名字醒目的登上了雜誌封面，排列在管管、楊牧、商禽、洛夫、羅門、鄭愁予……之間。這對年輕初入詩壇的我，鼓勵之大，可想而知。

一九七二年四月四日夜，我依約到余府還書，正好遇到剛出爐熱氣騰騰青綠封面的《現代文學》「詩專號」，雙掌捧入手中，喜不自勝。起先我還故作謙恭，有點油嘴滑舌的說：「剛過愚人節，又遇兒童節，我是童愚合一，正好前來請益，面接教言。」不料話匣子一打開，我又忘情的大放厥詞，一時說溜了嘴，居然對不久前推出的巨人版《中國現代文學大系一九五〇——一九七〇》（一九七二）月旦起來，完全沒有想到大系的總序執筆者與主編之一，正坐在我面前，含笑微微點頭，默默耐心聆聽。還記得當晚又聊到我最愛讀的日本新感覺派小說及芥川龍之介，渾然不知高低的，竟然對如何把小說結構轉化成詩，發了一番議論。

最後我把眼光盯上屋子裏掛的畫作，雖然沒有對佔據大部分牆面的現代畫，如劉國松、馮鍾睿，直接批判，但卻對掛在角落的一件不起眼的墨彩山水畫軸，特意盛讚，認為此畫一新中國千年山水畫傳統，捨棄了元明清以來的「紙上空間」，重新讓北宋畫中的「實感空間」，返回現代。我賣弄的說：「此畫筆法細密，如沈石田用王叔明牛毛皴寫〈廬山高〉，而其空間感則可直追李晞古。」當時我還不知道畫家的名字是「余承堯」，更不知余老是屋子主人的叔叔，真是「童愚」得可以。

四十五年後，余先生為我的新書《試按上帝的電鈴》（人才紅利時代之一）寫序，我才知道他們叔姪二人並不投緣，那張畫是先生尊翁超公先生掛的。

過了一個月，我聽從了瘂弦的建議，於九月出國前，在幼獅文化公司自費出版處女詩集，公司開出的價格不菲，要四萬元。好在我上班的貿易公司，月薪不低，有四千元之譜，才做了半年，就享受破例調薪的特殊待遇，問題迎刃而解。瘂弦以專業考慮，希望我顧及銷路，用卷二：「夢的練習」為詩集名稱；我卻拚命三郎，不計後果，堅持用卷三：「吃西瓜的方法」。當時的現代詩集，都要用現代化或抽象畫作封面，我則執意要用宋槧杜詩〈秋興八首〉為封面，讓「吃西瓜的方法」六字，壓在「塞上風雲接地陰」之上，以顯我這本詩集的基本精神。站在公司的立場，瘂弦雖然認為這樣反潮流太冒險，但看我如此堅持，也就一本愛護之心，十分寬容的答應了。

主意既定，我連忙跑到學生書局，一咬牙，把多年來梭巡流連的那上下兩冊精裝景印宋槧《杜工部集》，重價庋藏。此本為明末大藏書家汲古閣毛子晉（一五九九—一六五九）之長子毛華伯之舊藏，上有朱文印：「毛褒之印」，白文印：「華伯氏」；後歸滄葦玉蘭堂汲修主人禮親王昭槤所有，上有「禮邸珍玩」朱記。當時因為影印技術及照相效果均不佳，無法製版，只好在得書之後，先囫圇通讀一過，不負子美，再忍痛把〈秋興八首〉那兩頁小心割下，送廠付印：〈秋興〉詩出之以淺淺汁綠反白，「西瓜」等字樣則以濃重粗黑橫排，粗黑字體重壓在淺綠之上，既霸氣又過癮，今古輝映，雅致醒目，令我非常滿意。

余先生知道我要出詩集，不動聲色地對我說：「三校後，送過來看看，先睹為快。看完了，會通知你來取。」我立刻依言送上，過了三個星期，眼看出國在即，印刷廠來催，而余先生那裏，動靜全無，心中不免著急，遂硬著頭皮，去電問訊。不料電話那頭，余先生笑說，早已看完，編輯得不錯，這兩天晚上，隨時可以來拿。我聞言欣喜，胸頭一塊石頭落地，遂火速上門取稿，連夜送印去了。

那年，我得到楊牧的指點協助，申請進了西雅圖華盛頓大學，兩個月後，我在秋風黃葉細雨的西雅圖，收到瘂弦海運寄來的精裝新書，以詩集而言，印得算是十分豪華奢侈的了，其中還附信一封，大意是說，詩集反應奇佳，馬上就要重印，可謂奇聞。信末附筆問我，是否得罪了余光中？不然為何他寫了一千五百字的〈羅青的《吃西瓜的方法》讀後〉，竟選在建國中學校內學生刊物《建中青年》發表。這樣實在太可惜了，瘂弦惋惜的寫道：他準備與余先生商量，在《幼獅文藝》轉載，以擴大該文的影響。問我意下如何？

我立刻回以航空郵箋，表示當然同意，並說明出國前，與余先生往還半年，每次都盤桓二三小時，盡歡而別，應該不會有開罪之處。數日後，瘂弦航郵，從天而降，傳來喜訊，說余先生欣然同意，而且認為前文因篇幅關係，沒有暢所欲言，《幼獅文藝》是重要刊物，他準備修訂擴充為萬字長文，把〈羅青的《吃西瓜的方法》讀後〉轉做小標題，以更亮眼的〈新現代詩的起點〉為大標題，正式重新發表。果然，一九七三年春，文章刊登了出來，如巨石投水，驚得詩壇一片譁然。

次年，經營企業有成的藍星詩人吳望堯，由越南返臺，出資創辦第一屆「中國現代詩獎」，決定隆重頒發「特別獎」給紀弦，「創作獎」則落到了我的頭上。事後才知道，由紀弦領銜的十二位評委中，與我有舊的就有四位：羅門、蓉子、瘂弦與余光中，沒有他們默默的主動推薦與大力支持，詩齡詩才質量均淺的我，不可能入選，更無法當選。可惜，我人在美國，一直沒有機會即時向四位當面表達由衷的感謝。

多年後，我向余先生打聽《建中青年》那篇文章的原委。他釋懷的笑道：「當年找我寫序的很多，我以為你來取三校稿時，一定也會提出，所以就寫了一篇短文備用，沒想到你居然沒有任何表示，文章只好暫時擱在抽屜裏了。你出國後，碰巧建中學生編輯來訪並邀稿，便順手交給了他們，不料這麼快就被瘂弦探知，可見他在青年詩人中的分量，真是耳目眾多，消息靈通。」

能夠知人之善，願意成人之美，面對佳作，不論敵友，不計輩分，不吝讚美，是一項稀有的美德，非有大自信，大心胸的作家，不能輕易臻至；非有獨到狠準之眼，點睛生花之筆，無法服人悅人。

余先生慧眼錦心，健筆繡口，出手妙在不拘一格，每每主動為文出擊，精挑細選，一絲不苟，往往於全力寫評之際，暗暗吸收消化對方的優點與長處，默默壯大自家之不足於無痕；既能與人增譽，又可為己加分，造成作者、評者、讀者三贏的局面，真是何樂而不為。其詩其文其人之所以能夠成為詩壇祭酒，文壇領袖，豈是偶然！

至於那些不時在一旁酸言諷語，自以為是天才的庸愚之輩，除了迎風潑糞自汙外，只有徒然羨慕嫉妒恨了。上述道理，知之甚易，行之萬難，至少心胸窄小如我，是萬萬無法企及的，夜來思之，為之慨然涔然。

附錄：

老牌落日天文異象觀測研究員——敬悼余光中先生

二十歲左右
憑一張地圖在南京觀測到・落日
自金陵大學教學大樓樓頂
掉進廈門大學後門大水溝
扭曲變形成一團
熾熱暗紅的彈片
嘶燙出一縷白煙～～～
似一名悲壯投水的詩人

四十歲前後
聽敲打樂時在臺北古亭區觀測到．落日
如面額磨損的一枚銅幣
從幾乎烤焦的燒餅雲層裏
滾入廈門街的鄰鄰瓦浪內
落入那愈裂愈深——愈深愈黑的
洶湧海峽當中，如半頁撕碎的
家書，在冷戰的年代裏

六十歲左右
於隔水呼渡時在香港銅鑼灣觀測到．落日
從天安門城樓上故意摔落
轟然一聲～霹靂啪啦
碎成無數滾燙的石子
其中有一顆最最小的
滾到隆隆滾動的兩輪履帶前
擋下了一列正在行進的坦克

八十歲前後
登高樓對海時在高雄西子灣觀測到・落日
橘紅的倒影破碎在藍綠難分的海面上
正遭一群綠色水蛇圍咬搶食
長短蛇頭中伸出分岔的舌頭
是張張狡猾詭異的陰陽人臉
彼此不斷互相猙獰貪婪吞噬
直至全都消失在深深的海底

如今九十歲了
在日不落家裏居然觀測到・落日
直接從雙眼記憶的深處
滾入掌內手機記憶卡中
隨著網際網路五行無阻
迅速傳輸到全世界所有
大街小巷高山深谷的盡頭
再度冉冉升起

註：

此詩原為光公先生九十大壽所作，惜先生十月大壽之慶，我應邀在佛羅倫斯演講，不克親自奉上為賀，不意不足二月，此時竟成悼詩。年初大詩人羅門過世，我曾為詩文弔之，心情十分沉痛哀傷；不料年尾，又傳此噩耗，真真叫人肝膽俱摧。

原詩初稿末有後記云：「祝壽之詩難工，自古已然，雖歷代名家，亦不見有可傳者流布，可以為證，所謂：『難莫難於壽詞，倘盡言富貴，則塵俗；盡言功名，則諛佞；盡言神仙，則迂闊虛誕。』明清兩代，壽詞大盛，然可頌者極少；民國以來，此道漸廢，至於以新詩祝壽者，更是難得一見。文壇泰斗詩壇領袖余光中先生七十大壽時，我不揣淺陋，曾作〈老牌長壽大颱風〉為賀；現在欣逢余先生即將歡度九十大壽，不可無詩誌慶。七十祝壽詩題的字數，取七字古稀之祥，九十祝壽詩題則超出九字，取福壽綿長之意，詩中詞句多出自余先生著作書名或詩題如《憑一張地圖》、《敲打樂》、《在冷戰的年代》、〈一枚銅幣〉、《隔水呼渡》、《高樓對海》、《日不落家》、《五行無阻》，以詩意延年求詩齡同壽。」

余先生縱橫臺港詩壇文壇半個世紀，著作等身，筆耕不輟，今年五月，以九十高齡之筆，還特別為我的新書《試按上帝的電鈴》親自寫就長序相贈，提攜獎腋之情，五十年如一日，求之百年詩壇文壇，可謂絕響。不才敝陋如我，手懶筆拙，實在無以為報，僅能焚寄支離破碎的庸愚小詩一首，遙叩世紀知遇之恩。

羅青，本名羅青哲，湖南湘潭人，一九四八年生於青島。美國西雅圖華盛頓大學比較文學碩士，曾任臺灣師範大學英語系所、翻研所、美術系所教授及中國語言文化中心主任，明道大學英語系主任、藝術中心主任。曾創辦《草根》詩刊。自幼隨溥心畬、任博悟研習書畫，曾於世界各地舉辦畫展，作品為國內外各大美術館收藏。曾獲中國現代詩創作獎、雄獅美術雙年展水墨大獎、美國傅爾布萊德國際學者藝術獎、鹿特丹國際詩人獎、中國桂冠詩歌獎、中國詩意繪畫桂冠獎等，出版詩畫、散文、詩論、美學、畫論、翻譯五十餘種。

我所認識的余光中

賴聲羽

我對余先生在文學上的成就陌生，是因為小時候住國外，當他在創作的高峰期，我還在惡補初級中文，沒有能力閱讀他的作品。

但以中文為外語學習卻為我提供不同的視角欣賞余先生的作品。中文有文言和白話兩種完全不同的文體，一個人把白話文學好，再把文言文學好，然後發現兩者不相融，甚是苦惱。

十六世紀探險家沒有發現傳說中的黃金國，十九世紀航海家沒有發現西北航道，余先生則找到了白話和文言之間的通路。他的文字文白相容得天衣無縫，音韻節奏如音樂般優美，一切又那麼輕鬆自然，沒有苦心經營的痕跡。

想像他除了豐富的學問和天賦之外，還得力於好的火候。他彷彿擁有一座龐大的熔爐，裏面流淌著古往今來的美麗的詞藻，在高溫的冶煉之下，隨時以新奇的組合奔湧而出。

我和余先生認識，最早是因為湯新楣的關係，他的次女幼珊也上過我的英詩課。近幾年由於家母和董陽孜過從甚密，我們偶爾會碰面。

他外表雖然有些嚴肅，私下相處卻有很多意想不到的妙趣。去林琴亮在六龜的別墅前，我問他是什麼樣的地方？他只回答一句話：「你無法想像。」到了之後，發現有廣袤的草原，有山林和溪流，鳥語嚶嚶，花木扶疏，像森林公園。

那天下午，余先生主持了一場婚禮，並吟唱了一首李白的七言絕句，沒有演練，也沒有譜，但聲情激越，音調跌宕起伏，韻味很好。

晚上，大家聚於山谷的溪畔，余先生一位身材高大，披頭散髮的朋友獻唱了一首“River of No Return”，時而溫柔，時而豪邁，淳樸的大西部旋律在空谷裏迴盪，把人帶到一個比記憶更早的年代，引人入迷。

返程停車休息時，大家看余先生俯著身子撿路邊的花，撿好後拈在手上，一一介紹：「這是紫薇花，這是三葉梅……」乍看很瑣碎的動作，卻有如一場儀式，讓人想起羅馬地神春回大地時為百花命名。

去年余先生接受家母的邀請共遊水城烏鎮，乘小船進城時，我問他搖櫓聲怎麼描述？他馬上說：「欸乃，一個文言的矣加一個欠字，欸乃一聲山水綠。」我心裏想，以前教我國文的老師這麼好就好了。

下午我們走訪昭明書院，原來《文選》的主編在烏鎮待過。我一直喜歡駢文，覺得古文運動有失公道，所以問余先生四六文好不好？他說：「這是中國文學早期的風格，當然美，但後來的發展以單句為主流。」略帶宿命感地總結了一場歷史和美學之爭。

第二天，余先生一大早在院子裏拉著一棵桂樹的樹枝嗅它的花，問他什麼味道，他說：「兒時江南老家的味道。」接著說：「玩捉迷藏的小夥伴就不知去向了。」

余先生和食養山房的主人林炳輝熟，幾年前我們相約陽明山松園。園內松林、石橋、山丘和簡約中國風的矮房子宛如宋人的山居圖，特別是馬麟的〈秉燭夜遊圖〉。

在食堂用餐後，我們賞夜燈、走石橋，月色濛濛，和風拂面，一切恍如夢境。主人帶我們參觀他最得意的禪房，這棟用舊木搭建的長廊，內外空間一體相連，草色山光彷彿在几席之間，無疑是修禪的好地方。

走之前，主人要我們用毛筆在禪房一本簿子上留言，董陽孜寫了「世外桃源」；我寫了「引人入勝」；余先生則寫了「雲風送梵樂，山月照禪心」。

回程大家偶然聊到失眠，我說家母深夜偶爾打開我臥室的門一個縫看看裏面，我因為睡得輕，一定醒來，她問我：「為什麼醒來？」我問她：「為什麼讓我醒來？」這原本是一個笑話，但余先生沉吟半晌後，語重心長地說：「母子連心。」

對上班族來說，文學是消遣；對購買精裝本文豪全集並保持得一塵不染的商人來說，是裝飾品；對余先生來說，文學是承載生命的主體，也是深藏珍寶的王國。

和余先生在一起分享文藝、接近自然、感念往昔，偶然得以窺見這個世界的豐富和美麗，可惜這樣的聚會以後難逢。

——原載二〇一八年二月一日《聯合報》

賴聲羽，台大外文系教授、散文家。台大中文系畢業後，赴美攻讀英國文學。學通中西，興趣廣泛，曾任台北故宮期刊編輯、中廣爵士樂節目主持人、東吳大學西洋藝術史客座教授。散文創作如〈電玩迷回憶錄〉、〈衣香鬢影的夜晚〉、〈黑色牢籠中的音符〉，主題涵蓋美學、語言學、都市人類學，作品散見《人間副刊》及《聯副》。學術著作有〈鄧恩詩中的中世紀美學〉、〈意識流與印象主義〉、〈哈姆雷特與尤利西斯〉、〈何索的黑暗之旅〉等。

「雙宿雙飛」的日子

高天恩

中華民國筆會於一九五八年在臺復會，今秋將屆六十周年。復會後，林語堂、陳裕清、彭歌、殷張蘭熙、余光中等先生先後擔任筆會會長。余先生是第一位到內政部為中華民國筆會申請社團法人立案的會長。一九九一年始，余先生一連八年擔任兩屆會長，本人有幸被任命為祕書長。去年十月底，銜命專程南下高雄拜訪余先生，意欲寫一「中華民國筆會余光中前會長訪談記」，尤其希望一同追憶余先生八年會長生涯的點點滴滴。當天在西子灣是香港友人為其九十大壽暖壽的場合，余先生私下答應我下次再找時間，共同追憶往事，尤其是兩人「雙宿雙飛」的共同經歷。沒想到那竟然是今生相見的最後一面。如今，這個「專訪」變成「獨白」了！

最後一次見到余先生，是去年十月二十六日，在西子灣。來自香港的黃維樑、金聖華教授等人為余先生辦了一個九十大壽的暖壽活動：「余光中書寫香港發表會暨慶生茶會」。當時余先生雖然體力顯得弱不禁風，站在中山大學校友會館的講臺上顫巍巍的，但頭腦依然清晰而有機智。他在臺上拿著麥克風，把目光緩緩掃到臺下每一桌人時，都能以最精彩的三言兩語恰如其分地描述他和對方的關係。當余先生和我四目相對時，眼神溫馨，嘴角含笑：「還有 Tony，我們擁有八年雙宿雙飛的美好回憶……」

當時我的腦子立刻湧現如潮水般的回憶，真的！從一九九二到二〇〇〇年，他一連兩任中華民國筆會會長，我竟然有幸以祕書長的身分追隨他到西班牙巴賽隆納、巴西里約熱內盧、西班牙聖地牙哥、捷克布拉格、墨西哥、愛丁堡、赫爾辛基、華沙、莫斯科等歐美名城，表面上是開國際會議，骨子裏卻是萬里路、逍遙遊！更何況往往是一路在飛機上肩並肩、會場中座連座、晚上同一寢室床對床，經常能跟當代文壇巨擘有幾乎零距離的接觸，何等稀罕的經驗！偏偏老先生對我這個後生晚輩又十分親切而不設防，多年來雖未「抵足」，但多少個夜晚卻是「心對心」的交流！

第一次的「雙宿」是一九九二年四月下旬，西班牙巴賽隆納，第五十七屆國際筆會年會。第一晚一進飯店臥室，只見一張大床，兩人傻眼！好在細看之下發覺是兩張單人床拼在一起的。我立即將床一分為二，中間還放一個小桌子及桌燈，壁壘分明！結果老少二人暢懷笑談到深夜，余先生有兩次甚至隔著小茶几把頭幾乎伸到我這頭：「這件事兒連我內人都不知道！」今年四月二十六日在高雄中山大學「余光中教授追思會」，輪到我上臺時，我大致追憶了上述八年「雙宿雙飛」的經驗，當我提到巴賽隆納的第一夜時，也故意神祕地向臺下第一排正中央的余師母微笑並深深一鞠躬：「所以，師母，您當初不知道，現在還是不能讓您知道！」師母和幼珊當然體會得出我的幽默，問題是，我怎麼也不記得當初余先生告訴了我什麼！

但我清晰記得另一件事。那年，一九九二年四月下旬在巴賽隆納，其實是四人行，另一對雙宿雙飛的是齊邦媛、宋美琫兩位教授。正巧趕上了四月二十三日當地一年一度的「四月春會」，好像是紀念《唐吉訶德》作者塞萬提斯的生日，當地人流行由男士送花給女士，女士送書給男士。四人行，可能只有余光中先生預先做足了功課，每次出遊前先把各種旅遊指南、地圖等都消化於腦，了然於胸。所以，那個陽光燦爛的早晨，漫步在巴賽隆納著名景點 Las Ramblas 滿街充滿朝氣與歡愉的人群中時，突然，令人猝不及防地，余先生請求兩位同行的女士在某個美麗的臺階坐定，然後，以魔術師的手法雙手變出兩束嬌豔的鮮花，又以歐洲中古騎士風姿，彎腰，分別向齊邦媛、宋美瑋女士獻上花朵與祝福！此外，在巴賽隆納同余先生共宿室，我還記得一個細節。有一晚我靦腆地小聲問道：「余先生，我知道自己熟睡時會打呼，不知道……鼾聲有沒有打擾到您睡眠？」余先生眉頭一皺，沉思半晌，才徐徐回應：「你不需要過度擔心，」接著笑逐顏開：「昨天晚上的鼾聲，要比前晚上的遜色很多。」我還記得，有一天余先生去看了一場鬥牛賽，本來是邀我同去的，而且我還興奮地告訴他，自從在臺大外研所讀到海明威的《旭日又昇》（*The Sun Also Rises*）之後，就一直渴望能親臨其境，觀賞一次鬥牛。但齊邦媛老師「慈悲為懷」，苦口婆心地勸我「學佛之人不要接近血腥」，我竟然「懸崖勒馬」而未去目睹勇士屠牛，如今回想起來，一半慶幸，一半懊惱。但我清楚記得，有天下午，兩位女士去逛街，余先生臨時起意帶我上了計程車，告訴司機幾個西班牙語的關鍵字，包括 Gaudi 以及 Sagrada Familia，只花十幾分鐘就抵達了高第的聖家堂。兩人盡情地參觀了這個「全世界唯一未完工就列為世界遺產的夢幻建築」。我們還攀上了樓牆，我記得自己拿照相機按下快門時，腦際閃過一個念頭：「一位東方偉大詩人，屹立在一座西方偉大建築危牆之上，歷史性的一刻！」

國際筆會向來是每年舉辦一次，但當年卻是一年兩次。因此，一九九二年十二月間，余先生又率領彭鏡禧、歐茵西和我，搭機三十三小時（包括在美國洛杉磯等候轉機六小時），終於抵達巴西里約熱內盧，參加第五十八屆大會。記得當時由於刻意提前幾天抵達巴西，所以第二天我們四人代表團便大膽地搭乘巴西航空公司雙十字標記的班機前往介於巴西、阿根廷、巴拉圭三國之間的依瓜蘇大瀑布。一共是二百七十五個大大小小瀑布，從北端山頂到南端「魔鬼的咽喉」，風景壯闊而攝人心魄。當地嚮導奇哥說，英文稱瀑布叫作 Falls，例如 Niagara Falls（尼加拉瀑布），但阿根廷人卻稱瀑布為 Cataratas，有四個 a 的字母音。念起來「卡噠卡噠」的好像水花四濺，要比英文的 Cataracts 氣派多了，Falls 就更不能比了！余先生顯然非常贊同，後來竟把拙見一字不改地收進了他的〈依瓜蘇拜瀑記〉一文。那次「拜瀑」最精彩而驚悚的經驗，當然就是我們四人穿上橘紅色的救生衣搭乘小小汽艇順河而下，四面危崖絕壁，滿江霧氣蒸騰，滿山瀑布聲鬼哭神嚎，船只能在「魔鬼的咽喉」起伏搖擺、任瀑洪自天而降、任急湍在船底及四周洶湧肆虐。「希臘神話裏的英雄應該經歷過這樣的場面」，我有感而發。「可不是」，余先生立即回應，並仰天對著四周的瀑布長嘯：「This is Homeric!」（荷馬史詩境界啊！）

那次遊依瓜蘇另一個鮮明的記憶就是巴拉圭的東方市，以及那座長長的橋。橋的一端屬於巴西，另一端則是巴拉圭第二大城東方市，據說比首都亞松森還要繁榮。記得是遊完了依瓜蘇，四人這天上午站在那座橋上，只見一個接一個的巴西人匆匆走來，人人頭上頂著或手上提著剛從巴拉圭買到的免稅電器用品，個個臉上綻著燦爛笑容，彷彿從另一個更美好的世界歸來。我們四人難耐好奇，便信步走向巴拉圭，進入了據說免稅的東方市。

沒走幾步路就被幾個好像是警察的人攔下了，由於語言不通，四人全被「請進了」一間似乎是警察分局的屋子。我們小聲以國語交頭接耳，他們則不時從裏間探出頭來查看動靜。僵持了至少二十分鐘，余先生斷定對方是想叫我們花錢消災。彭、歐、我三人都表示畢竟咱們是非法入境，就給錢吧?!然而，余先生悍然小聲說：「No!」他突然站起身，說：「走！」就大步邁出屋子，我們只好尾隨。回頭看那幾個警察好像在乾瞪眼，卻沒有追出來。

平安地飛回里約熱內盧開了四天國際筆會大會，其間記得我國駐當地的外交單位招待我們遊覽當地的商場，觀賞寶石礦及陶器。回程飛機上余先生好奇地打開外交單位送他的禮物，我在一旁幫著拆封。隔著走道，歐茵西和彭鏡禧兩位教授也從座位上探頭，想知道謎底。只見詩人終於從厚紙盒裏托出一隻茶杯形狀的陶器，但除了茶杯之外，另有一扁圓形物件，應該是蓋子吧？詩人蓋了兩三次都蓋不上，這才發覺是茶杯墊，於是脫口而出：「真不是蓋的！」我向茵西擠擠眼，「出口就是金句噢！」她笑了，說：「余先生隨口就是金言，即使用語刻意不雅，也令人難忘。」接著她就跟鏡禧和我低聲述說一個故事：就在一年前，余先生率師母、胡耀恆和她參加在維也納舉辦的第五十六屆國際筆會大會。有一日大家要上船遊多瑙河，事前她憑經驗要大家務必先上洗手間小解。但上廁所須投當地的硬幣才行。她急急忙忙拿紙鈔去小店換硬幣，又氣喘吁吁跑回來把硬幣發給余先生、師母等每一個人，再指揮大家分別去男廁、女廁。出來時余先生幽幽地說：「大家都欠茵西一屁股債！」

追憶往事，真的是迅景如梭啊！接著，是一九九三年九月，真的是只有余先生和我雙飛，飛到西班牙西北隅的聖地亞哥－德孔波斯特拉（Santiago de Compostela），參加第六十屆國際筆會年會。那是個人口不足十萬的小城，「聖地亞哥－德孔波斯特拉」這個全名，據說意即「繁星原野的聖地亞哥」。城雖小，卻是從中古世紀以來跟耶路撒冷和羅馬可以比肩的天主教三大熱門朝聖地之一。相傳耶穌十二門徒之一的雅各伯埋骨於此，所以許多世紀以來，徒步或騎著牲口的朝聖者絡繹於途，均以這個小城為「聖雅各伯之路」（the way of Saint James）的終點。余先生和我並未觀賞到這裏的「繁星原野」，倒是一連幾天都親身體驗到小城大白天隨時出現的陽光雨，黃金雨。沁人心脾的微風細雨絲突然若有似無地從天上飄下來，還沒來得及開傘，雨絲已經消失在豔陽之中了，如此周而復始。余先生和我隨著潮水般四面八方湧來的觀光客，走進聖地亞哥－德孔波斯特拉大教堂，坐在大廳一隅，天主教儀式進行中，一座無比巨大的銅香爐由大廳的一端順著粗大的鐵鍊飛越過眾人的頭頂，抵達另一端，然後又鐘擺似的盪回到原來的那端，爐香瀰漫全場。我悄聲在余先生耳邊說：「我們藏傳佛教在法會進行中，也會有喇嘛提著小香爐走過一排一排信徒，鏈子一搖一晃，藉著香氣把佛菩薩的加持傳遞給每一個人。但是這個在我們頭上飛來飛去的香爐太誇張了，有幾百個佛教香爐的大小……」余先生說：「叫人膽戰心驚啊！」從天主堂走出來，走在海濱，路過一家又一家香味四溢的海產店，兩人好像都要流口水了，隨便挑了一家，便品嚐到了美味至極的西班牙「章魚燒」，一人一大盤，至今回味無窮。

一九九四年秋天，余先生、余師母、齊邦媛、隱地、歐茵西和我，六人行，到捷克的布拉格參加第六十一屆國際筆會年會。記憶深刻的是大夥兒參加了作家出身的哈維爾總統在氣派恢宏的布拉格堡舉行的歡迎晚宴。人人西裝革履，處處杯觥交錯。印像特別深的是，一位長住紐約的烏克蘭流亡女作家 Irena，滿頭銀髮，七十歲左右，端著酒杯站在富麗堂皇、四面壁鏡輝映的牆角，獨自淚眼婆娑。我陪余先生趨前致意，結果竟聽她訴說了大半生的國仇家恨：蘇聯的殘暴，她的醫生丈夫的愛國情操及抑鬱以終，她對亡夫無盡的思念。白髮余先生婉言寬慰白髮 Irena，我按下快門，那一瞬間成為我個人記憶的永恆。

那幾天，上午、下午、黃昏、深夜，余先生和我們一行刻意到了查理大橋去體驗它的不同風貌。雖然余師母也去了，但記憶中余先生仍是跟我「雙宿」（也許師母是跟茵西同住一間？），而且記得，我半躺在自己床上，見證著一代文豪余先生只穿著內衣，卻「正襟危坐」在桌前，桌上攤著布拉格地圖、旅遊指南、筆記本……我躡手躡足到他背後，只見他正在一個字一個字寫日記，鐵筆銀鉤，力貫紙背。他那篇膾炙人口的〈橫跨黃金城〉就是那時孕育出來的吧？隱地先生在爾雅出版的《春天該去布拉格》不但收錄了這篇文章，還在卷首刊出多張照片，都是隱地、余先生、余師母和我互相拍攝的。包括余先生單手握著小鐵環，雙腳勉強貼近牆沿，身子懸空，就在卡夫夫故居黃金巷，留下調皮的身影。以及告別布拉格的當天上午，最後一次巡禮查理大橋，我提著剛從橋頭的店家買來的卓別林小木偶，就在橋上耍弄起來，讓戴高帽、蓄黑髭的卓別林張著外八字在橋上走路，余先生和隱地觀賞得入神，余師母的相機卡擦一聲，捕捉到我生命美好的一瞬。

一九九五年由於我拿到國科會的補助赴美進修一年，那屆的國際筆會是在澳洲佩斯舉行，伴余先生與會的是姜保真先生。

一九九六年九月我重回筆會，追隨余先生到墨西哥瓜達拉哈拉參加第六十三屆年會，一切乏善可陳。

一九九七年參加在愛丁堡舉辦的第六十四屆國際筆會年會，會場就設在愛丁堡大學。記得站在校園裏，余先生微笑指著地平線上的一個小山丘：「Tony，那就是Arthur's Seat!」亞瑟王寶座，是愛丁堡幾座著名的小山丘之一，在市區東邊，位於Holyrood Park（聖十字架公園）附近。

開會期間，有一天下午得空，余先生便帶著我去「踏青」，沿著坡度平緩卻逐漸攀高的步道，不但見到了皇宮，還一直通往山頂。沿途，每走一、二十步他便回頭：「Tony，還行嗎？」他是真關心，我是真丟臉。比你年長十九歲的前輩頻頻回首問你「還行嗎？」誰叫你胖嘟嘟又氣喘吁吁的落在後頭?!

一九九八年在芬蘭赫爾辛基舉辦的第六十五屆國際筆會年會，不但余先生和我以會長與祕書長的身分參加，齊邦媛、宋美琿、歐茵西、隱地、彭鏡禧也都與會，而余師母及余家幾位姊妹（包括幼珊）也共襄盛舉。記得一次我們在開會時，余師母及女兒們也正搭船去挪威旅遊。我們的會場，一棟五星級大飯店，後門就面對大海。記得余先生、齊老師、彭鏡禧、隱地和我在飯店後門寬廣的陽臺上喝咖啡，慢慢地人散了，只剩余先生和我憑欄觀看近在咫尺的那艘大輪船，並且遠眺海洋盡頭的地平線。余先生輕聲問我：「Tony，此情此景，你心裏會想著誰？」我轉頭看到余先生臉龐的側面，他顯然在眼神迷離，心牽遠方……「您的夫人和女公子們，不正在海對面的北歐兩國遊歷嗎？此時您想著誰啊?!」我心裏問，嘴巴吐出去一句：「想著失去的女朋友啊！」那一次在赫爾辛基會後，好像主辦單位還招待大家遊歷聖彼德堡。印象最深的是，氣象萬千的帝都，在一棟高聳入雲的摩天大樓門口陰影處，站著一個矮小瘦弱乾癟的乞婆。另一逗趣的記憶，是那一晚入住聖彼德堡一個五星級飯店，黃昏時，余先生和我在廣場上，正要進門，被一個俄國男子迎面攔著，以似通非通的英語說要為我們媒介金髮美女。余先生皺著眉頭雙手猛向外擺動，連連用俄語說：「Niet! Niet! Niet!（不要，不要，不要）」但俄國「三七仔」立刻說：「Da! Da! Da!（要啦！要啦！要啦！）」那景象真的好有喜感！

一九九九年中華民國筆會由朱炎教授獲選會長，歐茵西教授為祕書長。余先生和我終於「解甲」，卻未立即「歸田」。那年第六十六屆國際筆會年會在波蘭華沙舉行，朱會長和歐祕書長為中華民國筆會當然代表，但余先生、隱地、彭鏡禧、陳義芝和我一同參加。為寫這篇文章，我找到當年大家其樂融融的一張合照，不敢相信照片上有三位——沈謙、朱炎、余光中——如今已成為「古聖先賢」！

今生第一次見到余光中先生，是我高三畢業那年，十八歲，在一個文藝活動場合，老遠看到三十七歲的名詩人被粉絲簇擁著。跟他，天上，人間，沒有交集。

大學三年級時，參加臺大全校英詩朗誦比賽，僅得第三名。余先生、朱立民、顏元叔、陸震來等先生是評審。

三十六歲拿到博士學位之後，在臺大外文系教大二英文作文，有一次出題：An Unforgettable Character（一位難忘的人物），班上一個叫余幼珊的女生寫她爸爸，如何如何，如何如何，我發還批改好的作業時，好奇地問：「你父親是誰啊？」「余光中。」當時我好震驚！最近幼珊透過Line 告訴我，她仍保存著當年的九篇作文，還「秀」給我看一篇篇都有我的「朱批」。

四十四歲時，齊老師介紹我加入筆會，余先生當選為會長，我胡裏胡塗成了祕書長。記得當時筆會經費籌措困難，經常需要捨著老臉去外交部、文建會等衙門化緣。有一回，前任會長殷張蘭熙帶隊，領著現任會長余光中、季刊主編齊邦媛、祕書長我到外交部門口時，齊老師提醒余先生，別忘了拿出「片子」（名片），余先生嘆了口氣：「唉，騙子！騙子！騙子！斯文掃地嘍！」

余先生是梁實秋先生的高徒，梁先生過逝後余先生和當時《中華日報》副刊主編、九歌出版社創辦人蔡文甫先生合力推出了「梁實秋文學獎」，除了散文獎外，翻譯獎一連二十一屆都是余先生親自出題，分為譯詩及譯文兩大項。並由余先生每次親自邀約兩位評審，一同看稿，逐篇討論、逐句推敲。彭鏡禧、單德興和我都曾多次參與。通常上午十點開始，中午吃便當，午休片刻，繼續討論，通常到晚餐時都還未完工。老先生畢竟有些年歲了，有天下午，討論著，討論著，余先生沉默了，鏡禧和我發覺他打盹兒了，兩人很有默契地噤聲等待，等到余先生睜開眼了，就繼續評審大業，彷彿剛才不曾有過任何停頓。余先生把這部分的經歷集稿成書：《含英吐華——梁實秋翻譯獎評語集》，九歌出版。我一共參與了十二年，深覺榮幸。

去年十月二十六日，是香港幾位學者為余先生舉辦「余光中書寫香港發表會暨慶生茶會」，臺北沒有幾個人知道或出席。我感謝幼珊事先告知，也慶幸能帶著賀壽禮物南下，見到余先生最後一面，留下好幾張合照，都是余先生、師母、幼珊和我坐在一起，同時豎起大姆指。

敬愛的余先生，就像今年四月二十六日在高雄中山大學「余光中教授追思會」上我說的：今天大家聚在一起，不應是悲悼您的死亡，而是應該歌頌您的永生。在座的每一個人都將先後離開塵世，您的著作、您的故事卻會如莎翁，如杜甫、李白、蘇東坡，永遠活在一代又一代讀者的心中。「五行無阻」，任他死亡如何企圖將您謫到宇宙洪荒的黑洞底層，也不能絲毫阻攔您「回到正午，回到太陽的光中」。您自己清楚得很，您早就跟死神ＰＫ過了：

> 即便你五路都設下了寨／金木水火土都閉上了關／城上插滿你黑色的戰旗／也阻攔不了我突破旗陣／……／你不能阻我，死亡啊，你豈能阻我／回到光中。回到壯麗的光中

高天恩，曾任台大外文系教授兼系主任、台大視聽館主任、台大聯絡中心主任、財團法人語言訓練測驗中心主任、世新大學英語系客座教授、美國加州大學柏克萊分校、紐約哥倫比亞大學、麻州哈佛大學訪問學者、中華民國筆會祕書長、英文季刊主編、九歌文教基金會董事長。現任財團法人語言訓練測驗中心董事、九歌文教基金會董事、趙麗蓮教授文教基金會董事、英千里教授獎學金基金會董事、中華民國筆會理事。

卷二　日落西子灣

典範譯詩的余光中

蘇其康

四十多年前在上英詩的班上，余光中教授曾給學生出題目："a thing of beauty"和"a beautiful thing"如何翻譯。乍聞之下，這個片語不好應付，因為二者的哲理（美學）層次殊非同類，雅俗有別，貌合卻是神離。其實余老師的題目是從濟慈的名句引申而來，原句是"A thing of beauty is a joy forever."若干年後（二〇一二年），余老師在《濟慈名著譯述》中自行解惑，簡單明瞭的寫作：「美之為物乃永恆之歡欣」。這句話可以應用在余光中寫詩的生涯上，而濟慈恰好是他少年時代效仿的對象，也是他晚歲重新理解的目標。前後相隔整整一甲子，文字之美和意境之美，可說是詩人余光中魂牽夢縈的任務。

譯詩和寫詩最大的不同，不只是使用多語和單語的分別，更是時空演變影響到語辭表達的問題。語言本身會隨著時代、社會風氣、意識型態、宗教藝術背景和外來文化沖激而變動，包括字彙、語詞、句型、詞藻排序和句子構造等方面，但也有千古不易符合自身語法和聲韻格律的部分，譯詩除了上面一籮筐隱含的法則，更在接受挑戰之餘，帶動語言的活化而要考慮不失原來語言（original language OL）和標的語言（target language TL）之美；在抒情詩的文類方面，尤其如此。不了解OL和TL的詩歌傳統，只能做意譯。只懂這兩種語言而不解其詩歌傳統卻從事譯詩，容易流於偏頗，只得其形，失卻其真和美意。六十年來，在教授英美詩時，余老師經常同時譯詩，像是信口拈來，把整節甚至整首英詩翻成中文詩（不是中文而已），無論是早年重點授業的浪漫詩、或是近年專注的十七世紀英詩，往往寓注釋和辯證於翻譯中，當然老師在需要時也會解說指引，上他課的學生，絕對是「買一送二」，中英詩歌同時處理，同時享受，可以令人沉醉在歡欣的詩意之中，而十七世紀英詩除了形而上的意象外，處處機鋒，透過余老師的美文，令人印象深刻難忘。

一般人年輕時的喜好品味，到老年時會在不知不覺間回味，但極可能加上新的預期和角度。對於英詩，雖然余光中對莎士比亞心領神會，卻更喜歡濟慈，縱然兩人都寫無韻自由體（blank verse），也寫十四行詩，但從青少年時就喜歡濟慈，到暮年彌堅，有機會時還朗誦濟慈的「頌歌」和長詩〈恩迪米安〉，到了耄耋之年，仍然不忘情很有質感（在抒情和哲理之間迴盪）、庶民出身卻是才高八斗的青春氣息詩人。後者名揚詩壇和文化界的〈希臘古甕頌〉有下面家傳戶曉的詩句：“Heard melodies are sweet, but those unheard / Are sweeter; therefore, ye soft pipes, play on.”到了余光中的手裏，就成了：「樂曲而可聞雖美，但不聞／卻更美；所以柔笛莫佳口」。這樣的詩句何時初譯待考，但訂稿時譯者已八十開外，所用語法詞藻已汰盡浮華清淳之品。用「樂曲」來強化“melodies”的原則性，再用「而可聞」來標示“heard”可謂煞費苦心，OL的被動式過去分詞用漢語主動式述詞的「而可聞」來處理，沒有太多西化的突兀；同樣，OL勸勉口氣的“play on”用古典式的口語詞「莫佳口」來回應，柔化了前句可能稍嫌緊繃的七個音節的律動。整體而言，這兩行的譯文TL和OL的總音節完全相同，可見余光中譯詩，除了詩意、詩味、韻致，在可能範圍內還兼及格律和音節多寡，處處有細工和匠心獨運。

這種雕龍的文心中譯既然如此，英譯也如是。在較少為人熟知的中詩英譯裏，余光中的表現不由得不令人敬佩。就以幾個自行翻譯的英詩為例，因為沒有旁人操刀，故沒有前例可資參詳，全為原作者自行調配，更見其獨特的能耐。

〈西螺大橋〉是詩人舊作，自然帶著早年作者書寫的年輪，且引錄幾句來看幾十年前的詩心、詩語軀體：

矗然，鋼的靈魂醒著，／嚴肅的靜鏗鏘著／……／於是，我的靈魂也醒了，我知道／既渡的我將異於／未渡的我，我知道／彼岸的我不能復原為／此岸的我／但命運自神祕的一點伸過來／一千條歡迎的臂，我必須渡河

首兩句一念下去就覺得是詩人早年尚未完全擺脫現代化軀殼的構詞，查核之下始知寫於一九五八年，也就是六十年前的作品。到了最新增訂二〇一七年中英對照的《守夜人》詩集，這首詩前兩行成為：“Loomingly, the soul of steel remains silent. / Serious silence clangs.”第一句的英譯擺脫了發語詞「矗然」的突兀短促音節，也把「鋼的靈魂」這個意象更清晰描繪，而第二句的TL也更符合英詩的況味。換句話說，一九五八年的〈西螺大橋〉既已定形，余光中在二〇一七年便煉英詩的石來補一九五八年中詩的青天。跟著在下面的一節，好像是詩人的靈視（clairvoyance），看到六十年後的今天，必將渡河而去，接受千手觀音的歡迎，往彼岸過渡。而其相對的英譯：“yet Fate from a mysterious center radiates / A thousand arms to greet me; I must cross the bridge.”其韻味比之OL的意境，絕無不及，尤有過之。用大寫的“Fate”表示譯者深明典故，而且事出必

然，無所遁於天地之間，至於用英文的“bridge”來代替ＯＬ的「河」不是誤譯，而是超乎想像的妙，因為這個英文字詞馬上把英語讀者從千手歡迎的對岸拉回到主題的西螺大橋（Hsilo Bridge），刻劃出虛實之間的張力。

在另一首詩〈當我死時〉的譯文裏也有類似神來之筆。原詩最後四句：

> 想望透黑夜看中國的黎明
> 用十七年來饜中國的眼睛
> 饕餮地圖，從西湖到太湖
> 到多鷓鴣的重慶，代替回鄉

到了英譯的ＴＬ，已成為衍伸改寫，無論直譯、意譯和詮釋，一九六六年ＯＬ的詩境已載不下二〇一七年ＴＬ的壯志豪情，故其詞曰：

> So with hungry eyes he devoured
> The map, eyes for seventeen years starved
> For a glimpse of home, and like a new weaned child
> He drank with one wild gulp rivers and lakes
> From the mouth of Yangtze all the way up
> To Poyang and Tung't'ing and to Koko Nor

首先是四行的OL變成六行的TL。原詩的江南水鄉及鷓鴣天的重慶只是詩人幼時和少年時的回憶，一九六六年時瀏覽地圖已補足青少年的回憶。但到了二〇一七年詩人不只已多次回鄉，也走訪過大江南北，「精細」的西湖和太湖已被長江口的大都會榮景蓋過水鄉澤國的漁米之鄉，而鄱陽和洞庭湖更蓋過小宗的河川湖泊。最神奇的便是重慶已變成青海湖（Koko Nor）。這是比洞庭湖還要大的湖，而且早已超出了中原之地。一九六六年的故里懷鄉想法，五十年後已被更遠大的目光和實然的情況所取代和超越。對余光中來說，譯詩不純粹是語言文化的溝通傳遞而已，還有更深的意義所在。

到了古稀耄耋齯齒之齡，余光中還寫詩，自譯部分作品為英詩，配合詩國傳統，務求以美文現身，而且後譯甚至比前作尤有精進，令人驚豔。大有哲人日已遠，典型在夙昔之慨。謹以此短文表彰余老師的風範，並祭告老師在天之靈！

——原載二〇一八年一月《文訊》三八七期

蘇其康，美國西雅圖華盛頓大學比較文學博士，現任高雄醫學大學語言與文化中心講座教授、中山大學外文系合聘教授。曾主編《結網與詩風：余光中先生七十壽慶論文集》、《詩歌天保：余光中教授八十壽慶專集》、*Emotions in Literature*、*Perceiving Power in Early Modern Europe*、*The Catholic Church in Taiwan: Vol. 1 Birth, Growth and Development; Vol. 2 Problems and Prospects*。著有《西域史地釋名》、《文學、宗教、性別和民族：中古時代的英國、中東、中國》、《歐洲傳奇文學風貌》等。

詩壇的賽車手和指揮家

——我與余光中接觸的幾種方式

白靈

從少年起就有剪報的習慣，讀高中時的六〇年代每天最愛做的，就是先買一份那時最紅最大的《中央日報》，留下副刊那張，然後其他的就丟到垃圾桶。那年代很窮，愛讀副刊上中外各式作家的小說和散文讀到迷，就很希望報紙只賣副刊，那就不用餓肚子、還可省下一點錢去舊書攤買書。那幾年《中央日報》或《聯合報》、《中國時報》副刊上最常出現的作家，就是余光中了。

年少時代的兩大冊剪報現在還留在手邊，他的詩我只剪貼了一首，他的散文卻剪了至少七、八篇。剪的那首詩叫〈天使病的患者〉（一九六七年九月二十四日《中央日報》），十六歲還未接觸過新詩的我在剪報旁邊用鋼筆對此詩作了批評：「余先生，咱們這傻瓜呆頭呆腦，只知這是篇小文外，再也讀不出什麼詩的意味，即使讀了五遍」。這竟是我對余先生這篇有諷刺調侃意味作品的最初印象。而在隔年十二月《中國時報》上他的散文〈食花的怪客〉剪報旁則寫：「這是一篇別具象徵的文章。他的文章很不錯，用字不特別斟酌，清新自然，文句簡實而兼具幽默，具有詩人灑脫自然的氣韻」。讀他的詩與散文竟有這麼大差距的反應。

這樣對新詩不佳的印象到了十八歲的日記裏依然沒有改善，還寫說：「報上有一篇訪問余光中

（按：他約四十歲）談關於灰色書刊的解說，談得還不錯……大家都知他是出了名的詩人……但我對現代詩根本沒啥心得……好像幼稚得很，就那麼簡單的意思卻囉唆了老半天……還有另一派詩人難懂難理解，總覺得很淺薄」。如此一直到十九、二十歲，因喜歡余先生的散文而買了他的《逍遙遊》、《掌上雨》、《左手的繆思》、《望鄉的牧神》等散文集，這才發現每本集子內抒情散文並不多，議論式的最多，且還大半是討論詩的。這才開始耐下心來，看他到底為何這麼衷情於詩。讀每本集子討論詩的還一篇篇作了筆記，比如關於《望鄉的牧神》的筆記最前面我寫道：「二十四篇文章中屬自傳式抒情散文只有〈咦呵西部〉、〈南太甚〉、〈登樓賦〉、〈望鄉的牧神〉、〈地圖〉五篇，篇篇精彩，真是把散文藝術化了。其他篇章多是有關文學尤其是詩的批評」。如此，我對現代詩（新詩）的認識竟是從他的散文集中大量關於詩的介紹剖析、中西詩學觀念的文章開始的。而由於從五〇年代直到六〇年代末臺灣仍處在一片西化、現代化乃至崇洋的聲浪中，我開始喜歡新詩並非讀臺灣詩人的詩，而是讀了華裔菲籍翻譯家施穎洲譯的《世界名詩選譯》、《古典名詩選譯》及余光中譯的《英美現代詩選》（一九六八）開始的，當然讀得最多的是翻譯小說和存在主義，光西洋小說大部頭的在二十歲以前就讀了一百多本，散文讀最多翻到爛的就是余光中的了，「中」新詩的「毒」即由此開始，散文竟像是他傳播新詩的障眼法、魔術道具了。

等到一九七五年楊弦首度在臺北中山堂舉行演唱會，將余光中《白玉苦瓜》詩集中〈鄉愁四韻〉、〈民歌〉、〈江湖上〉、〈鄉愁〉、〈民歌手〉、〈白霏霏〉、〈搖搖民謠〉、〈小小天問〉等八首詩譜成民歌，掀起長達十八年的校園民歌風潮。而眾所皆知，此民歌詩體的開始，是青年期的余光中去美國多次，深受比他年輕的二〇一六年諾貝爾文學獎得主巴布．狄倫的影響，由余氏〈江湖上〉與巴布〈隨風而逝〉（Blowin' in The Wind）的極度相似性即可知。此後臺灣各式民歌紛紛出籠，包括席慕蓉、鄭愁予的詩也被譜成曲，又有別於通俗流行歌曲和深奧的藝術歌曲，民歌等於當了兩者橋梁。從此民歌手更是多如過河之鯽，影響迄今，這兩年還辦了「民歌四十」，接著「民歌四十二」，可見其深入民間有多深。

而余光中前後被譜成曲的至少有三十五首，居臺灣詩人之冠，歌比詩更易入肌浹髓，其影響之深遠非純粹的詩文字所能比擬。也因這些一天到晚透過電視廣播乃至校園學生演唱他的歌詩作品，令人不能不抬頭乃至側耳想辦法聽得仔細明白些。

當然，在這之前，他的詩集《白玉苦瓜》（一九七四）已是他中年時創作的高峰，超越早年〈天使病的患者〉已甚遠。後來再追索，也才知他與新月派詩風的關聯，尤其五〇年代豆腐干體、形式整齊還押了韻腳的詩形，但後來轉學聞一多〈奇蹟〉一詩長達四十九行不分段、一氣呵成的詩形，貫穿了余氏後來的不少詩作。加上他西方留學經驗、譯詩經驗、以及深受東方古典詩的薰陶，使得他在六〇、七〇年代有極大的轉折與混雜。如同五〇、六〇年代其他的臺灣詩人一樣，那時他對現代與西方充滿了幻想和遐思，並於其中矛盾、掙扎，且想辦法掙脫。這些痕跡可從他在《白玉苦瓜》之前的諸詩集名稱中古典與現代名詞交叉出現即可見出，比如「天國」的夜市、「萬聖節」、「天狼星」、「敲打樂」等西方名詞的中間或前後夾雜了「舟子」的悲歌、「五陵少年」、「蓮的聯想」、「紫荊賦」、「隔水觀音」等東方想像的名詞。而對東方古典的想像就如同他被迫逸離的大陸原鄉，於後半生也成了他所倚靠和凝望的另一個遠方。西方不能久待，遙遠的東方（指大陸）不能回去也不能觸及，「兩個遠方」成了一九四九年所有大陸來臺詩人在五〇、六〇年代最重要的符碼和象徵。

而余光中在他詩中展現上述「兩個遠方」的兩極性的糾葛和對抗，大概是臺灣詩人中最顯著的。而民歌詩體學自西方，內容尋索東方，像是兩個遠方的一種和解或握手。

而我與余光中第一次有機會接觸的地點是位於臺北羅斯福路與辛亥路的耕莘文教院，他在此演講、授課，都是有關於詩的，留下了許多青年余光中的身影。耕莘文教院是六〇年代西方文化、自由民主觀念進入臺灣最重要的窗口，也是臺灣異議分子找一個舞臺發表言論的地點，一直到八〇年代它在臺灣文化史上都扮演關鍵角色，實驗小劇場、詩的聲光（多媒體化，今日叫跨領域或跨界）都由此開端。此處離臺灣大學、師範大學才幾步路，而余光中曾是臺大的學生、師大的老師。

耕莘文教院是一九六三年由天主教耶穌會的一群神父創立，那時臺大外文系有一半的教授都是這裏的神父。一九六六年美籍神父張志宏因小說家王文興的建言創辦了「耕莘暑期寫作班」，授課一個月，內容全是有關現代文學的，教授皆是一時之選，余光中是其一。此寫作班與由救國團（蔣經國創辦）每年舉辦的「復興文藝營」，是那年代最重要的現代文學作家培育基地，今日中年以上的臺灣作家至少一半都參加過。我因是學理工的關係，苦無機會認識心儀的作家、找到同好，因此一九七三年參加了復興文藝營，營主任是瘂弦，由是認識了洛夫、商禽等詩人。一九七五年加入耕莘，從學員成為輔導員、指導老師、班主任、理事長，現在是志工，一待就超過了四十年，卻仍然是一個佛教徒，在那裏也跟耶穌會神父學會了付出不求回饋、與人分享美與文學就是快樂的精神。

但一直到一九七八年，我才有機會與余光中接觸，那時我名義上是耕莘暑期寫作班的班主任，卻才二十七歲，剛出道，作家沒認識幾個，即被指派擔重任，因此余光中也不認識我，只能與他略略寒暄幾句，但從此與他才有了聯絡的方式和管道。那一兩年（一九七七—一九七八）正是臺灣鄉土文學運動炒得火熱激烈之時，「大鄉土」（認同大陸）與「小鄉土」（認同本土）等現實主義作家因為理念的不同，相爭互扛，余光中一篇〈狼來了〉，攪翻一缸水，認同本土作家認為余氏將他們寫臺灣勞動百姓的文學與有「恐共」心理的「工農兵文學」劃上等號，隱含了為國民黨當「血滴子」的嫌疑，因此群起攻之，從此對余氏的聲譽造成不小損傷。因此不同意識型態的「大鄉土」（認同大陸）與「小鄉土」（認同本土）的「兩個鄉土」，就成了七〇、八〇年代最重要的符碼和象徵，而余光中仍在此爭端的風頭上，無法免於波及，即使那時他正在香港教書，一待十一年（一九七四—一九八五），寫了一百六十三首詩。

等到他由港回臺，前往南部的中山大學當文學院院長，我與他的接觸才頻繁起來。即使遠在高雄，他卻大概是臺灣詩人群中最常坐飛機在島嶼的上空「高來高去」的一位了，他很像從臺北派遣出去的「文化巡撫」、自謫凡間的仙人或乘願度人的菩薩，自願發放到文化邊緣地區，與那些篤實樸直的人群為伍，一字一句在他們耳邊誦念文化經典，直到他們因感動而感化為止。比如一九八六年他就發表新詩〈控訴一支煙囪〉，對高雄的空污語多譏刺，之後卻也為高雄市木棉花文藝季寫詩〈讓春天從高雄出發〉，甚具鼓舞作用。即使住高雄，他因常跑臺北，有時也接受我的邀請到耕莘來演講，記得那次講題是〈詩與音樂〉，口才便給，風趣幽默，朗誦起自己的詩或英詩，叮噹鏗鏘，真是一場享受。

沒多久，有一天他找我去他廈門街巷弄中的家搬書，說要送給耕莘。那條巷子與爾雅、洪範等出版社同一條，我到達時，一樓屋內很多東西已搬走，書房中書架高高大大一整排，三分之二已空，剩下三分之一余先生說都送耕莘。我費了好大勁才搬回耕莘，大部分交耕莘二樓圖書館，小部分藏耕莘寫作會，如今圖書館已撤，書早散四方去了。有一年他在中山大學辦文藝營，找我及張大春、陳幸蕙去當駐營導師，參觀了他的院長辦公室和住家，均布置整齊、舒適寧心，怪不得他願遠離臺北，待在高雄，不過那時高雄的水質真不敢領教，人人都只喝礦泉水。

一九八九年九歌出版社請他當《中華現代文學大系（一九七〇—一九八九）》總編輯，詩卷二冊主編為張默，我與向陽為編輯委員，等到二〇〇三年再編大系貳（一九八九—二〇〇三）時，他仍是總編輯，我則是詩卷主編，與他又有數度接觸。其能言善道，機智優雅，坐必端正、行必挺胸，數十年始終如故。

很少有哪一位詩人的詩會像余光中的詩那樣貼近他的生活，或者說，很難得有哪個詩人的生活會像余光中的生活一樣，那樣地貼近詩，他是前行代詩人中極少數能與英美文學、詩教學廝磨一輩子的詩人。他詩中與自然、人、歷史、文化的互動成分，要大於其他同代詩人悲苦、自嘲、自殘、孤寂的成分，形構起的自我與他者因此也較完整，這與同時代詩人遂有了分隔和差異，恐怕也是他詩作能源源不絕的原因之一。探究其中根源，或許與他是前行代詩人中少數於一九四九年後與父母同行來臺的詩人有關，其餘大多為隻身來臺的年輕軍人和流亡學生。臺灣「偏安七子」（包括洛夫、余光中、周夢蝶、瘂弦、商禽、鄭愁予、楊牧等人）中軍人即有四位，楊牧生於臺灣花蓮，余光中與鄭愁予均以流亡學生身分來臺，由於有父母同行，因此此後他們兩位鄉愁的內容與情感的孤絕度，即與四位軍人身分來臺者有極大的不同，他們人生的障礙和要克服障礙的方式，也有顯著差異。表現在余、鄭兩人的詩中的，溫馨成分要遠大於悲絕成分，尤其余光中十歲以前在江南母親娘家的情感記憶，兩度逃難過程眼睛所見、身體所觸、和母親長期相依逃亡的體驗等等，皆建構了他詩中想像物不同於其他詩人的內容。

余氏有十一年住香港，後三十餘年住高雄，他仙逝之前還在海峽兩岸之間每年十來趟飛來飛去，表現了異於常人的活力與生機，他曾有句名言，說：如果不做詩人，他最想當的是賽車手和指揮家，賽車手是玩命的職業，指揮家要熟悉各種樂器的本能和天分，更要有照觀全局的本領，在在都得具有極大的企圖心，他像詩壇的牧師或祭司，要把詩的奧妙、文學的天機傳達予世人。即使到臨去，他卻能依然創作不懈，這樣的毅力、動能和行徑，或值後輩學習、參酌。

——原載二〇一七年十二月二十日《南方周末》

白靈，本名莊祖煌，一九五一年生於臺北萬華，福建惠安人。自臺北科技大學化工系退休，現任東吳大學中文系兼任副教授。年度詩選編委，曾任《臺灣詩學季刊》主編，作品曾獲國家文藝獎、二〇一一新詩金典獎等十餘項。著有詩集《女人與玻璃的幾種關係》、《五行詩及其手稿》、《白靈截句》，詩論集《一首詩的玩法》、《新詩跨領域現象》及童詩、散文集等二十多種，主編《中華現代文學大系（貳）詩卷》、《新詩三十家》、《臺灣詩學截句選三〇〇首》等二十餘種。建置個人網頁「白靈文學船」等十二種。

忠於自我，無愧於繆思的馬拉松作家

陳幸蕙

1.有華人處，即有余光中詩

從二十歲那年，一九四八，就讀金陵大學外文系，於南京紫金山麓，寫下生命中第一首詩〈沙浮投海〉始，直至二〇一七，歲暮離世止——在創作道路上，以巨大能量、專注、熱血、持續力，和對書寫始終如一、不渝不移的忠誠，持續文學長跑七十年！余光中，這位不斷奔向他文學新地平線的詩人，絕對是，高度忠於自我、無愧於繆思的馬拉松作家。

由於在作品裏展現了豐厚的中西學養、文化深度、筆墨功力，更重要的是，以一枝有溫度的活筆，所向披靡地引燃了華文讀者對他作品的共鳴與感動，因此，不論在臺灣、大陸、東南亞、海外地區、整個華人世界，余光中都是非常受尊崇的、極少數的文學巨頭之一。大陸詩人流沙河曾說：

「看余光中，需要很大的仰角。」

可謂一語道盡，余光中在當代華文讀者心中的大師地位。

若千餘年前，評家對點閱率、普及度都極高的柳永詞評價是「凡有井水處，即能歌柳詞」，則我們實亦可借用、延伸之而說——「凡有華人處，即有余光中詩，即有〈鄉愁〉之傳誦」。

2. 一道海峽像一刀海峽

言淺，然而意深、情深、感慨亦深的〈鄉愁〉，是余光中千首詩群中，一枚耀眼無比的文學座標，許多人讀余光中第一首詩便是〈鄉愁〉，時至今日，一般仍以「鄉愁詩人」稱之。

傳唱不絕的〈鄉愁〉所以引起廣大迴響，主要在於全詩出以明朗親切的文字、易琅琅上口的歌謠體，更在少小離家、兩地相思、中年喪親、晚年渴望落葉歸根的小我個人經驗中，反映了大我普世的共同經驗，於個相中呈現了共相之故。全詩末二句：「我在這頭／大陸在那頭」，尤於不動聲色中，含淚點出「一道海峽像一刀海峽」、「一把無情的水藍刀」切割兩岸的沉痛歷史，充滿不可承受之重。

不過，對此高度聚焦〈鄉愁〉、將詩人身分單一化的結果，余光中則亦曾表示，其詩創作題材多元，「鄉愁詩人」名義固佳，卻不免將其窄化，而身為一名「意志永遠向前」的詩人，與其屢屢回顧，反芻鄉愁，他其實更主張前瞻，展望未來。

然令人感慨的是，兩岸交流後，余光中地理鄉愁雖解，但另一種更複雜的鄉愁，在其心中卻與日俱增，揮之不去。

畢竟，「一道海峽像一刀海峽……波分兩岸／旗飄二色，字有繁簡／書有橫直」的傷痕猶新；而近年來，臺灣國文課綱文言文比例逐年降低，在期許新世代有更豐富未來的情況下，余光中曾語重心長說：

「不能剝奪下一代的文化繼承權！」

因之於白髮蒼蒼晚年，曾親自披褂上陣，企圖力挽狂瀾，「搶救國文」。

於是，若從文化生命斷裂的角度出發，重新解讀〈鄉愁〉結語，則熱愛華夏且以傳承為使命的余光中，地理鄉愁雖已解構，卻仍充滿了強烈的歷史文化鄉愁。

3.更親切、更不能割捨的故鄉！

除此之外，關於〈鄉愁〉，另一值得注意的則是，此詩雖傾訴對原鄉的懷念，但余光中並未忘卻身在臺灣的現實。在回應童年、慈母、故園、五千年呼喚的鄉愁詩外，余光中亦曾不斷以歡喜讚嘆之筆，寫下歌詠臺灣風土人情及個人感懷的鄉土詩與鄉情詩，簡言之——美麗島詩；更曾在〈飛過海峽〉（《紫荊賦》）一詩中，稱臺灣是他心中的「永恆之島」（在〈九廣鐵路〉一詩則說大陸是「剪不斷輾不絕一根無奈的臍帶」，是「又親切又生澀的那個母體」（《與永恆拔河》））。由於量多質精，余光中的美麗島詩，可說實是其作品中，搶眼突出，格外值得注目、注意的一個主題詩群。

在此美麗島詩系中，實不乏眾人耳熟能詳，曾收進國中課本的〈鵝鑾鼻〉、〈車過枋寮〉，或被地方政府、知名景點鐫刻成碑石，供人賞讀之作如〈讓春天從高雄出發〉、〈臺東〉、〈太陽點名〉、〈阿里山讚〉等；此外，如〈敬禮，木棉樹〉、〈埔里甘蔗〉、〈墾丁十九首〉、〈臺南的母親〉、〈惠蓀林場〉、〈西子灣的黃昏〉、〈玉山七頌〉、〈苗栗明德水庫〉，乃至八五高齡創作的〈阿里朝山〉、〈佛光山一夕〉等，亦莫不均為充滿地理感、情景交融、值得細品之作。

至於余光中寫於四十五歲壯年，在詩裏流露反省精神、感恩之情與同舟共濟之感的〈斷奶〉一詩，則尤在中國結、臺灣心的辯證觀照中，明確告白了——臺灣，不但是他另一個故鄉，且是更親切、更不能割捨的故鄉！

若論當前臺灣詩人中，以臺灣為主題，寫得最多、情感投入最深的詩人，實首推余光中。

4. 把自己向這世界開放

而從四十四歲、寫於〈斷奶〉前一年的〈鄉愁〉一詩，到歌詠頌讚永恆之島的鄉情詩，到文革時期婉轉懷鄉、刻劃傷痕、遙憶童年、近鄉情怯的鄉愁詩變奏，再至六十四歲應北京社科院之邀赴彼岸訪問後，所寫鄉愁詩之續集——返鄉詩，對一九四九年隨國府遷臺的臺灣新住民余光中而言，鄉愁，的確是他一生詩創作中最特殊、也最「一以貫之」的主題。

但鄉愁外，余光中千首詩章所呈現的其他主題之多元，在臺灣當代詩人中，卻可能無人能出其右。

簡言之，作為一個對自己、對文學、甚至對時代負責的作家，余光中把自己向這世界開放，不自我設限，無事不可入詩，取材無比自由寬廣。因此在詩中，固可見其對歲月的沉思、對生命盈缺的觀照、對存在的困惑、對宇宙天啟的叩問、對死亡議題的探索、對自然靜物的觀察題寫；但舉凡——家庭日常（如停電、失眠、拔牙、夜半如廁），親情愛情（如余師母削蘋果、東京新宿驛的短暫失蹤、為孫女祈禱），人物顯影（如梵谷、甘地、蕭邦、達賴喇嘛到時裝模特兒、長跑選手），乃至數位時代的自我定位（不上網的漏網之魚），時事新聞與政治評論（如寫戈巴契夫、臺灣選舉、杜十三事件，哀悼九一一、九二一）等——均莫不手到擒來，無一不可入詩。

此外，從關懷氣候變遷、地球暖化、北極熊生存困境的〈冰姑．雪姨〉，到瑣細尷尬、無人寫過應也無人能寫敢寫的〈同臭〉：「在一間擁擠的密室裏／空氣本來就難呼吸／有人卻偷放個新屁／害得無人不掩鼻／包括屁主他自己／不幸誰都脫不了嫌疑／幸好查來又查去／誰也抓不到憑據」來看，則余光中在大與小、輕與重、深與淺、哀傷與幽默、莊嚴與諧謔間，游刃有餘的取材寬廣度，可見一斑。

5. 把永恆吵醒！

如此不受侷限，一路走來，余光中最後一本詩集、八十七歲出版的《太陽點名》，便實堪稱是他此生二十本詩集中，能量最強、用力最深、體裁題材都最豐富，也是他汲古潤今、引西潤中之個人特色發揮得最淋漓盡致的一部作品了。

所謂汲古潤今，是指他既承古又開新，靈活自如地跨時空與古典對話，此特色雖亦曾出現於其書寫屈原之系列與早歲詩作〈和陳子昂抬抬槓〉、〈與李白同遊高速公路〉等，但卻更為一氣呵成、完整集中地表現於《太陽點名》第二輯「唐詩神遊」裏。

在這轉化、翻新唐人律詩絕句，充滿遊戲色彩，寫來得心應手、想亦寫得快樂的作品群組裏，余光中既賦傳統以當代面目，復為當代注入古典氣質，例如眾所周知的「三日入廚下，洗手作羹湯」一詩，余光中便如此風趣開篇：「新娘也算是考生吧／第一考是洞房／第二考是廚房……」完全鬆活自由進出古典與現代之間，無違和感。這便是余光中揮灑詩才詩思、汲古潤今的詩藝展演。

至若所謂引西潤中，則便不能不提《太陽點名》壓卷作〈大衛雕像〉。

此一寫於余光中八十五歲、長達二百零五行之鉅製，可說為其七十歲生日所寫詩句：「歲月愈老／繆思愈年輕！」做了最好的註腳。

在這首顯示創作功力老而彌堅的長詩中，余光中以佛羅倫斯大衛雕像入題，採對話、私語方式，既寫《聖經．舊約》少年大衛「乾坤一擲」的典故，復寫米開朗基羅「把永恆吵醒」、創造驚世之作的曲折過程，更寫余光中跨世代、跨空間、跨文化的仰慕，並終於其美學邏輯的呈現與百分之百男性觀點之詠嘆：「而你，大衛的雕像，男性美／的典型，要留在佛羅倫斯／不容〈維納斯的誕生〉／女性美的定義，乏人對仗」。

實可謂從西方文化探囊取物，擴充了現代中文詩的題材版圖。由於〈大衛雕像〉，是余光中出以獨特的個人風格創意，與持續累積的創作能量，所攀登的一座拔高之峰巔，且拔高身影如此漂亮、姿態如此矯健，故若稱此詩亦是——余光中詩人生涯的壓卷之作——相信余老師或當莞爾首肯吧！

6. 除余光中外，還有第二人嗎？

曾經，在〈七十自喻〉（《高樓對海》）一詩中，余光中以死亡隱喻自問：「再長的江河終必要入海／河口那片三角洲／還要奔波多久才抵達？／詩末，他的結論與回答是：／再長的江河終必要入海／河水不回頭，而河長在」。

換言之，生命雖逝，但作品長存！

於是，啊，就在余光中放下手中彩筆的時刻，若僅就創作而論，則其現代詩與散文，不但與古典傳統呼應接軌，也和現代生活、現實人生同步節奏；在這些數量多產、題材多元、風格多變、技巧多姿的作品裏，我們實看見他對創作理念的實踐、對母語的熱愛、對文化的使命感、對藝術生命的自覺、對創作的企圖心，總之，是一個生活的、文學的、藝術的余光中，他個人風範、風采盡在其中。

而以馬拉松精神，終生服役於繆思，以詩、散文、評論、翻譯為個人志業與四大文學空間，用功至勤，如此不惑不移，不亦樂乎，一路走來，始終如一，忠於自我的作家，放眼臺灣當代文壇，除余光中外，還有第二人嗎？

——原載二〇一八年一月《文訊》三八七期

陳幸蕙，臺灣臺中人，臺大中文系學士、中文所碩士，曾任教職，現專業寫作。曾獲時報文學獎、中山文藝獎、梁實秋文學獎等，作品選入國小、國中、大學國文課本。著有《把愛還諸天地》、《與玉山有約》、《玫瑰密碼——陳幸蕙的微散文》、《海水是甜的》、《悅讀余光中／詩卷‧散文卷‧遊記文學卷》，並編有《小詩森林》、《小詩星河》、《余光中幽默詩選》等。

在高寒的天頂：余光中的文學地位與現實處境

陳義芝

余光中先生辭世，我除覺哀傷，還有深沉的感慨。這一學期，在臺師大研究所的課堂，我多次講到余先生的成就與影響，希望有學生寫他的研究論文，不論是現代散文或現代詩。國家圖書館明年（二〇一八）規畫「跟著詩人遊歷世界」的系列演講，館員問我人選，我推薦了余光中及洛夫、楊牧等人。詩人遽然逝世，最讓我落空的是，不久前我應蔡振念教授邀請去中山大學，還與鄭慧如聊到她的博士指導教授，稍後陳育虹在電話裏談起她要去高雄文藻大學演講，我們相約翻過年一道去探望余先生。然而，終於嫌晚而無法兌現了。

我曾說過「余光中是中文世界最受矚目的宗師型詩人」。華文世界讚揚他的、詆毀他的，加總起來，絕對當得起那一個「最」字。讚揚的人，肯定余先生在一九五〇年代末、一九六〇年代初新詩論戰的功勞，一九六〇年代迄今他引領或修編臺灣現代散文、現代詩的發展，《左手的繆思》、《掌上雨》有多篇擲地有聲的論文；一九六八年譯作《英美現代詩選》二冊，對戰後世代詩人的影響也大。持續創作至九十歲，意志堅定，思維清晰，文筆雄深雅潔，這世上能有幾人？

然而，余先生卻因四十年前〈狼來了〉一文，遭受長期嚴厲指責，復因五年前為馬英九總統被批評的"bumbler"做「新解」而再次受傷。這兩件事，或與余先生慣於站在風頭、好創新詞的個性有關。若因而抹殺其文學表現，畢竟不公，是脫離了文學範疇。而今因其辭世，余光中的文學史地位，超越這一轉折多變、受意識型態價值主導的社會，一切紛擾的塵埃或可落定，得到較純正的認定。

我開始寫詩的一九七二年，余先生早已名滿天下。當時我雖熟讀他的詩文，卻無機緣近身接觸，不像與《創世紀》詩人群多有來往。一直到一九八〇年代我在《聯合報》副刊工作，後來又參加了中華民國筆會、當選理事，才有較多和他通電話或碰面的機會，感覺他在冷肅中有溫熱、輕鬆的一面，在大人的面孔底下，也有孩子天真的性情，並不是不能開玩笑的人。二〇〇〇年國際筆會在莫斯科舉行，朱炎會長領隊，歐茵西教授是俄國通，安排與會者一行走訪托爾斯泰故居、普希金紀念館、屠格涅夫筆下的老樺樹林……我發現，余先生可以隨興自在地躺在草地或攀著牆柱留影，不時流露一絲頑皮的神采。

一九八六年我獲得中華文學獎的那首長詩〈出川前紀〉，曾獲余先生好評，那是我第一次在寫作上直接受教於他。一九八九年我出版《新婚別》（收入了那首得獎作），請余先生作序，是寫作上第二次得余先生指點。余先生把寫序當正式的文學批評看待，不會為了情面而只講優點，總會點明瑕疵，甚至提出修改建議。回想他當年論戰筆鋒之犀利，及作序之認真批評（見其《井然有序》序文集），相對於缺乏嚴肅文評藝評、只送花籃的臺灣「文藝圈」，是有典範意義的。

中午時分，聯副主編宇文正告知余先生的消息，匆促之間，我並無法深論他的多元表現、多方成果，僅以下述幾段錄自我過去所寫有關余先生的文字，追思一代詩翁：

余光中是少見的修習西洋文學而精通中國古典文學的詩人，對西洋文學、藝術的涉獵，亦稱全面，所謂「廣義的現代主義」可以從他的這一學養加以解讀。他融會傳統美學的作品以一九六四年出版的《蓮的聯想》為代表；論意象的精巧、心識的深沉、想像力的奇崛，則推一九六九年出版的兩冊詩集：《敲打樂》、《在冷戰的年代》最令人讚賞（按，一九七〇年代的《白玉苦瓜》也是代表作）。這段時期余光中的作品特色，例如傳統的回歸、歷史的觀察、現實經驗的介入、「感時憂國」的主體意識的建立，都是廣義的現代主義的具現。

——《聲納：臺灣現代主義詩學流變》，頁八十六—八十七

因為余光中，新詩在臺灣能廣泛傳播，自邊緣趨向中心，快速取得詩學主流地位。這也是從文化研究角度察探余光中詩與中國古典，很重要的一個因果啟示……一九八五年余光中回高雄定居，銜接起一九五〇至一九五八年在臺灣的生活經驗，臺灣的地理實境再次化成他筆底風雲，延展出另一條流脈。相對於民族古地圖的饕餮，他對臺灣鄉情的描繪，是另一幅新地圖的展開。

——《現代詩人結構》，頁七十二

在人生現場，余光中以倫理精神強調感受美學，不求超脫避世。他的詩傾向與人交心，而非迂曲幽閉的自我獨語，例如：〈車過枋寮〉歌詠屏東土地的肥美，〈霧社〉禮讚原民酋長，〈你仍在島上〉懷念一位臺灣畫家，〈高雄港上〉為他居住的港都寫生，《余光中六十年詩選》中的最後一首〈臺東〉，更是南北城鄉互映的一幅寫意畫。在這樣的認知基礎上，我們讀他的詩

集《太陽點名》（二〇一五），想像他為何要一祭再祭兩千年前的屈原，一會再會當代人的詩會，登山有詩，讀信有詩，看眼科醫生有詩，吃茂谷柑有詩……應能體會：人間情懷實是余光中寫詩的立場，呈現的姿態。

——《所有動人的故事：文學閱讀與批評》，頁一一五——一一六

余光中創作生涯逾六十年，成詩千首，寫給其妻范我存的詩約四十首，或直接抒情告白，或側寫生命情節，論質與量，可單獨成冊……余光中的詩，業已入了文學史，他與夫人范我存的愛情也已成為傳說。

——《風格的誕生：現代詩人專題論稿》，頁七十三，八十八

來不及更深入、細緻地解讀余光中先生的詩、文；來不及找更多機會聽他談文學知識；也來不及向他表示感謝，謝謝他參與、引領的臺灣文學堅實的開展！但有幸與如此傑出的創作者身在同一個時代舞臺，又是多麼有意義的人生。余先生曾作〈弔濟慈〉詩，說濟慈留下比恆星長壽的詩章，透過時間的雲彩，在高寒的天頂隱隱閃亮。而今他奉召白玉樓，當年弔詩所言，當可借為今人對他的禮讚。

——原載二〇一七年十二月十五日《聯合報》

陳義芝，一九七二年開始文學創作，曾參與創辦《後浪詩刊》，主編《詩人季刊》、《聯合報》副刊，

先後於輔仁、元智、高師大、清華、臺藝大、臺大等大學兼任教職，現任臺灣師範大學國文學系教授。已出版《不安的居住》、《我年輕的戀人》、《邊界》、《掩映》等詩集，散文集《為了下一次的重逢》、《歌聲越過山丘》，學術論著《聲納》、《風格的誕生》等計二十餘種，詩集有英、日、韓譯本。

「在時光以外奇異的光中」[1]
——敬悼余光中老師

單德興

一、師生因緣

二〇一七年十二月四日接獲香港友人電郵，劈頭就說余光中老師住院，向我打探詳情。我心中又驚又惑，驚的是老師怎麼住院了，惑的是我沒接到任何消息，此事當真？我心裏著急，便打電話到余府。雖說是四十多年的老學生了，但我總擔心會打擾老師，平日極少致電。電話是師母接的，她向我說明情形，語氣相當平和，讓我放下懸念。十三日清晨，我竟然夢見余老師，情節清晰，醒後猶歷歷在目。我覺得忐忑不安，因為印象中似乎從未夢見過老師，於是匆匆將夢境記在手機內，並向好友李有成提及此事。誰知次日中午就接到老師棄世的噩耗，幾小時內網上出現海內外各路訊息與評論，可見此事引發華人世界廣泛矚目，甚至可說每個人心目中都有自己版本的余光中。

我的版本始於一九七二年十月。當時我從南投中寮來到臺北木柵指南山麓，成為政治大學西洋語文學系新生。初來乍到全臺首善之都的公立大學，不滿十八歲的鄉下男孩心中的惶惑多於憧憬。大一時外系的一場演講更使我對文學充滿懷疑。那時擔任系主任的余老師距離我非常遙遠，唯二的接觸就是剛進系裏時聆聽他對大一新生的英文訓話，以及校慶運動會前他到運動場為大一啦啦隊打氣。

大二時余老師的英國文學史是必修課，每周都會跟老師見面。他那時創作轉向民謠風，這興趣也反映在教學上，對《諾頓英國文學選集》（*The Norton Anthology of English Literature*）裏的民謠（popular ballads）情有獨鍾，每首都仔細講解、朗誦，自得其樂，學生也為之陶醉。文學知識的傳播固然重要，但老師更特別的是把對文學的熱愛傳達給我們。他勤於詩作，那時好像也在報上寫專欄，經常在課堂上分享，〈朋友四型〉等文章以及有關中東石油危機的詩作〈自嘲〉就是那時親耳聽聞的。老師對文壇動態如數家珍，記得楊牧先生有篇散文在《中國時報．人間副刊》發表時，他稱讚之餘並期許我們將來有人能寫出像那樣的好文章。他肯定羅青先生的《吃西瓜的方法》為現代詩開出一條新路，讚許歷史本行的陳芳明先生的文學評論集《鏡子與影子》，對思果先生的《翻譯研究》表示欽佩……老師對英美搖滾樂與流行民歌的介紹更不在話下，甚至模仿美國民謠歌手巴布．狄倫（Bob Dylan）的作品。正是這些「閒話」打開了我們的視野，把遙遠的英國文學史連結上英美流行文化與當代臺灣文壇。

當時冷戰猶熾，「漢賊不兩立」的心態瀰漫朝野，加上臺灣在詭譎險惡的國際關係上節節敗退，處境岌岌可危。面對風雨飄搖的局勢，余老師的反共態度堅定，在課堂上批評一些海外人士言行不一，口中稱頌「祖國」的共產主義社會，卻在海外過著資本主義社會的舒服日子。記得他在一篇文章中公開挑戰這些「左言右行」的人，以十個問題來決定哪個社會好？到底誰能言行一致？其中之

1 標題取自余光中老師詩作〈白玉苦瓜——故宮博物院所藏〉（一九七四）。

一就是他回臺灣，對方回大陸（寫於一九七三年六月的〈降落〉一詩便是這種心境的呈現）。在那段敵我對峙、內憂外患的歲月中，老師的憂國之心溢於言表，經常反映在詩文裏。這種情形直到兩岸情勢和緩、恢復交流之後才改觀。

老師的言教身教引發了我對文學的強烈興趣，除了認真上課，反覆細聽同學的文學史課堂錄音外，並自動自發找了一些補充資料，因此上學期該科得到全班最高分。此外，我多方參加有關文學的演講與活動，以及系上舉辦的全校活動，尤其是抱著「以戰練兵」的心態參加中英翻譯比賽，細讀思果先生剛出版的《翻譯研究》，竟以初生之犢的姿態得到第一名。當時班上一些同學在文藝方面也有濃厚的興趣與出色的表現，以致老師對我們這班印象深刻，即使後來赴港教學，每次返臺都會相約見面，多所關懷與勉勵。一九七五年六月我們大三時曾前往臺北中山堂，參加楊弦根據老師詩作而譜曲的「現代民謠創作演唱會」，欣賞詩人與歌手同臺演出。我們聆聽老師親自朗誦，當熟悉的詩句由歌手口中唱出時，詩與歌的結合彷彿使文字藉著音樂活轉過來，打心底產生一股奇妙的感覺。

政大西語系畢業生從事文學研究的不多，因此老師對我青睞有加。老師應政大之請捐贈文物以供圖書館典藏，其中包括了數十年前我們這班的英國文學史成績單，並特別指出成績最好的那位現在是中研院的學者。記得老師上課時曾偶爾提過學者與作家的差異，並說當學者很辛苦。不過對我來說，人文學者只要有一定的訓練，穩紮穩打，多少能有一些成果。而作家講究創意，甚至「無中生有」，風險更高。以往我不太願意在公開場合強調師生關係，以免有狐假虎威之嫌。隨著年事漸長，愈覺得緣分難得，師恩浩蕩，於是近年在兩岸三地許多場合都表明余老師是我文學與翻譯的啟蒙師，沒有老師的教導就沒有今天的我，以示不忘師恩。也曾幾度當著老師和師母的面宣稱是老師赴香港之前在臺灣的「關門弟子」，兩人都未表示異議。

二、弟子服勞

不忘師恩當然就有事服勞，老師也多次給我機會。我三度應邀擔任梁實秋文學獎翻譯獎評審，目睹老師事前逐篇仔細評分，現場全天馬拉松式討論（當時他已年逾八旬），事後撰寫評論，納入專書，廣為流傳。老師幾次跟我提到，這種兼具獎賞、評論與出版的一貫作業方式，能發揮較大的社會教育功能，讓大眾更重視翻譯。二〇一二年《濟慈名著譯述》出版時，老師邀請彭鏡禧教授與我在誠品信義店進行三人對談，不少學界前輩與文學粉絲前來致意。二〇一五年「余光中特展」於臺師大總圖書館展出，老師找我與他對談翻譯，由彭教授主持，當天氣溫陡降，但現場爆滿，有不少陸生前來聆聽，並與老師合照，這些粉絲的興奮之情溢於言表。最近一次就是香港中文大學文學院舉辦的「第六屆全球華文青年文學獎」翻譯組決審。老師二〇一六年因為不慎摔傷，導致顱內出血，住進加護病房一段時間才出院，身體尚在恢復中，因此雖然命題，卻不便評審，改為由我代勞，與金聖華、彭鏡禧兩位教授決審，並於二〇一七年四月前往香港頒獎，參加文學創作與翻譯專題講座與座談會。在金、彭兩位教授評論得獎者的譯作後，我一反前例，沒有評析得獎者有關老師命題的那段英文中譯的良窳，而以「六譯並進的余光中」為題發表演講，介紹這位「三者合一」（作者、譯者、學者）、「六譯並進」（做翻譯、論翻譯、教翻譯、編譯詩選集、漢英兼譯、提倡翻譯〔前五項來自張錦忠的觀察〕）的譯界典範。結束前我特地附上大學時代與老師在政大四維堂前的合照，鼓勵來自全球的翻譯新秀，希望他們能從畢生以創作與翻譯為志業的余老師身上得到啟發。事後不少人向我表示，這種由文到人、由翻譯剖析到譯者典範的安排很有意義。

中山大學接獲企業界捐贈，於二〇一三年成立余光中人文講座，提倡文藝活動。余老師親自致電邀請我擔任諮詢委員，對學生依然如此講究禮數，令我深為感動，當場答應必盡棉薄之力（其他委員包括陳芳明、蘇其康、李瑞騰、黃心雅）。老師思慮周密，在開會前已有若干想法，會議在他主持下集思廣益，很尊重學生輩委員們的意見。決議後許多貴賓由老師出面邀請，因為地位高、人脈廣，受邀者均視為殊榮，計畫都能順利執行。老師與這些貴賓對談（依序為電影導演李安、中研院院士金耀基、海派作家王安憶、建築師姚仁喜、戲劇導演楊世彭、南管名家王心心、鄉土作家黃春明等），場場爆滿，允為南部文化盛事，為中山大學增添許多人文氣息與藝術光彩。活動結束後並發行書籍與DVD，讓無法到現場的人也有機會分享老師與貴賓們的專長、經驗與智慧。

後來老師由於摔跤傷頭後體弱，不便與人對談。二〇一六年九月三十日我參加諮詢委員會，由老師的女公子幼珊代為主持，決定部分活動改為翻譯系列演講。會後老師特地設宴於漢神飯店。這是老師傷後與我首度見面，精神與體力顯然比以前差，說話聲音很小，我必須凝神靜聽。但老師的興致很不錯，等上菜時在餐巾紙上玩起英文接龍遊戲，師母說老師平時以此自娛。果然是中英文俱佳的詩人，隨時不忘磨練文字利器。結束時我在後面看著幼珊攙扶手持拐杖的老師緩步離去，想到老師昔日健步而行，不覺心中一酸。

為了慶祝老師九十大壽，原訂二〇一六年十月推出「詩情樂韻余光中」詩文音樂會，但因老師頭傷，加上莫蘭蒂颱風與梅姬颱風接連來襲，中山大學逸仙館嚴重受損，改於二〇一七年三月四日舉行。這是老師傷癒復出的第一次大型公開活動。我前一天南下，在余光中人文講座主講翻譯，次日參加盛會。為了保持老師上臺朗誦的體力，詩文音樂會前的晚餐分桌而坐，而未像以往般同桌邊吃邊聊。這次演出甚為成功，我們一方面感動於老師為文藝而忘軀，另一方面欣喜於老師身體康復。老師顯然很滿意於自己的表現。但我萬萬沒想到這竟是我與老師最後一次相見。

二〇一七年七月召開諮詢委員會，老師堅持親自主持。我因在哈佛大學研究訪問，並前往梭羅（Henry David Thoreau）故鄉參加作家誕生兩百周年年會，不得不告假。會後得知在陳芳明、李瑞騰等委員倡議下，二〇一八年將舉辦老師九十大壽學術研討會，出版壽慶文集，並規畫老師與一些學者對談，翻譯方面由我搭配。十月二十三日中山大學為老師慶生，我因諸事纏身，心想不久會在九十壽慶活動與老師見面，就未專程南下，但還是留意相關報導。老師致詞時依然妙語如珠，表示任教中山大學三十二年，人來人往，但他依然鎮守此地，因此自喻為「西子灣的土地公」，也提到「行百里者半九十」，希望還能有四、五年的時光繼續健康寫作。看到老師恢復了以往的精神與風趣，我心中頗感寬慰，對二〇一八年的九十壽慶活動充滿期待。

三、繳交功課

既然有事弟子服其勞，那麼老師過壽學生「交功課」也就理所當然。我大二時受到老師啟發，走上文學研究之路，在翻譯上一向抱持著昔日參加翻譯比賽的態度，兢兢業業，以老師為榜樣，多年來也致力於提升翻譯與譯者的地位。由於老師在詩歌、散文、評論與翻譯四方面的成就卓越，我曾譽為「四臂觀音」，但自知欠學，雖多年持續拜讀老師各方面的作品，卻始終不敢著手研究。一九九八年老師七十壽慶時，鍾玲教授主編《與永恆對壘——余光中先生七十壽慶詩文集》，向我邀稿，出乎眾人意料的，我不像其他學者般交論文，而是交出一篇散文〈既開風氣又為師——指南山下憶往〉，描述老師在政大短短兩年間，對校園整體文藝風氣的提升，以及對我個人的重大影響。由於以實例展現老師罕為人知的一面，後來收錄於陳芳明教授編選的《臺灣現當代作家研究資料彙編三十四．余光中》，成為性質獨特的一篇。

等到老師八十大壽時，陳芳明教授在政大舉辦「余光中先生八十大壽學術研討會」，蘇其康教授另外主編壽慶文集。十年前那種散文一輩子只能寫一篇，而老師的文學創作已有多人研究，也不是我的學術領域，於是另闢蹊徑，從翻譯研究的角度撰寫兩篇論文，以回報啟蒙師：〈左右手之外的繆思——析論余光中的譯論與譯評〉於會議中發表，〈含華吐英——析論余光中的中詩英文自譯〉則收錄於蘇其康教授主編的《詩歌天保——余光中教授八十壽慶專集》。老師譯作眾多，各有特色，我既然開始研究，就打鐵趁熱，再接再厲寫出〈一位年輕譯詩家的畫像：析論余光中的《英詩譯註》（一九六〇）〉與〈在冷戰的年代——英華煥發的譯者余光中〉，也特意從翻譯的角度與老師進行深度訪談，兩萬五千多字的〈第十位繆斯——余光中訪談錄〉是有關老師翻譯因緣的最詳細訪談。此外，我曾就「譯者余光中」、「余光中的翻譯之道」、「余光中的翻譯志業」、「六譯並進的余光中」以及老師翻譯的小說《老人和大海》（後來易名為《老人與海》）、劇作《不要緊的女人》在兩岸三地發表專題演講，獲得相當不錯的迴響。原本計畫將這些演講改寫成論文，連同訪談錄結集出版，書名就叫《譯者余光中》，甚至想請老師在扉頁題字，於九十壽慶時當作賀禮，讓華文世界重視老師的這個重要面向與貢獻，如今這個願望已無法實現了。

老師數十年來討論翻譯的文章甚多，在理論、批評、實務上都有獨到的心得，當今中文西化嚴重、翻譯體橫行，這些見解頗有矯正的作用。中國大陸早就出版了《語文及翻譯論集》（《余光中選集》卷四，黃維樑、江弱水編選，安徽教育出版社，一九九九）與《余光中談翻譯》（中國對外翻譯出版公司，二〇〇二），讀者一卷在手，就能汲取老師多年翻譯心得，增長不少功力。但臺灣除了《含英吐華——梁實秋翻譯獎評語集》（九歌，二〇〇二）之外，其他文章散見於不同書中，有些新作甚至尚未收入書裏。我曾數度向老師和師母提到此事，甚至考慮要不要毛遂自薦，代為整理翻譯論文集。然而老師忙於整理詩集、文集與兩本譯詩集，對書稿整理也自有一套行之有年的嚴謹作業程序，他人難以代勞，所以就未積極進行。

老師對學生非常照顧，提攜後進不遺餘力，言教身教多所啟迪，甚至有很多「授後服務」，包括為學生的小孩命名。我個人印象深刻的就是老師為人寫序絕不應酬敷衍，每篇都是細讀後的悉心之作，既有肯定、期許，也不吝提出改進之道，《井然有序——余光中序文集》便是集大成之作，因此我在為人寫序時也敬謹行事，字斟句酌。再者，從早期《英詩譯註》就可看出老師對翻譯的慎重，小自一字一詞的理解，一韻一律的掌握，中至通篇的結構、技巧、意象、內容，大至作者生平、時代背景、文學史地位，都能透過雄深雅健的文筆傳達給讀者，對譯作力有未逮之處也坦白承認。他參與其事的《美國詩選》與獨力完成的《英美現代詩選》在華文世界影響深遠。這些不僅樹立了譯者的楷模，對我主張翻譯的「雙重脈絡化」（Dual Contextualization）也深有啟發。至於修訂譯作再行出版，如《梵谷傳》、《老人與海》、《守夜人》、《英美現代詩選》等，更展現了再接再厲、精益求精的態度，因為正如他所言，世上沒有完美的翻譯，“Translation is an art of approximation”，只能盡量逼近原作，無法完全傳達形音義，譯詩尤然。然而由於中文的特色，有時翻譯能產生原文未有的效果，他在王爾德（Oscar Wilde）的喜劇翻譯時提到這點，不免得意之色。有這樣精進不已的典範，後生晚輩又豈敢言老、說累?!

近年來師生較多往返，我的著作都呈請老師指教，老師每有新書也簽名贈送，大多題字「惠存」，幽默文集則題「笑覽」。二〇〇九年新版《梵谷傳》除了「德興惠存」之外，還題了“To a most rewarding fellow-traveler in translation”，視我為翻譯同道，語多勉勵。二〇一七年六月贈送的《英美現代詩選》更寫上「德興吾弟留念」，打破師徒界線，令我受寵若驚，愧不敢當，深切感受到晚年的老師有如成熟的麥穗，成就愈高，待人愈謙和。

四、「奇異的光中」

老師的尊翁超英先生辭世時年近百歲，因此家族有長壽基因，若非先前頭傷，當不致如此迅速凋零。一生創作不懈的他，對自己也有所期許。每隔十二年修訂一次的《守夜人》在〈三版自序〉中提到：「再過十二年我就一百歲了，但我對做『人瑞』並不熱衷。所以這第三版該是最新的也是最後的《守夜人》了」，如今讀來似有預感，卻未料到在出版不到一年便告別人世。如今，這粒麥子已落在他生活多年、時時歌詠的臺灣土地裏，甚至在落地前已透過言教身教與自稱的文學寫作的「四度空間」、「四張王牌」啟發了不計其數的後進。

我曾詢問老師是否寫日記，老師說沒有寫日記的習慣，表示他的作品就等於日記。我也問過老師是否計畫寫自傳或回憶錄，但他也沒有這些計畫。我甚至問過有沒有考慮過自己將來在文學史上的地位，他則說留待未來文學史家評價。在整理老師的翻譯訪談稿時，我曾奢想有沒有可能仿照一些前例，以一問一答的方式呈現老師精彩的一生，但在老師頭傷、體力衰退之後就不便提起。至於老師的宗教信仰也未明確表示，倒是師母曾透露兩人傾向佛教，除了教義較契合之外，勤修佛法的幼珊應有一定程度的影響。

老師一生勤於寫作，把握當下，不談身後事，生命最後階段未採取侵入性治療，並自加護病房移至普通病房，在家人環繞助念聲中安詳往生，如今已縱浪大化，不喜不懼，融入「在時光以外奇異的光中」。

——原載於二〇一八年一月《文訊》三八七期

單德興，臺灣大學外文研究所碩士、博士，現任中央研究院歐美研究所特聘研究員，曾任歐美所所長，《歐美研究》季刊主編，中華民國英美文學學會及中華民國比較文學學會理事長，美國加州大學、哈佛大學、英國伯明罕大學訪問學人及傅爾布萊特資深訪問學人，於臺灣大學、交通大學、靜宜大學、香港嶺南大學兼任。曾獲行政院國科會外文學門傑出研究獎、教育部學術獎、梁實秋文學獎譯文獎、金鼎獎最佳翻譯人獎。研究領域包括比較文學、翻譯研究、亞美文學、文化研究。

當夜色降臨，星光升起
——由讀者到編者，永懷余光中老師

陳素芳

演講是下午兩點到四點，依慣例會後為讀者簽名，由於等候簽名的隊伍太長，我們離開時將近六點，信步走到一間印度小館，推門而入，檀香味西塔琴音樂聲迎面而來，余老師低咕一句：「Ravi ShanKar.」師母點餐，他就近在櫃臺邊拿起擺在臺前的CD，摘下眼鏡細讀上面的小字。一看即知是印度人的老闆過來攀談，老師回座，師母問他聊了什麼，他說：「他問我是詩人還是哲學家？」我好奇他怎麼回答？余老師說：「我笑而不答。」我說：「老師，您應該說我兩者都是。」他一逕「笑而不答」。

Ravi ShanKar余老師譯成拉維．仙客，而不是大家熟知的拉維．香卡。我知道這個名字是讀了他那篇寫拉維．仙客為東巴難民募款的慈善演奏會〈苦雨就要下降〉，也是因為這篇文章我開始聽巴布．狄倫，余老師這麼形容狄倫：「他是最活潑最狂放的搖滾樂壇上一尊最嚴肅最沉默的史芬克獅。現代酒神的孩子們唱起歌來，他是唯一不醉的歌者」，讀那篇文章時我大三。

那年，我和一群來自馬來西亞寫詩的朋友，像朝聖般進了位於臺北市廈門街的余府，當時余老師在香港任教，港、臺兩地跑，我們這群人，任何議題都可以引「一千個故事是一個故事，那主題永遠是一個主題」來加註。現在我們要去見寫下這些句子的本尊余光中了，興奮不在話下。初見面，只覺他像最親切的老師，說話不快，聲音不大，他說的每一句話我都想用筆記下來，我想這就是「望之儼然，即之也溫」吧。然而當他朗誦〈民歌〉時，那聲音，時而高亢雄渾時而低吟近乎無聲，無聲處安靜地似有轟雷在遠方。眼前這位瘦小又溫文儒雅的師長根本就是拿著指揮棒呼風喚雨的小巨人，撒豆成兵，天女散花，指揮棒一點，天地就抽換另一幕景象，我都不知今夕是何夕了。

●

那時我只是小跟班，也寫不出好詩，我想我不可能會再有機會這樣近距離接近這位小巨人了。然而，一飲一喙，自有天聽。我學詩不成，大學畢業後在九歌與蔡文甫先生學編輯，而且一學就超過三十五年。作滿三十年時，我對余老師說：「我可以退休了。」他回我：「我還在寫，妳怎可以退。」

與余老師再見面是一九八五年他離港返臺移居高雄那年。多年未見，老師清瘦依舊，捧讀他的文字稿，我對他多了一份編者對作者的戰戰兢兢。第一次編他的書，接到一大本A3大小裝訂好的剪報檔案夾，整齊的貼著報紙的原稿，報紙格式不同，他剪開重貼，篇幅大小一樣，錯字、小標都以紅字校正統一，目錄、分輯標示清楚，甚至作者與書籍介紹都親筆寫好，面對這樣的像藝術品的原稿，我影印來發稿。出書後，不問銷售與版稅，翻開書頁發現有些部分左右不對齊，余老師對我戲謔地說：「鼻子不對眼睛，眉毛一邊高一邊低。」初任心儀已久作家的編輯，面對這樣的幽默，我怎麼也笑不出來，更不敢提當年廈門街舊事。有一段時間，接到余老師電話，我總不自覺站起來聽，同事戲謔捉弄，我才驚覺有這樣的反射動作。

書一本本出，老師每有新作在報上發表，我讀過就打電話給他，有些他甚覺滿意的文章還會提醒我記得去看，接電話的多半是師母，我總會聽到師母用四川話喊著我的名字，有一次他說起要去馬來西亞演講，突然問我：「你的家鄉在東馬還是西馬？」我笑答：「老師，我的家鄉在臺澎金馬。」我訝異他的好記性，他說：「記得，又瘦又小，像一粒紫金椒。」有那麼辣嗎？我差點脫口而出。

●

繆思總是眷顧，余老師對自己的創作力信心十足，約他的書稿就像拿了一張沒有票期卻一定會兌現的支票。正如他形容的，他有四座發電廠，一座機停，還有其他三座持續運轉。二〇一五年他同時出版詩集《太陽點名》、散文集《粉絲與知音》，期間翻譯、評論陸續出版，四座發電廠隆隆作響。散文集我等了十年，詩集則是他主動提起，清楚地告訴我幾首，幾行。他說：「我不記帳，卻有一本詩的帳本，上面詳細記載題目，行數，發表刊物與日期。」

等待新作期間，我不時向他提出舊作重出，他總是回我：「不急。我還有許多東西要寫，老是出版舊作，人家還以為我『余郎才盡』寫不出東西了。」

一九九八年，老師七十大壽，生日當天他同時在臺灣五大報副刊上發表新詩，九歌則同步推出他全新的詩、散文、評論各一本慶生。評論集書名《藍墨水的下游》，我好奇的問：「為什麼是下游？」他說：「上游是屈原。」

二〇〇八年，我向他提及慶祝八十大壽，他說這回要「自放煙火」，推出詩集、文集以及譯作，他自得的說：「我這些都是樹上剛採下新鮮的果子，不是風漬的乾果。」盛情難卻，海內外都有人為他祝嘏，他苦惱又快樂地說：「包括九歌在內，我吃了八個蛋糕。」

●

他曾有一妙文〈我是余光中的祕書〉，苦中作樂，形容自己處理四方邀約、座談及其他瑣事的忙亂。而最讓他苦惱的就是來自海內外作家們書序的邀約。每次和他通電話，我總忍不住說：「老師，又在忙誰的序？」他為人作序就像他文論一樣嚴謹、耐讀，寫完之後還將原稿送給受序之人，我勸退，甚至不惜說出「有些根本就是整本書只有您的序好看」這樣不得體的話，他苦笑不答。

二〇〇九年我向他提議重出《梵谷傳》，八十一高齡的老師欣然首肯，像重譯一本書般，找到半世紀前為方便翻譯拆開的原文，三十五萬字對照校訂，更動部分譯名，手繪「梵谷一生的行旅圖」，為梵谷名畫解說，親製人名索引，視其與梵谷的關係介紹當時重要畫家，幾乎可說是十九世紀印象派畫家的導覽。一本半世紀來備受讚譽的譯本，他二十八歲翻譯，五十歲重譯，八十一歲重新校訂、修正，對文字的堅持這樣純粹，這樣一本初衷。這樣的精神甚至體現在二〇一六年跌跤住院後、二〇一七年一月與七月重新出版的《守夜人》、《英美現代詩選》裏，增，刪，重譯之餘，不免慨嘆：「出院後回家靜養，不堪久作用腦之重負，在遇見格律詩之韻尾有 abab 組合時，只能照顧到其 bb 之呼應，而置 aa 不顧，亦無可奈何。」

與余老師談話，他一定會問起蔡先生近況。他們相識相交超過一甲子，這段過往蔡先生說過，余老師在蔡先生八十八歲米壽壽宴上再度提及，當年因為一位共同的朋友王敬羲請客而相識，我插嘴補充：「老師，那場聚會是王敬羲請客，蔡先生付帳，當年蔡先生小說在香港發表，得稿費港幣十五元，就拿這筆錢來請客。」余老師聽後微笑加註：「這人就是才氣、霸氣外加小氣。」

余老師談人，寫人，尤其是親近的人總是肯定之餘不忘調侃，他最尊敬的梁實秋老師，他說：「有一次他聽我說有意翻譯《白鯨記》，也潑了我一瓢冷水，甚至逕說美國文學有什麼好譯的。以莎翁全集譯者身分，梁翁當然有資格說這句大話。奇怪的是，反過來說，他對於莎翁的厚底靴或薄底鞋踩過的那座寶島，也似乎不怎麼神往。……這理由也實在令人啼笑皆非。」

深入文心，正寫或側寫其人，余老師早年的〈沙田七友記〉令人絕倒，後期寫林海音、英千里，就讀臺大時期的師長等，情深意長，簡直就是一幅幅文人風情畫。我對他說起對這系列文章的喜愛，他一臉正經的對我說：「所以，我適合當記者。」

網路時代，余老師戲稱自己是漏網之「余」。查資料，在書海裏找出處，準備出書，在成堆簡報裏翻查，我等得心急，向師母求救，幾番折衝，直到二〇一五年余老師才繳械投降，由我和同事上網搜尋，或上圖書館影印，書稿找齊，他不忘剪貼一如過去三十年，還附函說明。正是這樣親力親為，他教書教到八十七歲，還逐行逐字修改學生的譯稿，我不禁要問他：「有這麼老的老師還在改作業嗎？」

我曾問他對於長年有人批判，有人仰慕之後反目成仇，有怎樣的想法。他說：「我相信自己的藝術。」誠哉斯言，一如他雅好的星光意象：「當夜色降臨，星光升起／我在其中，獨對天地／夜色再沉，沉不到我心底／星光再高，高不過我額際」。

——原載二〇一八年一月《文訊》三八七期

陳素芳，臺大中文系畢業，自一九八二年進入九歌事業群服務至今，現任九歌出版社總編輯，曾獲第二屆五四編輯獎、第四十二屆金鼎獎特殊貢獻獎，編輯圖書超過一千本。

在西灣斜陽的餘光中
——敬悼余光中老師

張錦忠

一九六零年代末，我在馬來半島東海岸當文青的年代，小鎮有幾家小書店，最常去的一家叫明明商店，書店所見大多是通俗小說，如鐵拐俠盜馬雲系列、浪子高達系列等。不過其中也頗有一些港臺文學作品。記得有一排封面不同顏色的四十開小書，我一個星期總要去打幾回「書釘」。這些書每本港幣三、四元不等，但對一個窮學生來說還是不能說買就買。周夢蝶的《還魂草》就是想了很久之後才買下的。那些年「偶遇」臺灣現代詩，覺得比冰心、徐志摩、聞一多他們的五四新詩有味道，也比力匡的詩迷人。我最早讀的四家臺灣現代詩人是周夢蝶、商禽、鄭愁予、余光中，比讀瘂弦、楊牧還早。

我買的第一本余光中詩集是《在冷戰的年代》，一九七二年一月在明明商店買的藍星叢書，封面有龍思良作的詩人繪像。《蓮的聯想》是在中學圖書館借閱的，但我嫌那些詩不夠現代，沒有迷上。但是《在冷戰的年代》卻向我展開一個不同於「社會現實派」詩風的「詩與現實」視野：彼時星馬報紙文藝副刊的主流詩音一片鐮刀斧頭霍霍之聲。而這卷詩集直指冷戰時空下個體的生活經驗，抒情有之，敘事有之，更不乏唱和之作。原來可以用這樣的現代詩來書寫時代與生活景況的——

主知、機智、反諷、譬喻多、張力強，顯然那是取法十七世紀玄學派詩人的技藝而成二十世紀現代主義詩學。這是余光中這卷詩集給我的啟示。不過，在那慘綠少年的歲月，我可能對更抒個人情懷的詩與散文（如葉珊與胡品清）較有所感觸，畢竟離我最近的戰爭是在遠方的南北越，馬來亞共產黨人的游擊戰也在國境之北的叢林。

那幾年常看的雜誌包括《皇冠》，某日在書店看到的《皇冠》封面紙張都有別於舊刊，那是《皇冠》東南亞版的開端。新版《皇冠》內容豐富，作家陣容鼎盛，其中余光中的〈聽，這一窩夜鶯〉尤其吸引我。那是七零年代初，我聽西洋歌曲的時期，披頭士、賽門與嘉芬葛的歌聲總在這裏那裏飄揚。我對卜狄倫、鍾拜雅、鍾妮米朽、李安納柯翰這些北美歌者的熱衷可能大於讀詩，看到余光中那幾篇「夜鶯」一文，當然十分樂讀。這些文章後來收入一九七四年的散文集《聽聽那冷雨》，作者在後記中說，「久擬撰寫的巴布．狄倫的評論才是真正的考驗」。許多年後，狄倫竟然獲頒諾貝爾文學獎，可是余光中的狄倫評論並未曾寫出來，如今當然再也不可能寫了。

余光中對搖滾民謠的興趣，也反映在他的詩風上。一九七零年代的臺灣經歷了跨太平洋冷戰的另一波劇烈變動，中國在越戰的烽火依然熾熱中進入聯合國、基辛格、尼克遜訪中，臺灣變成「亞細亞孤兒」，越戰終了，中南半島納入共產黨統治，而從臺灣島外而來的現代詩批判引爆了島內的文化屬性反思，鄉土文學論戰興起，《夏潮》捲起浪花。那十年可說是臺灣社會上文化史上的關鍵十年，其民間能量已不是美麗島事件造成的風聲鶴唳氛圍可以壓得住的。七零年代余光中在美國在香港的時間可能比在臺灣長，但他自承「中期」的兩本詩文集《白玉苦瓜》與《聽聽那冷雨》，其關注仍多聚焦臺灣人事風物。其中涉及現代詩的爭論與觀察者，即有〈後浪來了〉、〈現代詩怎麼變？〉、〈現代詩之重認〉諸文；而《白玉苦瓜》更是他詩風轉向明朗後的結集。集中的〈江湖上〉、〈民歌〉、〈鄉愁四韻〉、〈鄉愁〉等詩尤具民謠風。這幾首詩以民謠體抒情敘事，語言淺顯，風格明朗，更貼近民間，不過詩人早在《在冷戰的年代》裏頭的〈帶一把泥土去〉、〈凡有翅的〉就已那樣吟唱了。

在那個冷戰的年代，余光中到香港去了。我在陸離、吳平、梁秉鈞他們編的《文林》讀到也斯（梁秉鈞）訪問余光中談詩，並以〈守夜人〉為喻解析，對理解詩藝頗有助益。〈守夜人〉收入《白玉苦瓜》。集中的名篇除了與詩集同題的〈白玉苦瓜〉及那幾首鄉愁詩，還有〈九廣鐵路〉與這首〈守夜人〉。那幾年香江文革餘緒猶存，文藝紅衛兵不是批這個就是鬥那個，現代詩與余光中皆成攻擊目標，連徐速編的《當代文藝》也殃及池魚，刊登了不少論戰文章。我那時少不更事，論戰雜文讀了難免有氣，於是投稿《當文》為現代詩與余光中辯，彷彿那是個馬華的戰場。而那刀光劍影的光景，還真的頗像馬華文壇論戰的怪現狀。

那篇〈狼來了〉即是余光中從香港寄回臺灣發表的。想必他把香港的論戰煙硝投射到臺北，預告了「工農兵文藝」的紅雨就要下降。論戰的預言當然不一定會實現，但是那篇雜文的確文氣犀利逼人，正是余光中批評文體一貫風格。論者多說余光中散文成就比詩高，這話未必是定論，但我認為他的詩論或批評文章（litearry criticism）多擲地有聲之作，有洞見，有偏見，有不見；〈後浪來了〉等詩論頗有為當年的臺灣現代詩定調之功，他序或論方旗、方莘、羅青、方娥真、李永平、林彧等詩人與小說家的評文也早已為讀者論者所津津樂道。《文星》時期的青年余光中「下五四的半旗」、「剪散文的辮子」、批言曦、戰洛夫，一九五零以來的文化論戰幾乎無役不與，憑的就是那一支筆鋒淋漓的「剛筆」（他形容顏元叔的話），關傑明、唐文標那把現代詩論戰的野火燒成鄉土文學論戰的烽火之後，他當然不會缺席。論戰文章的是非功過，文學史自有判斷，無謂爭唱一時。其實，歷史的問題，早在一九六六年，余光中寫兼答羅門的〈死亡，它不是一切〉時，就已經洞悉了。

一九八零年夏，余光中回臺擔任臺灣師範大學英語系系主任，我在八一年春天從馬來半島來臺北，住在興隆路，準備參加夏天的大專聯考，師大頗有詩歌活動，但沒有太多時間去參加。我要到五年後南下高雄中山大學念研究所時，才第一次見到余光中老師，那時他已舉家遷回南臺灣，擔任外文研究所教授，並兼所長與文學院院長，在校園內望海的高樓寫詩，「讓春天從高雄出發」。當然，那還是詩的譬喻，就像余老師在〈守夜人〉的詩句：「最後的守夜人守最後一盞燈／只為撐一幢傾斜的巨影」。

——原載二〇一八年一月《文訊》三八七期

張錦忠，生於馬來西亞彭亨州，一九八〇年代初來臺，進入臺灣師範大學英語系，臺灣大學外國文學博士，現為中山大學外文系副教授兼人文研究中心主任。研究領域為離散論述、現代主義及東南亞英文與華文文學。著有短篇集《白鳥之幻》、詩抄《眼前的詩》及論述集《南洋論述：馬華文學與文化屬性》、《馬來西亞華語語系文學》、《時光如此遙遠：隨筆馬華文學》等，編有離散論述研究、馬華文學研究論文集及馬華小說選多種。

沒有人伴他遠行

——追憶余光中先生在臺港文學的貢獻

須文蔚

余光中先生今天驟逝，港臺讀者同悲，一位文壇巨星殞落，世上難得再出現如此集：現代詩、散文、評論與翻譯兼備的大文豪了。對港臺年輕讀者來說，恐怕不太清楚，余光中先生一九七四年至一九八五年在香港中文大學任教期間，為臺港間文學思潮的交流與匯聚做出巨大的貢獻。

余光中在六〇年代即對香港詩壇有所影響，不僅僅出自作品的感染力，更來自大學中講學的春風化雨，讓詩教從校園擴及到文學圈。鄭樹森就指出，一九六四年自政治大學外交系畢業的香港僑生溫健騮，在政大時曾旁聽余光中在西語系兼課的「英詩選讀」，就深受余光中的感染。溫健騮返港後接編《中國學生周報．詩之頁》，在一九六七年一月六日介紹李賀〈北中寒〉之濃縮。文中對李賀的推崇、希望新詩能夠調和現代和古典，與余光中隔海呼應。而另一位留學臺灣師範大學的香港僑生羊城，也是余光中在英文系的學生，一九六七年五月五日在《中國學生周報．詩之頁》開始寫專欄「棖煇詩話」，也回應溫健騮，強調要掌握中國文字的特性，注意傳統格律、聲韻、響度，自古詩吸收音樂性。在在顯現出，余光中的詩學理論與實踐，通過溫健騮、羊城二位，間接在港推廣流傳。

余光中在一九七四年於香港中文大學任教後，改在中文系教書，更接任過中文系主任。開設有：「中國新詩」、「中國現代文學」、「比較文學」，和中文碩士班的「新文學研究」與「高級翻譯」。五四以後三十年間的新文學，余光中在大陸的少年時代就已經有所接觸，但在臺灣受限於出版管制，仍能接觸的少數作家只有徐志摩、朱自清、郁達夫等人，七〇年代的香港卻毫無禁忌，為了教學而重新閱讀新文學作品，他有感而發：「早期的那些名作家，尤其是詩人和散文家，真能當大師之稱的沒有幾位，同樣是備課，我從他們那裏能學到的東西，遠不如以前教過的『英詩』、『現代詩』和『英國文學史』，但是不成功的作品甚至劣作，仍然可以用做『反面教材』，在文學課上，教學生如何評斷劣作，其價值，不下於教他們如何欣賞傑作。」余光中在中文大學開設系列新文學課程，開風氣之先，其後黃維樑、梁錫華也接力開設，再加上在八〇年代開始學術圈重視香港文學，中文大學裏盧瑋鑾、黃繼持陸續開課，造就了香港文學教育的變化。

余光中在中文大學期間所指導的學生中，以西西凰、王良和在香港文壇最受注目。西西凰本名黃綺瑩，是黃維樑的胞妹，一九七五年畢業於中文大學英文系，第一本書《大學女生日記》由余光中作序，八〇年代中期出版，寫沙田校園裏愛情故事，是香港知名的小說家。而王良和在八〇年代中期畢業於中大中文系，現在是知名的小說家、詩人與評論家，詩風從余派走出，卓然成家。

余光中在教學之餘，經常投身香港的文學活動。和臺灣以副刊為主的文學傳播不同，七〇年代的香港有七十家報紙，一百九十種雜誌期刊，香港辦報和辦商業一樣，以營利為目的，因此報紙大部分刊登娛樂性報導，投合讀者口味，副刊多為專欄方塊，也鮮少舉辦文學活動。余光中所參與的社會實踐，多為青年學子興辦的文藝活動。根據余光中的描述：「中文大學和香港大學兩校的學生會，聯合舉辦了好幾屆的『青年文學獎』，對香港大專和中學的文學創作風氣鼓勵很大，兩校的『文社』也經常舉辦演講會和文藝營之類的活動，以補正規文藝教育之不足，一九七六年夏天，『全港學界徵文比賽』和『突破雜誌社徵文比賽』，規模也頗大，另外一個大規模的文藝活動，是每年十一月舉辦的『香港校際朗誦節』，參加的中、小學生在千人以上……這種種活動我不免都要參加，不是擔任主講，就是擔任評判。」要斷言，余光中藉由擔任評審而直接影響香港的文風，未免過於輕率，無論如何，評審的影響力往往透過評審會紀錄傳播給作家，評審意見成為一種獎勵的承諾，會刺激參賽者盡量去符合評審的偏好，構成參賽者的預期反應，余派因此隱然成型，與文學獎、演講與座談散發的影響力，恐怕有一定的關係。

余光中在香港中文大學期間，與宋淇、黃國彬、梁錫華、黃維樑、蔡思果等人相友好，余光中戲稱為「沙田幫」。實際上應當是一個沒有共同文學主張的文學社群，隨著七〇年代中期的因緣聚會，這批作家匯集在香港中文大學，可說是香港高等學府文學園地空前的一段花團錦簇。這群人最重要的人物是余光中，但他從未以領袖自居，也未想過成立文社、詩社。

正式將「沙田幫」或「沙田文學」推向文學評論界，梁錫華與黃維樑的努力，功不可沒。梁錫華的〈沙田出文學——香港文學史一則〉一文，界定「沙田文學」的範疇與意涵。黃維樑的〈余群、余派、沙田幫〉一文，則從出版品、教科書選集以及學術研討會等方面，討論余光中影響下的沙田文學風潮。顯見，沙田文學指涉的範圍從余光中在沙田時期的文人雅聚，擴及「凡是在沙田任教或從那裏畢業的學生，並有可觀的作品發表者，均可視為沙田作家。」黃維樑曾說：「沙田已不僅是沿河海開墾出來的一塊土地——香港的一個衛星城市；它是崇山峻嶺懷抱之中，迴響著韓潮蘇海的一塊文學良田。」

一九七四年余光中赴港後，即遭《盤古》雜誌發起的〈余光中是愛國詩人嗎？〉的批判，以及來自各方的攻擊，余光中說過：「來後不久，我的右言不悅左耳，一陣排炮自左轟來，作者站在暗處，多用筆名，顯得人多勢眾的樣子，老實說，那樣的炮聲並不震耳，我笑一笑，且當歡迎的禮炮聽吧。」可見在左翼的攻擊下，余光中的處境很艱難。臺灣不少人疑惑，何以在鄉土文學論戰時，余先生會寫出〈狼來了〉，有次楊牧提及，余先生應當沒有惡意，只是一種擔憂吧！回到文學史的現場，應當可以證實，余先生的心境確實是擔憂臺灣左翼的興起。

余光中先生說過：「潮流起落，理論消長，派別分合，時而現代姿態，時而古典花招，時而普羅口號，都只是西征途中東歸道上的虛影幻象，徒令弱者迷路，卻阻不了勇者的馬蹄。」余先生是文學研究的勇者，詩人在文學上真正的影響力，遠遠還未能真正呈現，還要時間才能印證。

近年來，隨著香港文學的蓬勃發展與在地化，一九八〇年以降「余派」與反對者的爭論，早已停息，「影響的焦慮」或許在臺港都化為一股伏流。這就是經典文學迷人之處，可以抗拒風潮、時代、區域甚至語言，余先生以一生的努力豐富了臺港文學，相信兩地的讀者心中都永遠會銘刻余光中的名字。

——原載二〇一七年十二月十五日《明報》世紀版

須文蔚，現任國立東華大學華文文學系教授。東吳大學法律系比較法學組學士、國立政治大學新聞研究所碩士、博士。創辦臺灣第一個文學網站《詩路》，是華語世界數位詩創作的前衛實驗者。曾任東華大學研發長、共同教育委員會主任委員、華文文學系主任、《創世紀》詩雜誌主編、《乾坤》詩刊總編輯等。出版有詩集《旅次》與《魔術方塊》，文學研究《臺灣數位文學論》、《臺灣文學傳播論》，編著報導文學《臺灣的臉孔》、《烹調記憶》等。

余光中與我

沈政男

在網路上得知余光中過世的消息，我愣了一下，隨即下意識起身離開電腦，找到書架上的《白玉苦瓜》，他最知名的詩集，隨手一翻就是〈民歌手〉這首作品：「給我一張鏗鏗的吉他／一肩風裏飄飄的長髮／給我，一個回不去的家／一個遠遠的記憶叫從前……」一個遠遠的記憶隨之浮現——那是三十四年前的高一，我剛對新詩發生興趣，到圖書館抱回一堆詩集，生吞活剝，然而鋼牙鐵齒也嚼不爛那比文言文課文還糾結難解的意象濃縮、譬喻翻飛、句法變造等等新詩技法，頓時感到挫折，想要就此打住，然而就在最後一本詩集即將被我棄置一旁的時候，我翻到了〈民歌手〉這首詩——原來新詩也可以寫得淺顯易懂，不必躲在虛矯造作的文字後頭，怕人看穿看輕。

一直到現在，如果要我推薦新詩作品給想要入門的新手，我第一個想到的名字還是余光中。沒有一行詩句不負責任，是余光中新詩的最大特點。什麼叫在新詩作品裏負責任？很簡單，意象、譬喻與句法，甚至斷句、標點與分段，都要有明確用意，並且可以同理讀者，讀寫換位確認自己寫的是什麼，而非當起倉頡，另創文字，濫用新詩的語法特權。

余光中的新詩或許不是最好，但可以確定的是，他是讀者最多的新詩詩人，因而影響力也最大。校園民歌何以在一九七五左右興起？養分有二，一是美國搖滾與民謠，另一則是以余光中為代表的新詩。余光中的新詩〈民歌手〉、〈鄉愁〉與〈江湖上〉等作品，在那時被譜了旋律，由彈著鏗鏗吉他的大學生唱出，一下子席捲臺灣校園，帶起了一股流行文化新浪潮。

一九七五到一九八五是校園民歌興盛的年代，也是余光中叱吒文壇的年代，兩者都有平實、清新、優雅的特質，以及最重要的，對中國的孺慕與崇敬。余光中過世了，「狼來了」幾個字與鄉土文學論戰（一九七七）又被提起，有些人想要以此掩蓋他的藝術成就，恐怕忽略了當年的時空背景——蔣介石已死，反攻大陸無望，卻又難忘想像裏的祖國，於是只能抒發於藝文創作。寫〈龍的傳人〉的歌手侯德健如此，余光中亦然，但你能否定侯德健與余光中的藝術成就嗎？

一九八七解嚴那年，我進入臺大就讀，熱烈參與學社運，也在學運分子的讀書會裏，很快學會將大中國意識拋諸腦後，滿口臺灣長臺灣短，有一陣子因此我不敢跟人說我在高中讀很多余光中，然而不久我就體會，用政治意識來苛求純文學作家實無必要，因為他們的政治見解就跟一般人的文筆一樣，都只是素人的業餘之作，不必用專業水準來看待。

上了大學以後，雖然就讀醫學系，我對文學的興趣不減，經常泡在臺大文學院圖書館。有一陣子迷上讀英詩，又開始了另一次的生吞活剝，那時查字典猜文義煩了，便會找來余光中翻譯的英詩作品，輕鬆讀著到處閃現雙語敏銳度與創造力的中譯版。余光中將中英文雙語玩弄於股掌之間的文字功力，就彰顯在他的翻譯作品裏。

一九九〇，臺北市立美術館迎來了史無前例的梵谷大展，造成轟動，當時我也趕時髦想要認識這位繪畫奇才，便找來余光中翻譯的《梵谷傳》，邊讀邊聽著美國歌手唐麥克林主唱的〈文森〉，不禁對梵谷的境遇感到心酸，落下淚來。

畢業以後當了醫生，工作雖然忙碌，我保持閱讀文學的習慣，偶爾會拿出余光中的詩與散文來讀，領略他的文筆之美。老實說，在英文練到可以直讀西洋文學原著以後，我就很少讀中文作品了，因為很難遇到我能欣賞的文筆，總會讀到不是造作的文藝腔，就是不負責任的長句，或者文白夾雜卻什麼都不是的寫法，但余光中的文章是例外。

都說余光中是詩人，其實他的文學成就應以散文為最高。甚至可以這麼說，一百年來寫中文白話文最好的前三名，其中一個空格絕對可以擺進余光中三個字。理由：一、文言文、白話文與英文三者，他都能完全掌握，冶於一爐以後練就了自己的文體，堪稱文字魔術師。二、新詩與散文的技法他都嫻熟，寫得精巧一點就成了詩，寫得瀟灑一些就成了散文。三、他抓到了古文家的文氣運行法則，繼承五四雜文家的細膩寫實，也熟稔英美散文家的機鋒，從而寫出了層層疊疊，錯落有致，既有水墨畫縹緲空靈，又兼有油畫厚實筆觸的長篇散文，比如〈聽聽那冷雨〉與〈記憶像鐵軌一樣長〉等巨作。

幾年前我突然想要提筆投稿，便以長期閱讀所累積的文學養分為基礎，將自己的生活經驗與感懷寫成新詩與散文，投到文學獎，想不到獲得評審青睞，得到了幾個獎項，其中一個便是二〇一一梁實秋文學獎。頒獎典禮在臺北市師大的梁實秋紀念館舉行，當天余光中到場頒獎，因為他是梁實秋的學生。那是我唯一一次親炙文學巨擘，他身材清瘦，步態略慢，但精神很好，在閒聊時微笑對我說，「你寫得很好」，讓我對自己的創作能力增添了許多信心。

雖然已經八十多歲，余光中依然創作不斷，也關心時事，偶爾引來媒體關注。幾年前馬英九前總統被《經濟學人》雜誌稱作「bumbler」，余光中勉強給了一個美化的解釋，我不以為然，便寫了投書反駁一番。雖然如此，我認為瑕不掩瑜，我對他仍有崇敬與景仰，如今他走完人生旅程，我也必須說一聲：余老師，感謝您的啟蒙與栽培，願您安息。

——原載二〇一七年十二月十五日《上報》

沈政男，一九六八年生，臺中市人，臺大醫學系畢業，精神科醫師，曾獲時報文學獎、林榮三文學獎與梁實秋文學獎，現為《壹週刊》與《國語日報》專欄作者。

天狼仍在光年外嘷叫

唐捐

1

余光中是「在冷戰的年代」的詩人，在那個年代裏，或許不乏比他精美、深刻、奧妙的詩人。但在美蘇對抗的世界格局下，身處於「紅色中國—白色臺灣」座標之一點，能夠直擊「冷戰年代」的時代氛圍，並用「詩」的體式加以表述，從而撼動人心者，仍不得不首推余光中。任何人的所知所感都是有侷限的，處在某種時空裏便容易被其主潮所挾帶或淹沒；只有少數人有機會置身其中復抽身其外，盱衡全局，而有較大範圍的認識。

余光中獲「亞洲協會」獎金，赴美留學（一九五八年十月），一年後回國專任師大英語系講師，從此被視為「學院派詩人」的主力。他主編的 *New Chinese Poetry*（《中國新詩選》）由臺北美國新聞處出版（一九六一年一月），美國大使莊萊德還特地在寓所舉行茶會招待詩人，以為慶祝。我們知道，美新處所傳播的主要是政治上的反共，文藝上的西化，以及種種美國價值。余光中便以其個人條件，成為冷戰時代美國文化輸入的重要管道。

此外，還有「階級」問題可說。在「天狼星」論戰不久，洛夫曾說：「（〈天狼星論〉）由於在措辭上對作者的由社會地位養成的『尊嚴』有所損及，致使作者大為震怒。」又說：「臺灣詩人群與余光中並無恩怨之處，且彼此生活在兩個完全不同的世界中。」流徙來臺的年輕軍人，毀學棄家，斷離血親，不免懷怨生恨；這跟舉家遷臺，父居公職，身在大學，放洋歸來者在心境上自然有所區別。

余光中則指洛夫等人為「惡魔派」，對於軍旅詩人緣於身世的「痛感」（這在余的前幾本詩集是比較缺乏的），對於「非理性詩學」的意義，稍欠同情與理解。而洛夫對於〈天狼星〉組詩，對於學院派的思維，也有過於苛刻的論斷。再從另一個角度來看，不同於紀弦、覃子豪以至洛夫等人的法國取向，余光中譯介英美詩學，倡導知性與感性的平衡，依然反映出冷戰時代裏文化傳播的變遷。而新大陸（美國）與舊大陸（中國）這兩「大」的相互激蕩，也就養成了他筆下特有的雄豪之氣，以及分裂對峙的時代感。

2

余光中善戰，以此樹立聲名，與創作互為表裏。早年在現代詩論戰裏，他回應雜文家的文字，最為明快而犀利。在與所謂「惡魔派」爭奪現代詩的代表權時，他思路清楚，文筆結實而老到，因而在言辭爭鋒上絕不居於下風。但〈天狼星〉不算成功，確實被洛夫說中了，故余光中後來推遲了出版時間並大幅修改。由此看來，余光中有時不免「辭」勝於「理」，在辯論賽上常勝，但在觀念上未必佔優勢。

在晚年的訪談裏，余光中自承，他雖與紀弦相互譏嘲，但暗地裏反而受到紀弦的吸引（按他自己的講法，就像「大家閨秀」對「浪子」欲拒還迎）。實際上，余洛之爭也存在著類似的狀況。余在「論爭前」已是新古典與現代化並進，在「論戰後」則在兩方面都有較為明快有力的躍進（而非一般所認定的，由西化期轉入新古典期）。余自稱「浪子回家」，但他的浪子資格可能是論戰後才進一步補全的。

大約從一九六〇年算起的十五年，余光中密集地推出了質量豐厚的詩、散文、評論。僅以詩集而言，《蓮的聯想》、《敲打樂》、《在冷戰的年代》、《白玉苦瓜》等四集，就撐開了多重向度，並建構出各種有力的詩意模式。若要講求單一詩篇的「深」、「密」、「複」，他恐怕不是上選；但若以詩集為單位，綜論其「多」、「變」、「廣」，並考慮到與社會的互動關係，則余光中詩仍然是那個時代裏一座雄偉的山峰。

《蓮的聯想》聯結「文化—中國」，愛情與美感，開發了「漢語性」的現代潛能，並且演示一種辯證性（浪漫與古典），並非借屍還魂而已。《敲打樂》裏的「現代—中國」符號，兼含羞恥與愛，其實與當時的主流並不相同。余光中能夠表現「多面化」的國族感受（包含負面），顏元叔早就指出他並非「教條式的愛國主義者」。他以一種灰色、自傷、頹廢的情調，戲劇化了半世紀來「中國人」的內在癥結。當然，他之所以能夠採取「反教條化」的方式去書寫中國，恐怕與站在相對安全的位置有關。

《在冷戰的年代》很可能是余光中的最佳詩集，前此他在現代詩陣營裏仍是個遲到者。這時，他獨樹一格的「新造無韻體」終告成熟，此體宜於鋪展、馳縱與堆疊，特別適合能雄辯、擅氣勢、好修辭的（散文式）詩人。此外，他精準把握到「冷戰」時代下的精神困境，因而寫出〈雙人床〉那樣極立體的名篇。

《白玉苦瓜》的民歌體淺易，但有社會影響力（他雖倡導「現代詩」可向「搖滾樂」學習，但自己未必做得到）。至於與書同名的〈白玉苦瓜〉，則造及一種最圓熟的中國性（文化傳統與近代苦難），恰恰滿足了中國意識走到極點的社會心靈。

3

詩有文本，有語境，有永恆性，有變動性。而與一時一地之社會心理相對話，乃是寫詩與讀詩皆不能免的程序。今天的情境與余光中鼎盛時相較，已有極大的變化。若是以今律昔，而說一九六〇—一九七五年的余光中全是保守、滯後，因政治性而獲取文化聲名；或說那種中國性違離了臺灣主體性，無甚可觀。我認為，並不公允。余光中的詩集（我是說詩集，而非詩行）「高度濃縮」「強力體現」了特定時空斷層下的一種集體情感，這不是輕易的，也未必是其他現代詩人所能與之爭勝的。

當然，詩人如何處理自己與時代、社會、政治之間的關係，或順或逆，可即可離。有時受命運之安排，有時則為意志之抉擇，也是讀者評議詩人的一大關鍵。余光中在一九六〇年代（藉由學院、詩人、報刊）一躍而為文化英雄，自然有「勢」的輔助，但亦繫於個人的才能、學識與意志，絕不能說只因投機或僥倖。在文星時期，他「以鋼筆與毛筆對抗」，攻擊文化守成主義，仍具有一定的叛逆性。雖然就勢而言，他也傳播了一種美國價值。

瘂弦說過一段話：「詩以文傳，文以教授傳，教授以英文傳，英文以西裝傳，西裝以煙斗傳。」這話未必專門針對誰，看似挖苦，但也揭示了一種文化現象。余光中詩文兼擅，中西並修，自較符合文壇巨擘的要件；在重視「傳播」的現代情境裏，「文」之推波助瀾，加上雄辯而幽默的演說能力，更使他如虎添翼。但若非他的詩具有某種質量，能夠召喚大眾與青年，他也無法成為當時的詩界明星。

從《蓮的聯想》到《白玉苦瓜》，余光中的詩大致完成了「正典化」。此後，從香港時期到高雄時期，他各發展出若干的詩意模組，續有進境；惟總的說來，不甚激盪人心。而在文化論述上，他逐漸趨於「守成主義」，更在乎時間長流裏的「永恆性」而非當代世界的「變動性」。於是，「余光中」遂凝定為一種符號，更像是不動的堡壘，而非騎兵隊。他啟迪了許多起步期的青年作家，但他們未必都留在「這裏」。另一個關鍵形式是在港臺的中學課本裏，他幾乎成了現代文學的同義詞。作為課本裏一尊不敗的銅像，自然只呈現出合宜、滑順、圓熟的一面，而不及從前的叛逆、潑辣、頹廢、愛慾與虛無。這固然是把余光中介紹給年輕學子，但也是限縮了他的形象（同時也播撒了日後批判的種籽）。當然，余光中反覆發表「中文純化」、「古典為現代之本」、「詩行要短要均衡」之論，也算是一種個人堅持或抉擇，後軍充前軍，求仁而得仁。在這個層次上，他把自己活成某種國文老師的至愛，模塑著年少的血氣。

4

稼軒詞云：「將軍百戰身名裂。向河梁，回頭萬里，故人長絕。」

戰者，重迅疾、主犀利、尚剛猛；一生鏖戰如徐復觀，也不免有所錯擊。余光中的論戰文字可以說是範本級的，有戰常參，出師屢捷。但一篇〈狼來了〉，如矢既發，便鑄下了難以收拾的悔疚，乃至恥辱。這篇文章一貫地執行了自己的「反共」立場，看來必勝；然而見獵心喜的結果，使他流露了輕率、刻薄的態度。這不是文辭層次的失著，而是一項行為。

在當時，余光中可能自認為執行了一個符合公共（國家）利益的行動；而在實質上，則不無損傷他人生命與尊嚴，而成為一種「殘酷」。依照佛洛依德的觀念，道德的考量（moral deliberation）也常基於明智的計算（prudential calculation），其缺失亦然。而余光中之計算錯誤，或緣於他陷在單面的階級、認同與思維裏，欠缺更為深廣的同情與設身處地。他既淆亂了文學／政治的分際，如今只好受到這團亂線的糾纏。

但若僅以「狼來了」事件，輕易將詩人歸檔，仍然是可憾的。在公共倫理上有所損者，有時卻是現實生活或文學圈裏，具有風範、智識、熱情的良師。余光中去世之後，被他直接或間接啟迪、賞識和教導過的後輩，頗多切身而正面的回顧與評議。有些更年輕的朋友認為，這些都不足以為逝者辯；但我認為，公共倫理與私人情誼恩惠雖宜區分開來，後者之豐富仍有助於我們認識一個詩人的「文學生命」。

余光中在詩史上的熱源來自於爭議性，但也立基於詩文本身的豐富性。面對如此多產的作家，我們不必太在乎那些平緩之作，而應細讀其詩文精品。它們絕對足以構成一座奇峰，我相信，明敏的年輕讀者仍可從中獲取或正面或側面的啟迪。

——原載二〇一八年一月《文訊》三八七期

唐捐，本名劉正忠，嘉義人。臺大文學博士，曾任《藍星詩學》主編，《臺灣詩學學刊》主編，清大中文系副教授，目前任教於臺大中文系。著有詩集《網友唐損印象記》、《金臂勾》、《無血的大戮》等六種，詩選《誰かが家から吐きすてられた》（及川茜譯），散文集《世界病時我亦病》等兩種，論述《現代漢詩的魔怪書寫》等。曾獲五四獎、一九九八年度詩獎、梁實秋文學獎、時報文學獎、聯合報文學獎、中央日報文學獎、臺北文學獎等。

左手的謬誤

——余光中及其散文觀

鍾怡雯

書架上最早的余光中著作是《左手的繆思》。封面有一隻張開的有力的左手，大林版，它的初版應是一九六三年，是非常有象徵性的年分，胡適過世已一年，余光中在這年剪掉了散文的辮子，隔年再下五四的半旗。我手上的是一九八四年的再版，扉頁的左下角煞有其事直書「鍾怡雯藏書，高中二年級」，底下註記的日期是一九八六年三月二十九日。

想不起這本書從哪裏，在什麼場合買來，高二的我是否讀完讀懂了。當時我以為寫〈死亡，你不要驕傲〉、〈中國的良心——胡適〉這種文章的人，必然是個身形高大魁梧的人。這本書跟王國維的《人間詞話》、張潮的《幽夢影》等一批書漂洋過海，跟著我住過臺北新店和中壢，從青春期輾轉到現在。當年十七歲的我完全無法想像，有一天我會來到余光中教過書的師大讀書，在他住過的師大生活圈一帶度過我的大學和研究所生涯，當然也沒想到會走上寫作和學術的不歸路，更不會奢想有一天他會為我的散文寫序。

大學時最早我寫詩，兼寫散文，完全是「左手的繆思」信徒。在我身上，這可以理解為美麗的錯誤，讓我陰錯陽差寫了三年詩，得了一些獎。然而對於余光中，這錯誤卻一點也不美麗，恐怕還會成為歷史的定論。十年前政大臺文所辦余光中八十大壽研討會，陳芳明老師邀我寫論文，於是我寫了〈詩的煉丹術——余光中的散文實驗及其文學史意義〉，把余光中從頭仔細梳理了一遍，很想為他喊冤。

寫博士論文之前，我已經短論過他的遊記，只是沒有能力全方位處理他對現代散文的觀點，那涉及整個時代風潮，攸關縱的繼承和橫的移植的一九六〇年代。再後來，寫完〈梁實秋的散文譜系及時代意義〉之後，發現論余光中不能繞過梁實秋。梁實秋是余光中的老師，兩人同為散文家，同具學貫中西的背景，落實在散文創作上，風格則截然不同。余光中完成的散文實踐，可以說是對梁實秋「節制、割愛和簡單」散文觀的修正和反撥。梁實秋本質上是散文家，而余光中則是詩人。

那時我已經見過余光中三到四次吧，每次見面都有點詫異於他的瘦。瘦而剛毅，跟他的散文一樣陽剛。個子那麼小，寫起議論卻橫貫中西古今，氣勢懾人，人和文形成極大的反差。他的散文大開大闔，寫起長文來波濤洶湧。他把散文當議論寫，又把議論寫成散文，隨手拈來的佳句，充滿聲光顏色的譬喻和警句，跟他欣賞的韓潮蘇海一樣大氣磅礡。

余光中曾批評以五四散文為典律的一九六〇年代，文壇盡是陰柔、媚而無骨的散文，那是因為他自己以雄渾和陽剛見長，「男得充血的筆」以及「一種雄厚如斧野獷如碑的風格」，除了余光中，大概也是絕無僅有了。「如斧如碑」是余光中對自己散文的譬喻，余光中一九八〇年以前的散文確實有稜有角，斧痕斑斑，密度彈性構成厚實而堅硬的質料，他是自己理論的最佳實踐者。余光中也寫過人如其文的議論，我卻覺得人如其文之外，他的字如其人。副刊登他的詩總是用手稿，獨樹一幟的余氏字跡有稜有角，如斧如碑。難怪他不喜歡媚而無骨，也不喜歡朱自清，說他軟性如女性。

如果靈魂可以描摹和秤重，那麼，余光中的靈魂密度肯定很高，而且偉岸，秤起來跟他的身形完全不搭。受外文系教育和西洋藝術薰陶，喜歡巴布．狄倫的余光中，生命基調本質上仍然是中國傳統文人，寫他想寫的文章，勇於表態敢說話，很有風骨，滔滔世道裏絲毫不媚俗。

這樣的余光中恐怕不會在意他的左手的繆思已經變成左手的謬誤。《左手的繆思》後記所謂「寫詩須用右手，散文，則左手足矣」，那是三十五歲時的余光中說的話，那時他在技巧上信仰胡適「一個時代有一個時代文學」的理念。他充滿形式主義色彩的嘗試，因此跟胡適以白話寫新詩的嘗試精神有了呼應。他在流傳甚廣的〈剪掉散文的辮子〉也有類似的說法：「對於一位大詩人而言，要寫散文，僅用左手就夠了。許多詩人用左手寫出來的散文，比散文家用右手寫出來的更漂亮。一位詩人對於文字的敏感度，當然更勝於散文家」，這些幾乎都成為余光中的定論，沒有還原到歷史的背景脈絡去理解，於是便有了以下的印象：他寫散文沒有寫詩認真，散文沒有詩重要，他有文類歧視，他把散文當詩寫，所以才有〈聽聽那冷雨〉那種技巧外露，非常形式主義的散文。其實在《記憶像鐵軌一樣長》的後記他已經表明想法變了：「散文不是我的詩餘。散文與詩，是我的雙目，任缺其一，世界就不成立體」，這已經是一九八六年的事，也就是在我買到《左手的繆思》那一年，那時余光中已近六十，而這段文字靜悄悄的躺在歷史裏，沒什麼人注意。六十歲時的余光中散文，也早已不是三、四十歲時那種重形式實驗，以自己的散文實踐彈性、密度和質料的詩化散文。不過，余光中最大的成就不是在理論框架，而是創作。他以豐沛多變，磅礴雄渾的散文風格，在遊記、幽默、敘事、抒情、議論，乃至序跋各種散文類型上，融合古典與白話，重寫五四散文。

左手的繆思成為左手的謬誤。擅長譬喻又幽默的余光中可能覺得歷史也幽了他一默，很微不足道的。

——原載二〇一八年一月《文訊》三八七期

鍾怡雯，元智大學中語系教授兼系主任。著有散文集《河宴》、《垂釣睡眠》、《聽說》、《我和我豢養的宇宙》、《飄浮書房》、《野半島》、《陽光如此明媚》、《麻雀樹》；論文集《莫言小說：「歷史」的重構》、《亞洲華文散文的中國圖象》、《靈魂的經緯度：馬華散文的雨林和心靈圖景》、《馬華文學史與浪漫傳統》、《經典的誤讀與定位：華文文學專題研究》、《當代散文論I：雄辯風景》、《當代散文論II：后土繪測》、《永夏之雨：馬華散文史研究》，並主編《華文文學百年選》等。

你就在歌裏、風裏[1]

徐國能

大家都稱余光中「老師」，他似乎也非常安於這樣的頭銜，他是詩人、散文家、翻譯家、文學學者、藝術評論人，當過教授、主任、院長……但這些頭銜都不重要，因為他就是我們這一代人的老師。

國中的時候，開始對新詩感興趣，想要自己嘗試寫寫看，一開始讀的是胡適和徐志摩，但他們兩人的詩都不好學，在語言和節奏上和我們當今的詩歌已經有了距離；我接著是讀席慕蓉，但她的作品多屬情詩，我沒有談過戀愛，也不敢想像戀愛的問題，覺得情詩很美，但無法模仿。後來讀到了鄭愁予，非常喜歡，但總覺得鄭愁予的詩有點像小說或電影的片段，需要很強的故事想像力，我也無法從現實裏去著手寫這樣的作品。然後讀到了余光中，家裏有一本大林出版社的《蓮的聯想》，這是一本充滿感情的作品，也同時是充滿語言魅力的作品，典故上中西交融，意象上古今會通，我不但讀完了詩篇，還把前言和書本後面附錄的〈論三聯句〉一文讀了好幾遍，忽然明白了詩歌是一種語言的藝術，靠的是語言變化而形成隱喻效果，進而形成一種「張力」，也就是讀者透過文字，在理智、情感、回憶乃至於價值判斷上所產生的聯想或印象，獲得了這個啟發，我也才真正對現代詩有了一些初步的理解，余光中是我現代詩的啟蒙老師。

我第一次寫了作品，國三時投稿到《北市青年》這份刊物上，竟然刊登了出來，詩後還有評語：

「語法學步前輩……」我心中大聲吶喊：「是的，我正是向余光中老師學習詩的語法的。」我得到創作信心和稿費一百五十元，便在學校對面的書店買了另一本余光中的詩集：《白玉苦瓜》，這本書裏的懷鄉情節正是當時社會的風氣，但我更驚詫於余老師絕妙的隱喻：

宛如頭髮稀了，頭髮掉了／忘不掉小時候，母親的手／牙齒掉了，忘不掉牙疼（老戰士）

雖然這是有關蘆溝橋的作品，與我的現實經驗相當遙遠；但母親的手、牙痛，卻是親切感受到的事，我開始在現實裏找隱喻，希望能向余光中一樣言近旨遠，用最簡單的形象捕捉最幽玄的真理。

我開始蒐集、購買余光中的詩集，也大約理解了他的創作歷程，我手邊最早的一本詩集是《天國的夜市》，出版於民國五十八年，更早的詩集《舟子的悲歌》、《藍色的羽毛》等，我在市面上並沒有看到；《天狼星》、《五陵少年》、《紫荊賦》都是我很喜歡的作品，還有一本用手寫鋼筆字排版的《在冷戰的年代》也非常獨特，我發現了余光中每一本詩集幾乎都是一個創作概念的實踐，不斷創新、不斷突破自我，挑戰藝術的可能性，他在寫作歷程上最可貴的地方就是不能安於現狀。

余光中的詩，可以看出他受到中國古典文學的影響：

春天，遂想起／江南，唐詩裏的江南，九歲時／採桑葉於其中，捉蜻蜓於其中（春天遂想

1　題目取自余光中〈漂給屈原〉，《與永恆拔河》，頁一七一。

起）

但他的詩也接受了西方文化中很多的概念，尤其是美國民歌，巴布．狄倫（Bob Dylan，一九四一—）和瓊．拜雅（Joan Baez，一九四一—）這些新興文化的元素，他自己有不少詩譜成歌曲，影響了臺灣的校園民歌運動；同時他還以〈江湖上〉這首詩，向傳唱一時的“Blowin' in The Wind”致敬，「答案啊答案，在茫茫的風裏」道出了人心的徬徨與一個青年追尋人生的態度。我高中時透過余光中，也認識了美國民歌，前一陣子看了一部由柯恩兄弟導演的電影《醉鄉民謠》，想起了高中用隨身聽接觸余光中的詩歌以及這些音樂的日子，忽然覺得青春已遠，雖然人生裏很多問題，還是「答案啊答案，在茫茫的風裏」。

余光中老師持續不懈地創作，他有沒有可能是臺灣最多產的詩人呢？他也透過他的作品將各種當時難以接觸的文藝思想、文化概念和文學作品介紹給他的讀者，我們往往都是先讀了余光中的評介文字，然後按圖索驥，一點一滴找到那些出現在他字裏行間的藝術家。這麼多年來，我發現余光中的眼光十分精準深遠，他所介紹的詩人或藝術家，的確都是經得起時間考驗，在藝術的豐富性和思想的深刻性上，都非常值得學習。例如在《望鄉的牧神》中他介紹了勞倫斯和與他在牛津一起讀書的現代詩人，也介紹了不太受人注意的方旗的詩：

十七歲茶與同情的年齡在生日的清晨剪下一束黑
髮留念而為了她的生日搜遍市肆在那貴族風的舊書店

發現一卷引力卻因膽怯不敢寄贈只能在課堂上偷偷寫
詩間接知道她學鋼琴冒險郵寄一張音樂票當韻律自洞
穴的深處傳來看著身側的空位忽然極不甘心散場之後
就近取起電話筒卻遲遲不能投下銀幣還記得那紅色的
電話亭在黃燈下像是神龕可以容納一片禱告一片恩寵

余光中說這詩表現了「純真如何不同於感傷」，這句話讓我回味良久，體會到文學批評的靈性與奧祕。每讀余光中一篇作品，就好像上了一堂課，回家有做不完的作業，例如這詩裏提到「一卷引力」，我搜尋許久才知應該是法國有「詩人王子」之稱的許拜維艾爾（Jules Supervielle，一八八四—一九六〇）的詩集《萬有引力》，可惜我到目前，都沒有在貴族風的書店找到這本書，誠為青春的遺憾。

我大學讀的是中文系，對詩歌的興趣與日俱增，我覺得有必要了解一點國外的詩歌，但當時沒有網路、資訊也非常貧乏，所幸余光中老師還是一樣非常殷勤地隔空指導我讀詩，他在民國八十一年出版了《英美現代詩選》，選譯了二十一位、九十九篇英美重要的現代詩人詩作，每一位詩人還有簡單而深入的介紹，我們熟悉的那些大詩人，葉慈、艾略特、狄瑾遜、龐德、奧登……我都是在這本書裏第一次認真地讀到，雖然只有幾篇，但細細讀來，收穫實多，我從沒有真正上過余光中老師的任何一節課，但從他那裏卻學了很多東西，而且都是非常可貴而具有深遠的影響。

這幾年余光中老師年事雖高，但是他仍然筆耕不輟，《英美現代詩選》在二〇一七年出了新版，增加了許多作品，也修訂了一些地方，這種精益求精的治學態度，是老一輩學人了不起的風範。學校偶有講座課程或藝文活動邀請余光中老師出席，他也不辭勞苦從高雄遠道而來，從不讓學生失望。孜孜矻矻地期勉自己為文學、為藝術、為學生奉獻更多而不計回報，這樣的精神在當代可說絕無僅有。

我希望自己一直能向「老師」學習，學他創意不斷的詩、學他兼融匯通的學問、學他藹如春風的待人之道，雖然余光中老師已離我們而去，但他的著作與精神卻永遠活在我們的心裏。有一回閒談，問老師最喜歡自己哪一首詩，他說是〈小木屐〉，當時我想不起來是什麼詩，回家後找到，原來是感傷女兒長大，回憶童年親情的作品，那和男友去約會的女孩，曾經：

一雙小木屐／拖著不成腔調的節奏／向我張來的雙臂／孤注一擲地／投奔而來

我那時覺得這詩沒什麼了不起，但現在漸漸明白，老師要教給我的最後一課是理解人情中最細膩的溫柔，還有把握當下的幸福。——也許，這就是文學最可貴，也最值得品味的地方吧？

——原載二〇一七年十二月二十八日龍騰．康熹《余光中紀念特刊》

徐國能，一九七三年生於臺北市，東海大學畢業，臺灣師大文學博士，現任職於臺灣師大國文系。曾獲聯合報文學獎、時報文學獎、教育部文藝創作獎、臺灣文學獎、文建會大專文學獎、全國學生文學獎等。著有散文集《第九味》、《煮字為藥》、《綠櫻桃》，曾獲二〇〇三年聯合報讀書人最佳書獎。

因為在光中

——懷念余光中老師

張輝誠

因為懂得，所以慈悲。

二〇一六年十月三十日，我趁南下高雄演講學思達之便，特地到余老師家中探訪。當時余老師和余師母剛從醫院返家休養，氣色很好，心情亦佳，我們一起在客廳聊了一個半小時。

余師母說近幾個月，先是她身體微恙，遍查不出原因，住進加護病房，女兒怕余老師擔心，瞞著余老師；後來余老師獨自外出公園散步，返回大樓門口忽往後跌了一跤，後腦勺著地，外傷出血，幸好有人發現，緊急送醫治療，也住進加護病房，女兒怕余師母擔心，同樣瞞著余師母。後來兩人病情好轉，轉入普通病房，同住一室，這才知道彼此狀況，夫妻重逢，恍如隔世。

我聽余師母這樣說，腦海先想起余老師的詩〈紅燭〉，余老師曾用紅燭譬喻他們夫妻倆，「迄今仍然並排地燃燒著／仍然相互眷戀地照著／照著我們的來路，去路」，只是當時是年輕的洞房，如今卻移到年老的病房。忽然間，我心裏湧起了很多的心疼和不捨，也感受到余老師和余師母難以言喻的鶼鰈情深。當我還停留在各種情緒，余老師倒是先對跌倒一事說了他的看法：「年紀大了，連土地公都喜歡來捉弄，扯人後腿。」這是余老師一貫的幽默、樂觀與純真。

我自從和李崇建老師學習美國心理學家薩提爾的溝通模式，常嘗試著用平和的姿態和語調與人連結，我想表達出內心最深的感受，我對余老師說：「老師您真的很愛師母。」余老師忽改冷面笑匠神情，說：「我們兩個是相依為命啊！」這是深情的余老師。

余師母問起我兒子最近什麼樣？問我最近在忙什麼？好像很少在《聯合報》副刊看到我寫新文章了。——余師母和余老師都喜歡我兒子張小嚕，他們每次遇見我，第一個問題就是「張小嚕來了嗎？」「張小嚕最近好不好？」我一直覺得老人家最大的開心就是看到嬰兒，以及和嬰兒玩，老少之間最美好的連結就是完全不需要透過言語溝通，單純透過撫摸和笑容，這兩者同樣都充滿著無比的善意。張小嚕曾在六個月大、一歲大時兩次到余老師家，第一次乖巧躺在余師母懷裏，余老師緊靠著余師母，對張小嚕說：「在你後面是一個倒著的人喔！」第二次張小嚕在余家客廳滿地爬，鑽進鑽出余老師的座椅底下，余老師低頭對他說：「嚕嚕正在過山洞喔！」還有一次，余老師在臺北又再見到白白胖胖的張小嚕，直說：「嚕嚕現在是：內容超過形式。形式是小令，內容卻是長調。」這是心裏住著一個小孩，童心未泯的余老師。

我向余師母說，這兩三年都在忙著推廣學思達，嘗試看看能否改變臺灣填鴨教育，幾乎無暇寫作。余老師很感興趣，問我什麼是學思達？我仔細地向余老師說明，彷彿平日演講一般，余老師專注聽著，聽完後，他表示贊同，最後又語重心長地對我說：「不管教學方式怎樣改變，千萬都不能忘記自己的國家、不能忘記自己的祖先。」我點了點頭，旋即想起毓老師以前上課經常說的話：「我告訴你們，數典忘祖，就是忘本。」余老師是這樣、毓老師是這樣、我的父親也是這樣，那是曾經親歷過戰亂、遭遇過國家風雨飄搖危盪之後留存的深切憂患感。

聊完天，我還要趕回臺北，余老師即使步履緩慢（看得出他大病初癒，身子還很虛弱，跌倒後元氣大不如前），但他依然慎重、堅持送我到電梯口，余老師伸出手和我握別，我很是感動，雙手緊緊握著余老師。老師忽然說：「你有沒有和周夢蝶握過手？」我說有，在楊昌年老師家中，楊老師宴請周公時。余老師說：「周夢蝶手勁很大，我跟他握手，手好像被鉗子夾住一樣。」余老師還是一如往常幽默，我很平和地對余老師說：「老師，謝謝您，謝謝您對我的提攜與愛護，謝謝您。」

余老師的〈鄉愁〉和〈鄉愁四韻〉是我小時候的文學啟蒙，我對這兩首詩有很深的感動，它讓我終於可以理解不擅言辭的老兵父親，深藏在他內心深處難以言說的悲傷與懷念，他想念他的母親（而且終生再也見不到了）、他的家人、他的故鄉，這首詩幾幾乎成為當時戰亂流離、有家歸不得的共同時代心聲（當然它的流傳與宣揚似乎同時也不經意壓抑了沒有相同感受的另一群人，例如我的阿母、阿公、外戚親族，他們已經在臺灣住了幾百年，他們的鄉愁已經是不相同了）。所以當我看到陳芳明老師編選《余光中六十年詩選》，我曾不解地問余老師，為什麼懷鄉題材的詩歌幾乎都沒選了？余老師說：「芳明是在幫我。」我才恍然大悟，時過境遷，價值觀開始轉變，抉擇詩歌的標準也開始轉變了，不同地域、不同的人、擁有不同的認同，各取所需、各擇所好。——我忽然想起余老師曾對我說的一段話：「別人寫作可能是專賣店，我的則是百貨公司，應有盡有。」這是余老師的自信，他的作品不怕被挑選，即使像臺灣鄉土題材，他也有〈讓春天從高雄出發〉、〈臺東〉、〈霧社〉、〈車過枋寮〉、〈西螺大橋〉等等傑作。

知道余老師過世消息，我心情非常難過。同時也在網路上看到認識的、不認識的朋友開始重新翻出余老師少數幾篇詩文而大加評議，我自學了薩提爾就比較能夠平和面對，甚至開始正向好奇這些評議者寫作時的各種不同感受、觀點和期待，以前過往的種種成長經驗與教養（無論他們可能意識到或者沒意識到），也就充滿同理之情。倘若如此，我也許也就能夠同理余先生在那個時代，他作為一個聲望崇隆的作家，他有他自己的價值觀、認同、深情與追求，每一個時勢的轉變，他都需要做出艱難的抉擇，每做一個抉擇就必須為做出的抉擇，負責與承擔。

我認為余老師的文學成就必定名留青史，他的文學地位也就不會只是我們這一代人評定就評定了。——我博士論文寫蘇東坡，我喜歡東坡這個人，喜歡他的作品，有一回我跟余老師說：「老師，我常常感覺您就是當代的蘇東坡，我能認識您，彷彿跨越時空認識了蘇東坡。」余老師一如往常幽默回應：「我的字沒有東坡好，但東坡的英文沒有我好。」我感覺余老師對自己的作品充滿信心，他的傑作和東坡相比亦毫不遜色。我講蘇東坡，一般人也許不太知道東坡過世時，他的名字還刻在〈元祐黨籍碑〉，被視為奸黨（大詩人李白晚年更慘，不但因政治獲罪還被流放夜郎、沉淪漂泊、孤終於江南），但隨著時過境遷，歷史又開始還給東坡更多客觀評價，我相信余老師也是如此，何況余老師目前幾乎沒有東坡或李白剛過世後不久的極端評斷。

我很喜歡陳芳明老師講的兩句話：「政治使人對立，文學讓人和解。」他曾因政治見解不同和余老師決裂，後來又因為文學之故和余老師和解。——毓老師上課經常對學生說：「勘破世情驚破膽，萬般不與政治同。我的祖先是努爾哈赤次子，可以因為政治立場不同，親手殺了自己的兒子和孫子。我告訴你們，這就是政治！」我每回想起這段話，總是不寒而慄，人世間難道只因為觀點不同、價值觀不同，就一定要對立，沒有和解的機會了嗎？——芳明老師和余老師的和解，正好為大家做了最好的示範。「寬容比愛更強悍」，這也是陳芳明老師的句子。因為懂得彼此的艱難，懂得了體諒，或許就能夠看見彼此之間的渴望，感受到了愛與被愛，感受到價值、感受到接納，因而慈悲起來。

余老師的〈紅燭〉最後寫著：「燭啊愈燒愈短／夜啊愈熬愈長／最後的一陣黑風吹過／哪一根會先熄滅，曳著白煙／剩下另一根流著熱淚／獨自去抵抗四周的夜寒／最好是一口氣同時吹熄／讓兩股輕煙綢繆成一股／同時化入夜色的空無」，這樣珍惜、疼惜夫妻間的愛與深情，余老師是那樣深深記掛著余師母，余師母又是那樣堅強與勇敢，繼續挺立、繼續燃燒。

余老師先行熄滅，但他確實如同一根蠟燭，曾經在人世間散發出溫暖的光芒，照亮過許許多多人幽微難言、隱晦難宣的心曲。

——原載二〇一八年一月《文訊》三八七期

張輝誠，臺灣師大文學博士，為前清皇族兼儒者愛新覺羅・毓鋆之入室關門弟子。文學作品曾獲時報文學獎、梁實秋文學獎等，著有散文集《離別賦》、《相忘於江湖》、《我的心肝阿母》、《毓老真精神》、《祖孫小品》。

遇見那來自古老國度的旅人

熊婷惠

十二月十四號當天文學院舉行「文化跨界中的人文研究」國際研討會，系上正好也在進行招生考試，因此辦公室的助教、助理們幾乎都因公務在外。約莫十二點半時，辦公室裏僅剩一名大學部的工讀生和一位助教。我則因下午一點有課，便留在系辦趕緊吃幾口中餐。正和助教鈺芳聊天時，電話響了，工讀生達賴接起電話，隱約在他斷斷續續的回答中聽到「余老師」這幾個字。後來，他說是記者來電，聽說余老師……他支支吾吾地始終說不出究竟余老師怎麼了。後來余老師的助理佳蓉進來，我們急忙轉達電話內容，向她求證。她亦不清楚情況如何，但早上曾收到幼珊老師來信，沒提其他，僅請她勿掛念。後來我們上網一查，便知曉了令人惋惜的消息。

達賴的支吾其詞，多少也反映出余老師對系上學生來說，就像是一個符號，總覺得余老師就是中山外文系，中山外文系就是余老師，兩者的關聯就像呼吸空氣一樣自然。怎麼會有一天，必須得說出，余老師「不在」了。

詩人離世後的紛擾，涉及意識型態的操作。但除了詩人、譯者、散文家及評論者的身分，或許大家忘了，余老師還有師者的身分。我是在二〇〇五年春季修習余老師的「浪漫時期詩歌（二）」，那些年余老師在研究所課程還開設了「浪漫時期詩歌（一）」、「十七世紀英詩」以及「翻譯」。學生多半會認為老師的課是所謂的「涼學分」。上課不點名，每個人負責一次口頭報告，期末繳交長篇學期報告，一學期便過去了。學分看似「涼」卻不「甜」，上課太混的同學，分數自然不高。

第二學期始於冬末春初，仍稍有涼意。余老師著高領毛衣，手拎深色〇〇七款的公事包，硬殼或軟殼我已不復記憶，精神十足地走進教室。上課時，老師手邊擺有一黑色大筆記本，偶爾見他翻閱，想必是他的武功祕笈。我們的教室是在文學院三一五教室，裏面是一張橢圓形長桌。老師的課皆安排在九點到十二點的時段。當年我們每周三上午，就在背山面海的教室內，圍坐一圈讀詩。

余老師的課堂上沒有花俏的投影片簡報，反而像是師傅弟子般一對一教學。既是讀詩，老師非常注重學生朗誦時的輕重韻律、發音，以及是否能展現出詩中的情感。當天我將老師離世的消息告訴碩班同窗，立即就有同學回應說，她記得老師會拿出鎖匙敲打桌面，提醒我們要留意詩句中的韻律。也有同學想起老師會挑出學生在長音 /e/ 和短音 /ɛ/ 念不正確之處。老師尤其留意我們朗誦時的聲音表現，聲音大小是否能展現詩作的情感。例如：朗誦一首充滿柔情蜜意的詩歌，聲音就得溫溫柔柔，太大聲便顯出剛硬肅殺之氣。

我負責報告雪萊（Percy Bysshe Shelley）的幾首詩作，其中一首是〈阿西曼地亞斯〉（“Ozymandias”）。當我念到其中一句“My name is Ozymandias, King of Kings”時，老師要我暫停片刻。他說 Ozymandias 的名字要念出氣勢來，要有 King of Kings，王中之王的氣勢。他示範一次後，要我再試一試。我還是小貓叫般，一點不像王中之王。余老師再示範一次，要我再念一次。第二次我還是沒成功達標。我依稀記得我在全班被我逗得哈哈大笑後又再念了一次。但這次有沒有成功，或後續又念了幾次，我倒真不記得了。不過，余老師念 Ozymandias 時的宏亮聲音，以及搭配演出的手勢，我卻記憶猶新。

我報告的另一首詩是〈英格蘭人之歌〉（"A Song: Men of England"）。最後第二句有"winding-sheet"（裹屍布）這個字，老師還特別要我把 winding 這個字再念一次，要確定我的發音。i 的音我念 /aɪ/ 而非 /ɪ/。老師表示贊同，指出 wind 這裏指的是纏繞，而不是風。在"Shrink to your cellars, holes, and cells—/ In halls ye deck another dwells./ Why shake the chains ye wrought? Ye see/ The steel ye tempered glance on ye."這段詩節旁，我的課堂筆記寫著：「詩人假想讀者畏懼、退縮。他已假設此情形，故詩人的憤怒之語乃反話，激將法」。可見老師上課帶我們讀詩時，不僅注重聲音的表現，也重詩句的精讀。

我報告的這兩首詩都隱蘊青年雪萊的社會批判意識，尤其是〈英格蘭人之歌〉。雪萊當年作此詩展現基進思想，欲激發當時平民階級的反抗意識。他們辛勤工作，泰半成果卻得上繳給地主與貴族。余老師帶我們讀雪萊詩中的革命思想，體察無產階級的生活辛苦之處。若是一位思想守舊陳腐的學者，料想不會選讀這樣的詩作。

除了授業時的嚴謹，老師也有幽默與寬厚的一面。當年我家中事故頗多，有幾次缺課。經同學轉述我才知道，有一次要交名單時我正好缺席，同學幫我寫了 Ms. Bear。余老師看了後說：應該要寫 Winnie the Pooh。由這個例子可見老師風趣的一面。學期末了，我要交期末報告時正逢父喪，倉促中寫了報告請同學轉交。如今重讀當年作業，草草了事的文字令人汗顏。然而，余老師的閱後評語卻不見重話。除了再提點雪萊在世時為人所忽略的革命思想外，最後提到能體諒我家中變故的影響，否則這篇報告能寫得更好。

至今，我仍記得關於余老師的二三事之中，還有他「飆車」的事蹟。有一次我騎著機車在後山進校門的路上，猛地一臺車從我旁邊超車，呼嘯而過。看那車款和其中幾個車牌號碼，剛剛那輛超我車的人是余老師啊！想想人生中能被余老師超車一次，也是難得的經驗。

更多關於余老師的印象，是他中午在教師休息室用餐的畫面。還有頭戴鴨舌帽，身著毛料西裝外套，或是襯衫吊帶褲，手裏拿著資料，沉穩地緩步在文院三樓長廊的身影。有時會在陽光斜射廊道時，見著浸在燦爛光芒裏的余老師。

在事件被「記憶」為歷史時刻時，看似只有瞬間的發生，但那一瞬之間卻可能是千絲萬縷的聚集點。誰能有把握釐清在某個時間點發生的事，並以此來定位某人的價值？身為余老師的學生，我僅能以回憶他上課時的身教言教，來對逝去的生命，以及生命之所以能為生命的可貴，表達敬意。

〈阿西曼地亞斯〉的第一句寫道：「我遇見一位來自古老國度的旅人」（I met a traveler from an antique land）。我遇見的余老師彷彿就是這樣的一位旅人，來自古老的國度，跟我們述說他旅途中所見所聞。而故事講完了，他就上路，繼續他的旅程，往他的古老國度出發。

——原載二〇一八年一月《文訊》三八七期

熊婷惠，國立中山大學外國語文學系文學博士，現為淡江大學英文系助理教授。研究領域為離散論述、文學與記憶研究、族裔文學、東南亞英語與華語文學及文化生產。研究論文散見《中山人文學報》、《文山評論》與《臺灣東南亞學刊》等期刊。編有論文集《離散與文化疆界》（與張錦忠合編，二〇一〇）、《疆界敘事與空間論述》（與張錦忠合編，二〇一六）與《學於途而印於心：李有成教授七秩壽慶暨榮退文集》（與王智明、張錦忠合編，二〇一八）。

卷三　飛鵝山上文星輝永

一斛晶瑩念詩翁

金聖華

船行水上，海闊天空，一片汪洋伸展無涯，平靜如鏡，此時腦海中卻波濤起伏，風急浪高；心底裏一直惦記著，懸掛著，憂慮著，不知遠在高雄的詩翁，此刻是否已度難關，安然無恙？

赴澳旅遊，出發前駭然得知余光中先生抱恙入院的消息，不由得心急如焚，忐忑不安。才一個多月前剛赴高雄參加中山大學為余先生慶生的盛會，當時他精神矍鑠，言笑晏晏。明明記得他應邀上臺，不肯坐在大會為他準備的座椅上，偏要站著演講，一講半小時有多，一貫的妙語如珠，機智風趣；明明記得他會後與親友步出陽臺，眺望西子灣的夕照晚霞，並與眾人合照留影，一派閒適自如；明明記得他在會前的晚宴上與後輩打成一片，伸手做出最為流行，表示「love」的韓式手勢，笑得開懷，難道這一切都會轉眼成空，不可再追？

郵輪緩緩向南澳駛行，船上聯絡不便，於是每到一埠就急忙上岸，打開手機查看消息，突然，噩耗傳來，余先生已於十二月十四日溘然長逝，剎那間，南太平洋澄碧的海水，變為一汪蒼茫的幽藍！

接著，《明報月刊》潘總來訊，痛陳詩翁離世，天下同悲，擬刊特輯，以示悼念。潘總囑我將原已在月刊發排，將於一月刊登的拙文〈一斛晶瑩〉略事修改，並務必在十九號返港之夜立即交稿，以便趕及在次日付梓。

〈一斛晶瑩〉原本記載著早前有幸為詩人慶生，與其共度八九壽辰正日的經過，在此謹以一瓣心香，敬錄如下，以為紀念。

那天是余光中先生的生日（重陽佳節）正日，兩天前高雄中山大學特地為他舉行了一場溫馨貼心的慶生會，會上發布了「余光中香港歲月」的錄影帶。這天下午壽翁就安安靜靜的在寓所休憩。一大盆賀壽的蘭花，黃花紅芯，開得燦爛。我們（秀蓮與我）坐在余府的客廳，一邊吃水果，一邊輕鬆自在的閒聊，午後的斜陽緩緩照入窗扉，今年有閏月，重九茱萸的日子在臺灣南部，已經不再燠熱了。

看到師母擱在桌上的一副眼鏡，眼鏡繩由密密細細的珠子串成，精緻纖巧，色彩斑斕，問師母哪裏買？「我穿的呀！」這才記起她是串珠高手，多年來收藏的珍珠瑪瑙翡翠白玉，都已經化成一串串典雅美麗的長鍊，在麗人玉頸上煥然生輝。「我們有好幾個朋友都喜歡串珠，其中三人的作品有一次應藝廊邀請展售，那總得想個名字呀！於是請余先生賜題，他說就叫做『一 hu 晶瑩』吧！」「什麼 hu？」「『角』字邊那個呀！」這才猛然想起是「斛」字，好個優雅貼切的名字！

「斛」是個古典的量詞，與「斛」有關，最為人所知的大概是唐明皇寵姬梅妃江采苹和貴妃楊玉環爭風吃醋的故事。梅妃寫下〈一斛珠〉，流傳後世。

其實，著名的詩人都是善於使用量詞的，余光中驅文遣字尤具特色，除了他那膾炙人口的〈鄉愁〉，其他詩句中運用得出神入化的量詞，更俯拾皆是，隨手拈來的有「一截斷雲」（〈山中傳奇〉）、「一彎燈光」（〈也開此門〉）、「一幅……絢豔」（〈金色時辰〉）、「一片水藍」（〈保力溪砂嘴〉）、「一扇耳朵」、「一盞眼睛」、「一面靈魂」（〈在多風的夜晚〉）等等。不錯，詩人是詩歌接力賽中的健將，他的那一棒是「遠自李白和蘇東坡的那頭傳過來的」，因而能在作品中秉承傳統而又推陳出新。

「一斛」是個量詞，古時為十斗，後改為五斗，那「晶瑩」呢？又有何所指？余詩人在結婚三十周年時，為夫人寫下了情真意摯的〈珍珠項鍊〉一詩，他在詩中說：「三十年的歲月成串了／一年還不到一寸，好貴的時光啊／每一粒都含著銀灰的晶瑩／溫潤而圓滿，就像有幸／跟你同享的每一個日子」。不錯，余光中伉儷數十年來攜手同進，相濡以沫，每一個相依相守的日子，都飽含著「晶瑩」，溫潤如玉，圓滿如珠。

余光中先生畢生孜孜矻矻，為華夏文化守護著「最後一盞燈」，范我存夫人一生殷殷相隨，守候著永不言倦的「守夜人」，如今兩人已經度過六十周年鑽石婚了。夫人把愛婿原擬購買鑽石的款項，悉數捐作慈善用途。余先生的輝煌業績，恰似一粒粒絢麗矜貴的珠玉，晶瑩耀目，而余夫人在旁默默支持，就如巧手中那股堅韌綿長的錦線，將珠玉穿連成串，化為瑰寶。「一斛晶瑩」，多少個飽含幸福的日子，構成了鶼鰈情深的圓滿和豐盈！

午後閒聊中，余先生提議不如大家來個詩歌接龍，一人即興吟唱首句，一人隨後串聯成詩。背詩不是我的強項，我說還是讓詩翁愛徒黃秀蓮上陣接招吧！

談笑間日影西斜了，來客與主人一齊起座，外出共膳。余夫人悉心打點一切，細細檢視著余先生的衣著，最要緊的是戴好帽子，帶上拐杖；眼藥拿了，鞋子呢？綁好鞋帶了嗎？不會絆腳了吧？待一切安排妥當，再由女兒幼珊從旁帶領，一行人緩緩下樓。夕陽下，愛河畔，儷影成雙，波光瀲灩中，但見一斛晶瑩！

那晚，由我和秀蓮作東為詩人慶生，與余氏伉儷及幼珊一行五人前往一家精緻的齋菜館共膳賀壽。當晚詩翁胃口甚佳，興致甚高。飯後下樓，余師與高足仍然在背誦古典詩詞，從李白、杜甫、蘇東坡到龔自珍，你一言我一語，兩師徒一唱一和，沉浸在詩情雅韻中，渾然忘我，樂此不疲，這個動人的一刻，將在記憶中永不磨滅！

余先生，在畢生晶瑩澄澈的華光映照下，如今您已進入了永恆，從此——
不必再滴眼藥，擾人的眼疾，再也肆虐不了您那敏銳明淨的雙眸；
不必再戴厚帽，凜冽的寒風，再也吹襲不了您那睿智無雙的頭腦；
不必再拄拐杖，崎嶇的路徑，再也阻攔不了您那矯健銳行的步伐；
不必再繫鞋帶，絆腳的細繩，再也捆綁不了您那自由無拘的靈魂！
不必再背古詩，從今以後在華夏詩歌延綿不絕的長河上，後學晚輩琅琅背誦的，除了李詩，杜詩，蘇詩，必然還有不朽的余詩！

——原載二〇一八年一月《明報月刊》

金聖華，美國華盛頓大學碩士及巴黎大學博士。現任香港中文大學翻譯學榮休講座教授及榮譽院士、香港翻譯學會榮譽會長。主要譯作有：《小酒館的悲歌》、《傅雷英法文家書中譯》（收編在《傅雷家書》中）、《石與影》、《彩夢世界》等；主要著作包括：《傅雷與他的世界》、《認識翻譯真面目》、《齊向譯道行》、《榮譽的造象》、《笑語千山外》、《樹有千千花》、《披著蝶衣的蜜蜂》等。一九九七年因對推動香港翻譯工作貢獻良多而獲頒OBE（英帝國官佐）勳銜。

不廢江河萬古流
——敬悼恩師余光中教授

朱國能

前言：記憶像鐵軌一樣長

第一次見到余光中，是我在國立臺灣大學中文系念二年級，一九六五年的秋天，開學了，我跨系選修了外文系的「英詩選讀」，是余光中老師講授的一門課。

出入中西詩學，熟讀中外名作，這是我們對余老師的欽佩與敬仰。他既是經師，也是人師。人生如果遇到一位好老師，那是他畢生的幸福。在臺大，我有不少恩師，對於余光中，我們最投入的不是他講述的英美詩作，而是他的《蓮的聯想》。

我們在課餘的時候，除了討論老師在課堂上講的拜倫、雪萊、湖上詩人華茲華斯，我們更爭相傳閱老師這第一本詩集，再三細讀序文，我們還分批朗誦〈蓮的聯想〉，男生先朗誦第一節：「已經進入中年，還如此迷信/迷信著美/對此蓮池，我欲下跪」，接著女生用柔情的語調再誦第二節：「想起愛情已死了很久/想起愛情/最初的煩惱，最後的玩具」。就這樣，我們把整首詩朗誦完畢，彷彿修讀英美詩作，變成修讀余光中詩了。

從文藝生活營說起

一九七六年我任教香港鄧鏡波書院，講授中國語文、中國文學等課程。暑假期間，我邀請友校上智英文書院、樂道英文中學，聯校舉辦「文藝生活營」，活動內容以文學與藝術為主題，地點在烏溪沙青年會營地，三日兩夜，進住男女生宿舍，食宿及活動休閒都在營地盡情歡樂。

早在入營前一個月，我們為邀請講者而煞費周章，一連兩日的學術專題講座，主要分為文學與藝術兩方面，校內同事馮耀明提議邀請余光中教授。余教授當時客座香港中文大學與聯合書院中文系主任，已是名重海峽兩岸的著名詩人兼散文家，他右手寫詩，左手寫散文，熱愛文學的人無人不知，《蓮的聯想》更是文藝青年耳熟能詳，隨口可誦。《掌上雨》是現代詩鑑賞與批評的南針，是中西文學理論最美的互動互補。

我當下感到馮兄的提議有點天真，一個中學的文藝活動，竟要勞動一代大詩人兼名學者，是不是要求過高？殺雞焉用牛刀？當時我認為邀請余光中來演講是不容易的。有誰想到，第一通電話余光中教授就答應了，而且很爽快，很熱誠的一口答應了。表現了他對青年文藝活動的鼓勵與支持，也流露出他的深情與至誠。

七月中旬陽光普照，上午九點，文史學會會長陪同余教授從馬料水碼頭搭乘小輪到烏溪沙。那個年代，沒有馬鐵，到烏溪沙大多從馬料水搭街渡或小輪，陸路沒有大巴直達，必須轉乘班次約兩小時才一班的村巴。

聯校的幾位中文科老師，連同一百多個中五至中七的學生，在禮堂專心聆聽余教授的專題演講。他談論作家的風格與人格，認為文學作品的風格，就是作家人格整體的表現。文學要用美的形式去表現作品的真與善。他特別強調不論中國或西方文學，都有共通的「美」的概念，最明顯就是「壯麗」、「壯美」，即英文的 sublime，他這個對文學創作的批評理論，後來黃維樑教授在《壯麗：余光中論》的〈導言：壯麗的光中〉有很精闢的概括：古羅馬的朗介納斯（Longinus）論 sublime 一般譯為崇高、雄渾、雄偉、宏壯、壯美。朗介納斯認為壯美風格的形成有五個主要因素，包括思想的崇高雄偉，而其基本則為語言的巧妙運用。十八世紀英國伯克（Edmund Burke）論 sublime，拿他與 beautiful 比照，認為兩者互異；我們可把伯克說的 beautiful 譯為秀美、秀麗或美麗。

約六世紀初成書的我國經典《文心雕龍》，其〈體性〉篇說：「壯麗，高論宏裁，卓爍異采者也。」

聯校的文藝生活營每年舉辦一次，第二屆再度邀請余教授為主題講座，承蒙不棄，可見余教授真的對孔子有教無類的精神貫徹始終。這是一九七七年十二月聖誕節前後，地點在香港粉嶺浸會園，這次有幸還邀請到專欄作家兼《清新周刊》主編蔣芸小姐蒞臨，主講散文寫作，演藝學院中樂系主任唐健桓教授講「粵曲與南音」。

余光中教授這次講三〇年代的新詩，舉了幾個不同派別的詩人作比較，談到徐志摩那首歷年都收入中、港、臺的中學國文課本的〈偶然〉。他先朗誦一遍，然後略述寫作背景，最後談到詩句的創新與變化，例如末章：

你我相逢在黑夜的海上／你有你的，我有我的方向／你記得也好／最好你能忘掉／在這相會時互放的光芒

他說依照中文的正統寫作，其中的兩句，應作「你記得也好，你忘掉更好」，但徐志摩故意改作「你記得也好，最好你能忘掉」，顯然是受到英美詩作的影響。這就是中英兩種語文在文學創作上的互通共融。

歲月不居，時節如流

一九七八—一九八一年，我在香港大學研究生院念碩士學位課程，余光中教授於一九七四年秋應聘於香港中文大學中文系，因此得以與余教授再度會面。同時港大中文系客座教授鍾玲亦來自臺灣，當她知道我在臺大畢業，也視我來自臺灣，故有一份鄉情的親切。她幾乎每月至少有三次駕車到中文大學探訪余教授，就這樣，我有機會與她一起到中大。偶爾在中文系辦公室遇到鍾教授，她第一句總是：今午我要去見余老師，要一起去嗎？

一九八五年，余光中從中文大學退休，回到臺灣老家，在臺灣南部西子灣的中山大學出任文學院院長，他已經是蜚聲國際，在學術與創作都是國寶級人物。這時他還不斷著述，數十年如一日的右手寫詩，左手寫散文，至於他的文學評論、翻譯等作品，到底用左手還是右手？還是一樣的精彩奪目，令人叫絕。

一九九三年秋，我應聘到靜宜大學中文系任教，在臺灣舉辦的學術會議中，我還有機會見到余

老師。他這時還是精神飽滿，充滿活力，風采依然，談笑自若，總是給人悠然自得的感覺。

高雄朝聖，再會恩師

去年九月，賢徒木子意欲到臺灣拜會一代大詩人，她對余光中的作品巨細無遺，一再披閱，拜見余老師是她多年的心願。

君子有成人之美，我也希望年輕一輩有機會拜見師祖。於是我透過長途電話與余老師聯繫，說有幾位年輕學子求見，可否安排兩個小時到府上一會。那是十一月下旬，臨近冬至，余師在電話中講了兩句，聲調顯得微弱，就把電話交給師母，這時我才知道他們夫婦都患上了感冒，師母還有點咳嗽，我不便多說，一再說「對不起，打擾了，再聯絡」，立刻把電話掛了。

十天以後，我再致電，師母說他們的感冒還未完全康復，囑我一星期後再致電。如是斷斷續續一再致電，終於約好了十二月二十七日下午三點到余府拜見。是日一行三人，隨行的是木子與我在臺大中文系畢業的梁新榮（筆名秀實）。

見到恩師，最欣慰的是可以暢所欲言，家事、國事、天下事，事事關心。恩師談到當年（一九七一—七二年）在臺灣的「鄉土文學論戰」，認為那批標榜鄉土文學的學者與作家誤解了鄉土文學，他們把工農兵文學視為鄉土文學，那是把文學當作政治工具或宣傳手段，而不是就文學的範疇討論文學。我還記得恩師當年發表了一遍〈狼來了〉的論文，是論戰中的一個高潮。

《粉絲與知音》的預言

那天恩師拿出了他最後出版的一本著作，是散文集《粉絲與知音》，並在封面內頁親筆簽名，還寫上日期，好難忘的記憶，誰想到這是師生的最後一面？

《粉絲與知音》是否有什麼弦外之音？這是恩師的最後一本散文集，他是否要預告世人，粉絲易得，知音難求？但從我一九六五年在臺大中文系受教於恩師開始，我卻斷續地發現，恩師還有很多知音，像同班同學柯慶明、汪其楣，師大的陳慧樺、古添洪、余中生、李楚君（李默）等，都可說是知音。

這最後的散文集，是否意味著恩師要與這一生的粉絲與知音告別了？

從杭州西安到佛羅倫斯

寫到這裏，謹錄此書封底的一段簡介：

余光中右手寫詩，左手寫散文，在華文世界倍受推崇，擁有眾多粉絲與知音。Fans是數量龐大的一群人，被譯為粉絲，與其相對的，是知音，是寂寞的救濟品，有知音一槌定音，粉絲必紛至沓來。

他的大品散文奇特橫放，有著天風海雨式的想像，且收放有度，有氣味，有顏色，能吸引讀者與他同遊，感察天地的深淺。汨羅江祭詩人屈原，誦詩朗朗以慰千年江下憂鬱詩魂；帶著一片未泯童心，回到少年的水鄉國，冥想過往悠悠歲月，滿紙鄉愁；赴香港歡慶八十大壽，遺落心愛帽子，與父親共帽的心情一併失去，悔恨交加；講學之邀，遊歷杭州西湖，魁偉黃山，舊都西安，勾起懷古之思；與家人走訪藝術佛羅倫斯、東海岸，天倫之樂，人情溫暖，笑語盈盈。

他的小品筆觸精煉，寥寥數字機鋒盡現，謔而不虐，在必要時會恰到好處滴入一點幽默，為文章提振精神。談崑曲、品南管、析古詩，中國傳統藝術之美，令他饞腸垂涎；梵谷、畢卡索是平生所好，值得大書特書；透過教學與文學評審，思索中英文的文法精髓。尤其引人動容的是回憶趙麗蓮、英千里、傅斯年、曾約農、吳炳鐘、李煥、鍾鼎文等師友之文，有如《世說新語》清雅生動，能在半瓣花上說人情，無字寫情處處是情。

十年方成書，余光中筆耕不輟，向未來預支掌聲，找到更多的知音。

對「諾貝爾文學獎」的思考

五年前的諾貝爾文學獎，得主是中國的莫言，莫言以其小說獲得候選提名，並得到瑞典國家科學院的高度推崇，尤其是評審委員會主席的讚賞，終於成為二〇一二年諾貝爾文學獎的得主。

我當年就覺得奇怪，為什麼不是余光中？海峽兩岸近五十年論創作，無論是詩歌、散文、評論、翻譯，無論質與量，有誰比得上余光中？就其影響而言，無論寫作風格與技巧，或是鄉愁的情懷，都深深烙印在讀者的心坎。余光中的作品，就詩方面而言，深受漢代樂府、唐詩宋詞的影響，有李白的飄逸，也有杜甫的「不眠憂戰伐，無力正乾坤」的無奈。他的散文有明清小品的飄逸，清新脫俗，也有東坡的行雲流水，行於其所當行，止於其不可不止。讀余光中的散文，你才明白「不可增減一字」的難能可貴。另一方面，題材的廣泛，更是一大特色，他關心的是國家的前途，民族的命運，他大愛包容，有佛陀與基督荷載世間苦難的精神。諾貝爾文學獎沒有授予余光中，並不是余光中的遺憾，而是諾貝爾文學獎的損失。文學作品是需要時間的考驗與淘汰的，古今中外多少詩人作家，但作品永垂不朽的能有幾人？

想起杜甫〈戲為六絕句〉（其一）對初唐四傑的評論：「王楊盧駱當時體，輕薄為文哂未休。爾曹身與名俱滅，不廢江河萬古流。」余教授愛讀唐詩，尤其喜愛杜甫詩。杜詩沉鬱鍾煉，余教授的〈鄉愁〉也沉鬱，卻用了最淺白的文字，鍾煉出在平淡見濃郁，在淺易見深意，有性情有境界。如果從詩歌的主題去分類，有些詩作有多重寄意，可以作不同的解讀，余詩境界開闊，感慨遂深，可見他深受杜甫的影響。

杜甫此詩最後兩句，每次讀到都有無限的共鳴，今日冷眼中港臺詩壇，多的是好名出位的所謂「詩人」，他們的詩作故作新奇，或以為晦澀至上，別人看不懂的就是好詩，他們結社彼此吹捧、互相標榜、自我膨脹，製造大量的粗糙的、矯情的、幼稚的文字，並不斷在網站散布，求浮名於一時，像追求一時的感官痛快。這些歪風，掩蓋了踏實的詩人的詩作，他們輕薄為文的結果，就是杜甫所說的「爾曹身與名俱滅」。在他們身後，不出幾年，便不會有人再記得他們的名字，也不會有人再去讀他們的詩作。

凌雲健筆意縱橫

敬愛的恩師，你的詩作在半個世紀以來，已被世人推譽為「凌雲健筆意縱橫」，你用中國文字編織成一幅華麗的錦繡，譜成了無數節奏明快的樂章，奠定了當代詩歌創作不朽的地位；你的創作境界開闊，既有傳統文化「縱的繼承」，也有西方文學「橫的移植」。你右手寫的詩，左手寫的散文，以至文學評論、翻譯文學，都會歷久彌新，在中國詩壇金光閃耀，點亮現代詩創作的方向，使後來者得以追隨。你的開拓與創新，在中國詩史上將與日月同光，影響深遠，正是杜甫所稱頌的不廢江河萬古流！

——原載二〇一七年十二月十八日《新大學．書劍春秋．名人腳蹤》

朱國能，廣東南海人，自幼在港接受教育，中學時與文友共創「儒林文社」。一九六四年入讀國立臺灣大學中文系，大學期間以上官竹子為筆名，出版《夢之圓舞曲》、《風景線上》。一九七四年執教於靜波書院，其後入讀香港大學中文系研究院。一九九三年取得博士學位，隨應聘至臺灣靜宜大學中文系，開設「文學概論」、「韓柳文」、「中國文學批評」。二〇〇四年由臺灣里仁書局出版《文學概論》，兩年後增訂再版。近年任教於香港公開大學及香港城市大學中文研究所。

五嶺逶迤騰細浪

李默

「乾老師」余光中的千種風情

心有千結，寫此文，左改右添，躊躇不決。二〇一七年十二月十九日跟余先生好友黃維樑上了香港電臺的直播節目「講東講西——紀念余光中」（岑逸飛、劉天賜主持），意猶未盡。這樣一位曠世的文學大師／良師，文品與人品，允稱中華人文難得之珍瑰。由於先生每字斟酌精準，我對眼前幾個文題費煞思量；最後，我大膽地選用了「五嶺逶迤騰細浪」——固知毛澤東此詩的原意是描寫所謂長征的隊伍，我卻借字面意，作為對先生終生於五項全能上，成就與影響之高山稜峻與浪浪連翩；另一方面，又覺得，彷彿能一觸先生的鄉愁，及國之慮、文之憂。

概當以慷，憂思難忘。傾豪放浪容易，蘊藉沉鬱不易。先生一顆赤子之心，滿懷中華文化歷史之情，五色紛陳之筆（五色為黃維樑評），千歲之憂，詩文翻譯議論教育，鋪被如所羅門王的寶藏……唯是先生與我等後學，不時如同感著孔子在川上逝者如斯的傷痛（前不見古人，後不見來者）——寶藏的閃爍中有淚光，斑駁間傳喟嘆，先生沉吟至今，心血織鑄錦羅。亂曰：有史以來，文學藝術，為何偏要被政治撥弄?!

很多人都讀過、知道一些余光中，但知道懂的成分有多少？我也很內疚，二十年沒有拜見過先生。過去十多年，前幾年只是當看到他白髮瘦癯仍在朗誦自己的詩，頗覺心痛。直至早日聽見逝世的消息，五個通宵都從網絡上追看先生行迹音容、新聞評論，好像補品，愈看愈精神，也好像補充我既不曾坐過他課堂，也沒多少機會談文請益的遺憾。然而，我是他的「乾學生」——我猜先生的親學生、真學生多如恆河沙數，可能「乾學生」卻不多。一笑。

「乾老師」的因緣

八三年，余教授為我的第二本書《蒹葭》（散文集）作序文，題為：〈宛在水中央〉。我仍保存他端正鋼筆字在灰藍色硬紙上的原稿——就像他的人，「誠正勤樸」（師大的校訓）——教育家是灰，天賦的靈氣與浪漫，是淡淡的藍。

六〇年代末，於大學初期，我在沉悶的國學課程中，不釋手偷看余光中三本著作：《左手的繆思》、《蓮的聯想》、《五陵少年》，前者，是我詩文寫作的最大啟示。

九〇年初，重遇老師於文學研討會，與師母同桌，他令我稱呼他「乾老師」——「因為我沒有在課堂上教過你」，嚴謹卻又有創意及風趣。因我屢次提及，當年余光中在師大英語系任教，我曾兩次欲申請轉英語系不遂。

九八年，探訪乾老師伉儷和另一教授於其下榻的酒店，老師提議等看電視直播啟德機場關閉的熄燈，他開了房間附有的小瓶紅酒分了四小杯，大家默默地輕啖著……酒澀澀的，燈，逐片逐片地熄沒至灰黯。彼時，此刻。

未蓋棺，先亂扔石

評說余光中逝世曰「大陸多報導及蜂湧留言悼念；臺灣則甚少」，那是不符事實的，臺灣很多電視及各媒體都大篇幅報導及讚譽（可能較少致敬的是綠營）——由於幾十年「積仇怨」，先生被稱為國民黨的第一御用文化人、綠營的頭號敵人，加上他逝前仍在為了反對民進黨的「教科書去文言文化」而奔走，所以部分人即群起，欲要於其棺材上扔石頭！

詩壇祭酒、一代宗師的一片死後好評，卻有一部分人，由於政治或「妒忌」，幾十年來，明暗的派他不是（主要因他在七〇年代中期批評臺灣方興的鄉土文學／「工農兵文學」，彷彿為共產黨的統戰開路）。事實上，那個時代臺灣是非常敏感而有點驚弓之鳥，我在六〇年代末赴師大念書，親戚的孩子怯怯地問：「……你在香港有看見過共匪嗎？」好像共匪是毒龍怪獸。事實上，回歸後，香港一些地下黨／文化鉅子，在回憶錄或訪談中，亦承認他們在五〇後，曾多方去臺灣民間例如搞「讀書會」，分享的主要為馬列毛（相信大家近年對「搞手」和互相抹黑已經頗熟悉）。

在電影侯孝賢的《悲情城市》、楊凡的《淚王子》一些片段中，我們不難嗅到那不言而喻的無奈隱悲。

「工農兵文學」被認為親共，卻同時屬「獨」的搖籃，余光中寫〈狼來了〉的文章，一些人就自動對了號。余光中那批人一直被視為對家。他才逝世，又是幾十年前輸了版權官司的李敖，仍月旦之：「詩高於品」等於無品；而稱揚他的陳菊，亦被其黨的議員罵「垃圾」；香港某些網上時事評論員也抨擊他「變節」……初而反共，晚年卻欣然在大陸招搖享譽（陳映真等還不是在大陸「招搖」？還有香港一些在六四民主歌聲中的領頭人，大都於大陸名利雙收）。人們為什麼老是雞蛋裏挑骨頭？

先生年逾不惑，他一再踏上母親之地，殷殷朗誦他的鄉愁。裏面除消解五十年的縈牽，尚有對文學推廣承傳的責任。慣性的深思熟慮及合情理，慣性的堅持和仔細，他從來不會因而退縮！何況有說音樂、藝術無國界。思鄉不是戀共，愛國並非愛黨。

鄉愁縈牽他一生

鄉愁，或可理解為國愁、中華文化的憂慮。大家都想到這和他的「兩次走難」流離人生、及所孜孜不倦的文學工作有關。但是，我想知道這和父母給他的名字「光中」有無關係？因為他兄長名「光亞」。先生自稱「江南人」，自稱有著「唐魂漢魄」，在醉了時，會「嘔吐出一條黃河」，這奠定了他的宿命……記得那時候在書店（文星？）常見有這樣鏗然的口號：「源於傳統，傲視現代」，或「縱的/橫的發展」（當時有不少此類詩人如葉珊、鄭愁予、周夢蝶、洛夫等）；而先生一直不渝，從他擅長的、能用到的，實踐發展他的宿命、使命。衣帶漸寬終不悔。

然而，且看千禧前後的中華文化，低落成什麼樣子？先生叨念著：「文章寫得好，必須多背些唐宋詩詞、及文言文」，相對於大陸用符號般的簡體字、不讀文言文。他又怏怏然道：「……孫兒們以英語為主，都讀不懂我的文章……」逝前，他為了民進黨倡行再減少學生教科書的文言文，竭盡餘力，成立「學會」，四處奔走……我們會覺得，如果不是焦慮這件大事，可能仍會有更長壽命，實在用心良苦。

木子（我的「乾學生」）：「十月拜見先生時他重點提及，說此舉者將成為歷史的罪人！」我：「我在大學時，教古散文的陸鐵乘老師，要同學們在此學期內，背給他卅篇。關於先生赴大陸，我們不排除，大陸是捉到鹿取了些角，誇大利用了余先生的江南情、鄉愁膠，作為對臺灣的統戰（反正這是他們的強項）；但當我站在先生的髦老之年來想：四十年前寫鄉愁，是基於文革狀況下無望去大陸（故他曾有「患了梅毒依舊是母親」之痛），沒料如今竟然不再是夢，還是一舉三得，尤其是可以對十三億同胞／學子，推廣自己畢生的學問心得，又何足以畏人言怕被利用？何況，也並沒有得到任何名位和好處。這和爭取文言文及他的正楷字全是一致的。」儒家的立場不難在先生人生中常體現。

現世儒家、寫作、教育、如何立命？

我不全因為余光中先生是乾老師才捍衛，我是因為自己也是這樣看、想、在做的。我們不會要求更高／做得到的才允許批評他人。我們也會要求一下見賢思齊。香港報章稱先生為文壇巨擘，臺灣有相反立場的作家說：「一直堅持，此志不渝，是令人敬佩的。」

老師終生用手口行，守著他的「中華文化與情懷」，他說：「就像一個圓，半徑是中文，我的責任是在逝世之前，能把這半徑再拉長一點，使這圓又大一點。」實在令人感動。

我僅剩一本八三年拙作《蒹葭》，但乾老師手稿和照片仍未找到。還是希望有人知道老師行文之爽淨，閱讀敝作的仔細、分析論據的精闢和實用；還順手議論一下香港的寫作文化，特別是他一向對詩和散文的觀點與使用（這也是我自己一向的觀念——可見於我自己的序）。先生在序的末，提及我需具有知性，挺遺憾，他沒看到我近年功課，企圖知感並舉。人成長了、老了，就不再天真無牙，不幸的經歷和無奈的時代，使愈沉鬱。我七、八〇年代欣賞李白，六四後已轉向杜甫。百年人事不勝悲。

「乾老師」的趣事

個人最喜歡先生四事：一，教會了我「乾老師」和「乾學生」的識別與情趣。二，與李安導演在中山大學對談中，本來很少動作的，忽然用手指著臺下：「如果你的新戲需要用人，這裏下面有很多！」三，去年，他對記者說：「問題是如何籌夠錢來買鑽戒?!」四，在《逍遙遊》裏，雖然看來骨節硬化，仍喜孜孜地走下坡到河邊，示範他拿手的飛石漂水：「你要對那塊頑石說些話——去吧去吧，去找我的童年。」那石子嗖嗖地飛起好幾波水花，先生對它叮囑說：「入水為魚，出水為鳥。」我覺得，赤子情與未能逍遙的人間厚愛，令人心痛——想起了電影《相約星期二》由積林蒙演的老師。

結語

勤正誠樸、靈氣浪漫，高如雲、細若塵，這些都既不衝突，亦無需刻意，悲傷，斯人/此類人遠矣，愈稀矣。

先生詩作字字珍珠，使心用力足比詩聖杜甫，稱他為詩人未免小化，他有五色彩筆干氣象，他教學和行政一樣出色，幽默妙語間歇從他的冷面下閃現。如果石黑一雄因喚醒被埋葬的記憶和鼓吹漸失的人性，而得諾貝爾文學獎，則先生達標久矣。別因門戶和政治之短淺，而生遺憾，而丟棄普世價值！

風簷展書讀，古道照顏色。

——原載二〇一七年十二月二十二日《新大學．書劍春秋．名人腳蹤》

李默，臺灣師範大學國文系畢業。由一九七四年起作多元化文化之實踐：香港著名作家；影評人、藝評人和食評人；電臺、電視臺、網臺節目主持人。曾任教中國文學於浸會大學，及創意寫作於演藝學院。向來積極於香港文化政策之監督及推廣，任香港藝術發展局首屆委員。曾客串電影，及舞臺劇、舞蹈、朗誦的演出；並填寫歌詞、為攝影作品配詩。出版著作散雜文如《蒹葭》、《女人心》；小說如《此時此處此模樣》、《帝苑殘照慾蒲團》等二十四本。

到高雄探望余光中先生

黃維樑

五十二年前開始閱讀余光中先生的作品；初見余先生，是四十八年前的事。在香港和高雄的大學先後與余教授同事，一共接近九年；當然，我是晚輩同事。

去年（二〇一六年）七月，得知余先生跌倒受傷，住院多天。我與余先生和余太太一向有通電話，知道大概。是年秋冬之間，讀到余先生親撰的文章〈陰陽一線隔〉，頗吃一驚，因為所述情形比電話中說的嚴重。他寫道：七月十四日太太急病住院，「次日我在孤絕的心情下出門去買水果，在寓所『左岸』的坡道上跌下了一跤，血流在地，醒來時已身在（醫院的病）床上，說話含糊不清。再次日才能回答我是某人」。已有三年沒有見面，詩翁如此「蒙難」，我應該前往高雄探望兩位老人家。

詩翁現在更需要保護

我是長期老讀者，內子和犬子讀齡較淺，也都是詩翁的知音或粉絲。內子背誦過長長的〈尋李白〉一詩，酷愛其名句「酒入豪腸，七分釀成了月光/餘下的三分嘯成劍氣/繡口一吐就半個盛唐」，幾乎可以和長沙的知音李元洛作背誦比賽；她還在學報發表過文章，講詩翁的一九九〇「梵谷年」；二〇一〇年八月深圳音樂廳的大型詩樂晚會「夢典」，余先生是主角，內子則為晚會的策畫和導演。犬子和余爺爺「交流」過多次，深圳、香港、澳門都有他們留下的大小兩雙腳印；對〈鄉愁四韻〉和〈唐詩神遊〉等詩，理解雖然不透徹，背誦卻非常流暢。去高雄探望二老，當然要「三人行」。

因為護照、簽證、學校假期等問題要解決，終於在（二〇一七年）六月十七日，三人從香港飛到了高雄。下午即到余府，見到的詩翁，手持拐杖，行動緩慢，身體弱了。

二〇一一年余先生八十二歲，在佛羅倫斯攀登百花聖母大教堂和覺陀鐘樓，直至絕頂，和達芬奇一樣看盡文藝復興的佛城全景。三年後在西安，仰視著大雁塔，躍躍欲登，導遊說：「很抱歉，六十五歲以上的老人不准攀爬。」老者如童稚般不聽話，放步登高，塔外的風景不斷匍匐下去，終抵塔頂。杜甫當年登大雁塔時四十歲，詩聖九泉之下有知，對豪氣干雲的「小余」，一定大加稱讚。不過是登塔三年之後，今年六月所見，詩翁行走要靠手杖，有時還要人攙扶。

余先生近年重聽，兩周前做了白內障手術，視力未恢復；加上另眼有疾，寫詩並不朦朧的長者，眼睛卻有點朦朧。這次在余家客廳，他說話不多，音量不大；對不少話題，余太太倒是滔滔而談，或補充先生內容，或娓娓憶述細節，語言清暢。她去年病後，康復良好，現在精神爽健，雖然也屆耄耋之齡，看來卻年輕。

和二老「閒話家常」時，余先生在我耳邊說：「維樑啊，我現在去不了學校，又開不了車，難道我的校園生活就此結束？」大學向來是余光中傳詩道、授文業的大講壇，高速馳車是他「咦呵西部」（在美國）、馳騁寶島的大樂事，他還想望過在神州的絲綢之路「飆車」，追蹤古英雄的足跡，如今只能輕輕地嘆息。他喜歡旅行，行畢多有寫遊記；其中外遊記山水與人文共融，情趣與辭采兼勝，陳幸蕙稱他「極可能是現代文學中『遊記之王』」。詩翁如今的旅遊，多半只能神遊了。

妻子范我存女士愛丈夫護丈夫，才不讓他做這事做那事。張曉風有文章寫余太太，名為〈護井的人〉；詩文傑作如泉噴湧的老作家，余先生現在更需要保護。

在「左岸」的雅舍談詩誦詩

詩翁行動緩慢，「護井的人」不讓他到西子灣中山大學山頂的文學院辦公室。室中一壁海景窗戶之外，其餘三壁和一地板堆高的書刊，以及不斷湧進的新印刷品，文字的墨浪甚於西子灣的海浪，任何人都難以招架，遑論書海暢泳。然而，久違了妻子之外的另一個終身伴侶，思念之情何時或已？

二〇〇四年夏天，我和陳婕參觀中大光華講座教授余先生的闊大辦公室，十分驚訝，對她說：「從前在香港中文大學，余教授的學校辦公室和宿舍書房，各類書報刊各就其位，井然有序，書齋不鬧書災。」余先生為人寫序，結集成書，書名正是《井然有序》。時隔十三年，我想現在辦公室的災情一定更為嚴峻。其實不去辦公室，家裏的書報刊還是整理不完的。

自從遷出中大校園的宿舍之後，余家一直安居於高雄市中心之北，在一心路二聖路三多路四維路五福路六合路七賢路八德路九如路十全路再北上，在光興路的左岸大廈。大廈在愛河之西，以左右分西東，即是左岸。中國長江以東的南京蘇杭一帶，謂之江東，或稱江左，人文薈萃；巴黎有塞納河，其左岸是文化蓬勃之區。文壇重鎮安家於「左岸」，不亦宜乎！

余家在左岸高樓安居多年，寬敞而不豪華的大宅，因為「卷帙繁浩」過甚，乃另購新居，在原宅的下一層。新居擺設簡雅，明亮素淨，成為會客之廳。我從前在臺灣教書的那些年，數度探訪，且曾留宿。如今所見的「雅舍」，擺設與書刊比前增多了。馬英九先生曾二度來此探望余先生伉儷。他敬佩詩翁，曾購買余著《分水嶺上》數百本，囑咐各級官員閱讀，藉此提高中文寫作的能力。

在「左岸」的雅舍，我自然想到《雅舍小品》的作者——他私淑的恩師梁實秋先生。梁先生在一九八〇年代不管師生關係是否構成「利益衝突」，大加稱讚：「余光中右手寫詩，左手寫文，成就之高一時無兩。」在雅舍，我們談詩，也誦詩。

犬子若衡受命背誦〈讓春天從高雄出發〉，念到中間的「讓春天從高雄登陸」，正繼續朗讀「讓木棉花的火把」，戴上助聽器傾聽著的詩翁，敏銳發覺，溫和地指出：「接下去應是『這轟動南部的消息』。」

晤談時，余家的「老三」佩珊博士一心二用，邊聽邊對著電腦做她的創意產業文案。近年這位東海大學的教授，常駐中國東海的左岸上海，發揮其專業所長。去年二老住院醫療，幾位千金先後從外地回來探視照顧，余先生對此「情動於中」而欲形於詩，告訴我說：「正在構思一首詩，寫幾個女兒回來探病、探親；將來有一天回來卻是要……」跟著補充說：「不過，我會寫得 subtle（含蓄）一點。」余太太不想接續這話題，指著茶几上的荔枝，叫大家繼續品嚐。

我這個資深讀者怕甜，壓下食欲，卻記起詩句：「七八粒凍紅在白瓷盤裏／東坡的三百顆無此冰涼／梵谷和塞尚無此眼福／齊璜的畫意怎忍下手？」余光中有詩寫荔枝：在冰箱冷凍後才饕而饕之。

在雅舍談詩，我還帶有使命：索取最新出版的集子，扉頁有親筆題贈，由我帶回去送給李元洛兄。詩翁體雖弱而心健，近月仍用功不輟，大幅度增譯增注舊版的《英美現代詩選》；一問，才知道此書新版尚未面世——卻也快了。

中大校園的余光中詩篇

六月十九日我們來到中山大學校園。圖書館裏有「余光中特藏室」，我六年前該室揭幕時出席了儀式（典禮中我的發言後來寫成〈筆燦五采，室藏五財〉一文，收在拙著《壯麗：余光中論》裏），參觀過藏品。這日流覽珍貴手稿等物，內子眼尖，一張香港中文大學給余先生的聘書，被她發現：一九七四年起詩人任中文系教授，月薪高達港幣七千一百八十元（此外還有住房津貼等）。年前犬子在澳門大學聽余爺爺演講「旅遊與文化」，屏幕上亮相了有詩人 Robert Burns 的英鎊鈔票，和有畫家 Delacroix 的法郎鈔票；凝視信件，他「見錢開眼」的眼開得更大，對香港的大學教授薪酬極感興趣，表示希望長大後要當教授。

在知音和粉絲必遊的特藏室，王玲瑗女士向我們介紹附屬「余光中數位文學館」的新內容，並解說正在拍攝的「余光中香港時期」紀錄片，還要求我在香港配合拍攝等事。

趁著在校園，內子進入書店，購買了印有余先生詩篇的多種禮品，包括雨傘、布袋、茶杯、杯墊和鉛筆。余教授曾勸說年輕人「少買名牌，多讀名著」，而今名著通過名牌詩人而可讀，內子大感滿足。

詩翁的詩篇廣傳校園。炎陽下我們揮汗遊觀，看到行政大樓門前的四根圓柱上，貼著余先生親筆書寫的詩四首：〈西灣早潮〉、〈西灣黃昏〉、〈西子灣在等你〉；當然，還有非常著名的〈讓春天從高雄出發〉——有一年我乘搭計程車，赴高雄文學館講「余光中與高雄」，談話中知道司機知道此詩。張曉風形容余光中的硬筆書法，謂其「勁挺」、「方正」，「像他的臉，也像他的為人」。詩翁的字，自成一家；在詩文之外，我們多了一種「余風」。

校園裏的國際會議廳命名為「光中廳」。另一建築校友會館，名為西子樓，裏面有余教授的詩〈西子樓〉，燒製成陶板的；是日熱昏了頭，竟然沒有到館參觀。

十七日下午抵達左岸大廈的管理處，在登記訪客資料時，我順便說要拜訪的是中山大學的「鎮校之寶」，管理員更正我說：「余教授是高雄之寶，是國寶啊！」我想，對於馬先生兩次來訪，管理員一定印象極為深刻，引以為榮。

「高而且雄」：詩碑、詩園、機場題詩

鎮校之寶的詩韻，飄逸出中山大學校園。二〇一二年元旦澄清湖水邊豎立了詩碑「太陽點名」，年前王慶華兄帶我來此參觀過。這次與妻兒來高雄，出發前犬子受命背誦它的片段：「春天請太陽親自／按照唯美的光譜／主持點名的儀式／看二月剛生了／哪些逗人的孩子／『南洋櫻花來了嗎？』……」六月二十日上午由徐錦成教授駕車導遊，到澄清湖看詩。

水清湖大，曲橋幽徑，幾經尋覓，才在「蜜蜂世界」附近找到棕褐色的長方形詩碑。犬子最高興，雙手張開如鵬鳥展翅，歡迎大家來讀來賞這高雄的太陽和花樹之頌。詩碑立在鮮美的芳草地上，幾株小樹茂葉青蔥；詩碑兩側的白鶴芋，豐潤的花瓣和葉子白綠相映。詩碑面對湖水粼粼，彷彿太陽面對百花美美。不過，陽光和水分也有負面的作用；五年經歷，有點滄桑的詩碑，似要面貌更新了。

澄清湖之外，高雄幾個地方也有余先生的詩。中山大學的附屬中學，校園裏有「余光中詩園」，共有詩翁自己選定的二十首。詩園在二〇〇八年十月建成開放，翌年我來此參觀，還寫了一篇導賞的文章。後來佛光大學研究生陳小燕就此詩園種種，撰成碩士論文。

高雄市內的歷史博物館，有一面牆的瓷磚燒製了楚戈書法的名詩〈讓春天從高雄出發〉。我多年前觀覽過，書法豪邁，但詩牆被樓梯阻擋，位置不佳。這次時間不充裕，澄清湖之後，錦成就驅車直奔機場，我們卻又再見余先生的作品：二十三號候機廳的貼壁長框，銀光閃閃，是詩翁撰作手書應景的〈臺灣之門〉。此詩得來不易，在機場幾經詢問才知道所在地。長框裏兼展示余先生自譯的英文本。原詩首句是「高而且雄」，末有「充盈與豪興」、客機正在「攀升」的象徵性詩意。「高而且雄」，這首詩應該放大，擺放在機場的大廳大堂才對。

十七日至二十日四天三夜的高雄行，和余先生、余太太一共聚首三次；詩是余家事，「閒話家常」之外，共進晚餐兩頓。十八日晚，余家第二位千金幼珊教授也在；陳芳明教授是日從臺北來高雄演講，晚上來看詩翁伉儷，一起進餐。從高雄到臺北到香港，文藝話語豐富，談興頗濃，幾有西子灣校園和沙田校園昔日高士雅集的風采。

——原載二〇一七年七月三十一日《明報·明藝版》

【附記】

余光中先生二〇一七年十二月十四日仙逝後，我撰寫憶念詩翁的文章，有以下各篇，分別發表於香港和大陸的報刊，其中多為兩地都發表的：（一）〈滿天壯麗的霞光——今年十月在高雄參加余光中先生的活動〉；（二）〈安魂曲起自長江黃河——悼念余光中先生〉；（三）〈「有一首歌頌我的新生」——余光中的作品和生活〉；（四）〈余光中的文學成就——以香港時期作品為論述對象〉（二〇一八年三月四日香港作家聯會演講講稿，尚未發表）；（五）〈在重慶悅讀余光中的「悅來場」〉；（六）〈余光中的知音〉。此外，香港《文匯報》訪問我談余光中，訪問記題為〈黃維樑念余光中：「他鞠躬盡瘁為文學」〉，長近二千字，二〇一七年十二月十八日刊登於該報《讀書人》版。

我在一九六八年起寫文章評論余先生的作品，後來出版了著編的幾部書籍，都是對余先生作品的析論，簡列如下：（一）《火浴的鳳凰——余光中作品評論集》（編著；臺北：純文學，一九七九）；（二）《璀璨的五采筆：余光中作品評論集》（編著；臺北：九歌，一九九四）；（三）《文化英雄拜會記——錢鍾書夏志清余光中的作品與生活》（個人著述；臺北：九歌，二〇〇四；香港中文大學出版社，二〇一八［此為原版大幅度修訂版］；兩個版本都有一半篇幅論述余光中）；（四）《壯麗：余光中論》（個人著述；香港：文思出版社，二〇一四）；（五）《壯麗余光中》（與李元洛合著；北京：九州出版社，二〇一八）。

詩翁逝世後，我寫了一副輓聯如下：

五采筆風五行無阻慕孺詩傑五十年不變
永春驕子永恆拔河普頌文豪永世代常青

我閱讀研究余光中先生作品迄今五十年，說他手握璀璨的五采筆；余先生是福建永春人，為中華文學界普遍稱頌的大師；他有詩集名為《五行無阻》和《與永恆拔河》。

黃維樑，香港中文大學中文系一級榮譽學士，美國俄亥俄州立大學東亞系博士。曾任香港中文大學中文系教授、美國威斯康辛大學東亞系客座副教授、高雄中山大學外文所客座教授、美國Macalester College及四川大學客席講座教授等。著有《中國詩學縱橫論》、《香港文學初探》、《壯麗：余光中論》、《文心雕龍：體系與應用》、《迎接華年》等二十多種。曾任香港作家協會主席、香港作家聯會副監事長等。曾獲多個文學獎、翻譯獎，作品選入香港大學及中學教材。

悼念余光中老師

鄭培凱

二〇一七年十二月十四日中午時分，正在整理一篇關於京戲與粵劇在二十世紀發展的文稿，突然接到一通短信，一看，說余光中老師逝世，嚇了一大跳，真的嗎？接著就有熟識的記者來電，說要訪問，要做余光中逝世的相關報導，知道我早年曾是他的學生，請我說說當年受教的情況。

記者來電詢問，不禁把我的思緒帶回到半個多世紀之前，我在臺灣大學外文系讀書的時候。記得我們大二那年有門英詩的必修課，教課的是一位老先生，叫蘇維熊，是日本統治時期臺北帝國大學畢業的，專攻英詩韻律學。他上英詩課，基本上不教詩的本身，而是教英詩韻律，非常刻板的技術性的知識，和我們希望在課上享受詩歌美感的預期完全不同。不料，上了兩個月課，蘇先生突然過世了，系裏很著急，需要請人代課。大概停了一兩個星期，就找了當時在臺灣師範大學任教的余光中先生。

臺灣有三個著名的詩社

當時我熱衷寫現代詩，很清楚臺灣新詩的情況，因為從中學時代就嚮往西方的現代性，感受新詩帶來的叛逆性，是「現代性學」的追隨者，參加了一些詩社的活動，也發表過一些讓我「自悔少作」的作品。最早認識的現代詩人，是我的中學老師紀弦（路易士）與擺書攤的周夢蝶。讀得最多的卻是鄭愁予和余光中，曾經把他們比喻成當代的李白與杜甫。那時臺灣有三個著名的詩社，現代詩社是紀弦掌旗，有鄭愁予、方思等大將；藍星詩社有覃子豪、余光中、夏菁等；創世紀詩社則有瘂弦、洛夫。余光中家跟我家在廈門街的同一條巷子裏，相隔不遠，所以有一種親近感。聽說他來授課，知道一定可以進入英詩想像的國度，還十分興奮。

余光中那時正值中年，個子不太高，英挺削瘦，頗有風度。他臉方方的，稍微狹長，有稜角卻不分明，反倒給人一種柔和的感覺。他說話慢條斯理的，用字比較矜慎，很像他詩中想要呈現的江南文風，也就有意繼承傳統江南文人的風範，溫柔平和。他平日上課西裝筆挺，打著領帶，同學們都說他風度翩翩。

講課風趣　偏愛現代詩派

余老師很會講課，課堂上朗讀英詩，念得抑揚頓挫，引人進入遼遠的詩境，讓我們朦朦朧朧感到蘇格蘭的風情，聽到英格蘭教堂的鐘聲，覺得自己走在新英格蘭的林野，十分享受。他上課也很風趣，偏愛現代詩派，而不是古典詩派，甚至教我們一些現代主義的戲和詩。他講了 Matthew Arnold 的名詩“Dover Beach”之後，居然找了一首 Anthony Hecht 顛覆性的“Dover Bitch”，大講現代詩人的反諷意圖。我們當時還搞不清楚 bitch 一字在西方文化語境的意義，他就大講了一通這個字罵人的含義，是俚語中十分不堪的詞語，也可以入詩，而且作為詩題。

還有一次，他講到文化環境不同，詞語的表達有其特殊的含義，弄不清楚會鬧笑話的，他自己在美國教書就有過這樣的經驗。他說，那時在美國中西部的一個大學講中國文學，講到漢代的古詩，有一首無名氏的作品：「秋風蕭蕭愁殺人。出亦愁，入亦愁。座中何人，誰不懷憂？令我白頭。胡地多飆風，樹木何修修！離家日趨遠，衣帶日漸緩。心思不能言，腸中車輪轉。」他給美國學生講解時，就把「腸中車輪轉」解釋成 My bowels move like cart wheels，沒想到學生哄堂大笑。他一時還沒有會過意來，不知道為什麼如此哀傷的詩句會引出滿堂笑聲，後來才意識到美國俗語講「大便」，用的詞語是 bowel movement。

詩人亦分大小

余老師知道我喜歡寫詩，也就很耐心地讀我的習作，給我不少創作想像的提示。我當時在一個小本子寫了幾十首詩，交給他看，他很認真讀完了，提了意見，還幫我改了一些詞句。他不是一個字一個詞那樣修改，而是指出，有的詩句意象鮮明，單獨來看十分精彩，但是與全詩的結構與整體意蘊不調和，個別意象與全詩的意趣出現扞格鑿枘的情形，需要做出一些調整。一首詩的好壞，還是要看整體，最好是意象鮮明突出，還能反映全詩的意思，不是有了好句子，就胡亂跳躍，除非你的主題是思緒的跳躍。

我還記得，他講英詩，時常指出某某是大詩人，某某是小詩人，十分在乎詩人在文學史上的地位。他說，「寫詩，就要當 major poet（大詩人），不要當 minor poet（小詩人）。」中國文學史上，李白、杜甫是大詩人，現代英詩之中，葉芝、艾略特、奧登是大詩人，是學習的榜樣。他說到華茲華斯是大詩人，當了英國桂冠詩人之後，還每天寫詩，「好像早上起來做體操」，說著說著自己笑了起來。我當時受他影響，讀了很多佛洛斯特的詩，還知道詩人受邀在甘迺迪總統就任的典禮上朗誦自己的詩，搞不清楚佛洛斯特算大詩人還是小詩人，頗有困惑，就問老師，他講了半天，說，或者在大詩人與小詩人之間吧。同學當時不太懂，都在背後偷偷笑，說老師真有雄心壯志，想當大詩人呢。現在想來，其實他在文學創作上很真誠，一直是很努力很踏實寫作的人。

余光中欣賞李白，後來寫了「酒入豪腸，七分釀成了月光／餘下的三分嘯成劍氣／繡口一吐就半個盛唐」這樣的句子。但其實，他鍛鍊詩句的取向，更像擅長律詩的杜甫，所謂「晚節漸於詩律細」。我覺得余先生寫詩，也是著意鍛鍊語句。不僅是寫詩，他寫散文也是如此，他用詩的方式寫散文，不僅注意句子的捶打，也引進寫詩所運用的繁複意象。他的老師梁實秋及其他人曾讚譽他：右手寫詩，左手寫散文，還有第三隻手寫文學評論，第四隻手翻譯……

注重古典和現代的融合

雖然他講課寫作都以現代詩為主，但可以看到，余老師在創作過程中，極為注重古典和現代的融合。五十年前他出版過一本詩集《蓮的聯想》，就嘗試把宋詞的韻味，以白話詩的意象與節奏表現出來，出現了古典與現代的互通，既是現代詩，又是婉約詞，有人說是新古典主義。其實，最主要的是從傳統中汲取靈感，表現手法則是現代的，十分優美流暢。這在當時給了我們一個重要啟示，就是文學傳統是不需要拋棄的，不必一定要像臺灣詩壇流行的主張，說現代白話詩必須「橫的移植」，不能「縱的繼承」。余先生是現代派詩人，受外國文學影響，寫白話詩，還模仿過英詩的十四行詩，但慢慢就在詩裏融進了很多古典的東西，這就跟我們每個人一樣，先被歐美先進的東西所吸引，但血脈裏還是有中國文學傳統的底蘊，應該好好汲取利用的。

我和余老師有段時間比較疏遠，主要是因為我在學術追求的過程中，有了大轉向，放棄了文學作為畢生職志的想法，一九七〇年負笈美國，專注歷史文化研究去了。過了三十年，來到香港以後，倒是多次邀請余老師訪港演講，看到他削瘦如舊，還是精神矍鑠，言談風趣，回答觀眾提問，反應敏捷，妙語連珠，還跟朋友說余老師「難得老來瘦」，肯定長壽，百歲人瑞是沒問題的。

前幾個月還想到高雄去探望，沒想到他遽然就走了。

——原載二〇一八年一月《明報月刊》

鄭培凱，臺灣大學外文系畢業，耶魯大學歷史學博士。曾任教於紐約州立大學、耶魯大學、佩斯大學、臺灣大學、新竹清華等校。現任香港非物質文化遺產諮詢委員會主席、香港集古學社社長，榮獲香港政府榮譽勳章。散文著作有《品味的記憶》、《在乎山水之間》、《妙筆緣來》等。學術著作有《湯顯祖：戲夢人生與文化求索》、《在紐約看電影：電影與中國文化變遷》、《茶香與美味的記憶》、《茶餘酒後金瓶梅》等。

懷念余光中
——任何英文可以做的事情，中文定可以做得更好

林沛理

最後也是唯一一次見余光中，是二〇一四年五月。他應光華文化中心邀請，來香港座談「當中文遇見英文」；我是座談會的主持。當年余光中八十五歲，座談前跟他用餐，他話不多；但頭腦靈活，動作敏捷，更小心飲食。如此全無老態，瘦而不弱，我以為他會活到一百歲。

座談會上，他第一句對觀眾說的話是「我不要你洗耳恭聽，我要你聽後洗耳」。有謂對著臺下的觀眾，站在臺上連珠爆發地說笑話的「stand-up comedy」，是美國人的原創藝術，也最能顯示美國人的本色。如果看過余光中的「表演」，自會明白有種東西叫「sit-down comedy」，最能顯示智者學人的修練涵養。只是正襟危坐，但多少學問，幾許機智，都付笑談中。

座談會上有人問，較之英文這強勢外語，中文作為母語有多重要。好一個余光中，沒有義正詞嚴，沒有長篇大論，只答道：「有三件事情不用母語來做不稱心：寫詩、罵人和臨終時說遺願。」

這就是余光中，一個不折不扣的「表演作家（writer as performer）」。中文在他的筆下變成跟英文一樣充滿表演欲與娛樂性的語言（performing language）。這跟余光中學貫中西，不但讀懂了莎士比亞、王爾德和葉慈，更讀通了中文和英文的共性大有關係。

對一整代中國作家和知識分子，英文是君子好逑的窈窕淑女。它是德先生（民主—Democracy）、賽先生（科學—Science）和費小姐（自由—Freedom）這些勝利者的語言，代表文明和進步、時尚與好生活。「民國女子」張愛玲在上海租界長大，她曾將《金鎖記》改寫成英文小說《*The Rouge of the North*》，更將全本《海上花》譯成英文。到了晚年，在美國生活的張愛玲，兩部自傳小說《雷峰塔》和《易經》都是用英文寫的。她畢生的遺憾，是她的英文寫作沒有像林語堂那樣，在西方受到讀者歡迎和學術界重視。

祖師奶奶的英文造詣高、對美國文化更常有真知灼見。她用中文寫作時不隨便加插英文，但幾乎每次皆能曲盡其妙。她在《談看書》提到「the ring of truth」，形容它是事實發出的「金石聲」，讓人聽上去「內臟感到對」（internally right），因為「可以隱隱聽見許多弦外之音齊鳴，覺得裏面有深度闊度」。這不是翻譯，而是利用外國語言的新奇和陌生去作思想的跳躍。在〈憶胡適之〉一文，她將「feet of clay」譯成「黏土腳」，說凡是偶像都有「黏土腳」，否則就「站不住腳，不可信」，不動聲色就顛覆了「feet of clay」解作性格缺陷的原意。

余光中比張愛玲小八歲。他一生與英文有緣，為學好英文，想必流過不少血汗和淚水。他在臺灣大學外文系畢業後又在美國愛荷華大學攻讀藝術碩士。座談會上，他說他從二十世紀前半段最偉大的詩人的英文當中，學到了英文文法的可貴。

按他的分析，英文的文法尊卑分明、長幼有序。主、謂、賓語完整地排列成句子，講究輩分；中文則比較看不出來。英文會把因果關係解釋清楚，中文則著重意會。中文的長句由很多短句串連而成；而英文的長句則像建築一樣，有高有低、有正有反、有主有客。他表示，從英文中學會寫長而不亂的句子。

在南京而不是華洋雜處的上海出生的余光中跟張愛玲不同，他從來沒有以英語寫作留名的志向和抱負。他的英語寫作能力也許不及張愛玲和林語堂，但對優秀的英語寫作有極高的領悟和鑒賞能力，因而選擇以翻譯而非創作與英文建立「親密關係」。

余光中不是不會在寫作中夾雜英文，但用起英文來總是有板有眼，不卑不亢。有時就像旅人離開是為了回來，余光中用英文，是借它來彰顯中文的美而有力。英文在他的中文寫作中不管多麼靈巧俏麗，也只是善解人意的婢女，頂多是千嬌百媚的愛妾。只要中文這個知書達禮、儀態萬千的大家閨秀正室出場，馬上得靠邊站當第二把手。多年前，他為梁錫華的散文集《揮袖話愛情》作序，說作者寫自己「每到緊要關頭，卻又左右而顧，吞吐而言，或者索性戛然而止」。他用英文「tantalizing」形容此一誘人、可望而不可即的散文風格，卻不忘在「tantalizing」之前加上「探透耐性」四個字。「探透耐性」之於「tantalizing」，當然是音意俱佳、妙到毫顛的翻譯。在余光中的心目中，可能更是確鑿的證據，向世人宣示「任何英文可以做的事情，中文定可做得更好」（Any thing English can do, Chinese can do better.）。

那次座談會給我最深刻印象的，不是余光中的妙語如珠和出口成文——他這樣做只是符合我們對他的期望——而是我留意到，他一開腔，他坐在觀眾席第一行的太座打了個呵欠。我當時感到一陣溫暖，這就是很多偉大作家求之不得的平凡幸福：當他渾身解數在顛倒眾生的時候，一對看過他最好，也看過他最壞，略帶疲憊的眼睛，在溫柔地看著他。

——原載二〇一七年十二月十五日《南方周末》

林沛理，曾為《瞄》（Muse）雜誌編輯總監、美國紐約Syracuse University香港中心客座教授、牛津大學出版社總編輯。著有《英為中用：十大原則》、《中文玩家》等。

來得太早的蒼茫時刻
——敬悼余光中先生

胡燕青

二〇一七年十二月十四日近午，我和外子準備到迪欣湖散步。可到了湖附近，就收到《詩風》好友的信息：余光中先生辭世了。先生不是一向都健步如飛的嗎？這消息太突然，驚愕的感覺大大湧動著我，我一時無法接受，流下淚來。下午在湖岸仍斷續下淚，直到回家了還是止不住。

我第一次親眼看見光中先生，正值快要進大學的年紀。那時，四十多歲的光中先生已經相當有名，他六〇年代末期到七〇年代初的幾本著作（例如《在冷戰的年代》（一九六九）、《白玉苦瓜》（一九七四）等），使他名聲大噪，風靡全球的華文文學愛好者。其時我已經加入了詩風社（我是第一個中學生社員）。詩風社的師兄師姊（黃國彬、陸健鴻、胡國賢、郭懿言、譚福基等港大研究生）都很仰慕光中先生。光中先生呢，卻沒有因名氣大而拒絕我們的邀稿。他一點架子都沒有，不但會給我們寫稿，來香港的時候，還會和我們這些後輩見面。後來他在中大教學，還邀我們到中大宿舍去看望他。我們和他的來往，從未斷絕。我們也知道香港文壇對他的看法。

我自己於初中二的時候已經拿零用錢去買光中先生的書來看。可以說，我整個中學都在看他的書。我的老師和母親讓我看的冰心和魯迅，我那時卻是不愛看的。光中先生一本《望鄉的牧神》

卻讀得我神魂顛倒。當時最難忘的是這幾句：「……這是洛磯大山，最最有名的岩石集團，群峰橫行，擠成千排交錯的狼牙，咬缺八九州的藍天……」（〈咦呵西部〉）。讀初中的孩子，簡直給這文字的高度嚇壞了。後來讀到《逍遙遊》中的〈象牙塔到白玉樓〉，認識了詩人李賀。我和光中先生一樣迷上了李賀；剛喜歡上新詩的我驚為天人，因為他竟然在中唐時代就寫出那麼富於現代感的詩來。我對這位中唐詩人的詩從此念念不忘，後來我讀哲學碩士，研究的對象就是李賀。直到今天，我仍是李賀迷。光中先生對我影響可謂十分深遠。

但初中時我和詩風諸友尚未認識，余光中這個名字，只是個遙遠的發光的概念。我只知道他樣子很斯文、是個戴眼鏡的中年人，那張臉，一看就曉得是十分聰明的。那時，我除了讀他的書，還看每一期的《中國學生周報》。《中國學生周報》上也刊登他的詩作。一天我讀到他的〈有一個孕婦〉，心中出現了一種豁然開朗的感覺。從此，我決定學習寫新詩。這件事給我的印象很深刻。要知道，那時我們還在歌頌〈匆匆〉一類的散文，背誦〈再別康橋〉一類的新詩，而那都不是我特別喜歡的。假如不是接觸到余光中先生的散文和詩，我根本不會走上文學創作這條路，即使走上了，也不會以新詩和散文為主要的寫作文類。光中先生說，「散文，是一切作家的身分證；詩，是一切藝術的入場券。」這話，能不使我往這兩方面凝神專注嗎？散文是赤裸裸的，行文有什麼毛病，一眼就看出來了，詩人敢於寫散文，證明他對自己的文字很有信心。光中先生提出這一點，很有啟發性。我對語文的喜愛，亦源於此。

光中先生一九七四年進中大中文系教書，我則在一九七五年考進港大文學院。第一次去中大，我估計該是去聯合書院的泳池參加泳賽，繼而就是去教職員宿舍探望光中先生了。還記得當時先生桌子上放了一疊中大學生的作業，作業上有紅色的筆跡，那是光中先生的親筆批改。我看著那些筆觸，驚呆了。我讀書十幾年，從未遇上過一個這麼認真的老師——他的中文字一點不潦草，整齊清晰之外，連微小的語文錯誤都細細糾正了，這樣批改一個作業要花上多少時間啊，何況是論文？那時詩風諸友在談天說地，我年紀最小，就坐在一旁發呆。我在想，自己多麼希望有這樣的老師在身邊指點我，也許當初該進中大……但我沒想到，光中先生對學生的那份認真已經深深地激勵了我——我後來教書，批改作業時總盡量學習光中先生的精細。學生都知道我很少用潦草的中文字寫評語。

光中先生在香港教學的十一年裏，經常當文學獎的評判。評判當然有自己的品味和看法。如果人云亦云，就沒有資格做評判了。那時候得過獎的許多年輕文友，都大受光中先生賞識（例如陶傑［曹捷］、鍾偉民等）。光中先生有時會公開稱讚這些「後生仔女」有潛質，甚至直接說他們寫得好。但是，這引起了一些人不滿，他們說光中先生左右文壇的力度太大。那時我想：身為評判，怎樣做才不給人指摘？難道要刻意選一些自己不喜歡的作品嗎？後來我也當評判了，發現閱稿時根本沒時間想這些事。總之，選出了誰都會有人不高興的，不理會就是了。我猜光中先生也和我一樣，把那一大疊參賽稿件讀完之後，只想睡覺。

光中先生自己的中文幾乎是沒有瑕疵的，因此，他對文壇後輩的第一項要求就是文字清通。陶傑說他是「用中國文字意象之第一人」，這一點都不誇張。他收錄在《從徐霞客到梵谷》的〈中文的常態與變態〉改善了不知多少讀者的語文；到了今天，老師們還是會拿這篇文章來作教材。語文不夠好的年輕作家，光中先生不會公開貶抑，卻會不提起他們。想不到這也成了罪名。當年有一本叫做《文藝》的雜誌，光中先生在某一期上輕輕稱讚了幾位年輕寫手——記憶中他們包括黃國彬、鍾偉民、陳德錦、王良和和我。豈料此話一出，這些人頓給文壇「封」為「余派」。光中先生在中大也有好些能寫能讀而且敬佩他的學生，例如黃秀蓮、陳錦昌（陳汗）等，不知就裏的人把他們也加在一起，人一多，余派之說就更言之鑿鑿了。《詩風》諸友如胡國賢、溫明、王偉明等人自然也給牽連在內。總之我們敬愛、欣賞和明白光中先生的人都是余派。其實光中先生從未打算過組織什麼黨、什麼派，人家指摘他在香港「收徒」，他從來就只一笑置之。即使我們正面開口問他對此事的看法，他也不會回答，這是我親眼見證的，我敢保證，先生對我們只有鼓勵和愛護，從沒有這些人眼中的結黨之心。但「余派」一直被人針對。「余派」作者長大成人、成名甚至退休之後，他們和他們的學生也會繼續被針對，甚至被諷刺、被嘲弄。部分人因此趕忙劃清界線。每次知道有人這麼自衛，我都很生氣。王良和博士就此有過詳盡的學術論述。幾十年過去了，我現在看見的就只有光中先生的風度和幽默感。

我在浸大教學近三十年，常用光中先生的作品來作教材。很多人都只讀過他在國內大受歡迎的〈鄉愁〉和〈鄉愁四韻〉，但它們都不是光中先生詩歌創作的高峰。香港人最愛的〈沙田之秋〉就是境界高得多的作品：

沙田之秋[1]

萬籟爲沙，秋一直沉澱到水底

沙田之夜愈深愈清澄
天地之大為何只賸下
伶仃一隻蟋蟀，輕，輕輕
那樣纖瘦的思念牽引
似繼似絕，抽絲又抽紗
無邊的曠寂你小小的旁白
幽幽不似向人的耳際
似無意之間被誰所竊聞
所有的私語，噓，全是一樣
玄機終究參不透蟲吟
不曾洩漏什麼，除了風聲
禁絕萬籟，噤嘿眾口的年代
聖人不經詩人無韻
聽一切歌謠一切的草裏
蟋蟀也總是那一隻在吟唱
觸鬚細細挑起了童年

1 錄自余光中詩集《與永恆拔河》。

挑童年的星斗斜斜稀稀
隔海向空闊的大陸低垂
一嫋汽笛哀嘯
九廣路北上的末班車遠後
落月鎮一缸清水
澀澀猶念孩時
母親她常用的一種明礬

我教得最多的是兩首詩，第一首是〈水晶牢——詠錶〉。他對古老手錶有很深的感情和觀察。這是個結構緊密、思想精深的作品。裏面的句子，真是可堪念誦：

水晶牢——詠錶[2]

放大鏡下彷彿才數得清的一群
要用細鉗子鉗來鉗去的
最殷勤最敏捷的小奴隸
是哪個惡作劇的壞精靈
從什麼地方拐來的，用什麼詭計

拐到這玲瓏的水晶牢裏？
鋼圓門依迴紋一旋上，滴水不透
日夜不休，按一個緊密的節奏
推吧，繞一個靜寂的中心
推動所有的金磨子成一座磨坊
流過世紀磨成了歲月
流過歲月磨成了時辰
流過時辰磨成了分秒
涓涓滴滴，從號稱不透水的閘門
偷偷地漏去。　　這是世界上
最乖小的工廠，滴滴復答答
永不歇工，你不相信嗎？
貼你的耳朵吧，悄悄，在腕上
聽水晶牢裏眾奴在歌唱
應著齒輪和齒輪對齒
切切嚼時間單調的機聲
眾奴的合唱，你問，是歡喜或悲哀？

2 錄自余光中詩集《與永恆拔河》。

歡喜或悲哀是你的，你自己去咀嚼
悲哀的慢板和歡喜的快調
犀利的金磨子，你聽，無所謂悲哀
不悲哀，縱整條河流就這麼流去
從你的腕上。 輕輕，貼你的耳朵
聽兩種律動日夜在賽跑
熱血的脈搏對冷鋼的脈搏
熱血更快些，七十步對六十
最初是新血的一百四領先
童真的兔子遙遙在前面
但鋼的節奏愈追愈接近
貼你的耳朵在腕上，細心地聽
哪一種脈搏在敲奏你生命？

這首詩無論在主題、語言、節奏均無懈可擊，我認為是當代詠物詩的冠軍。首先，這首詩的節奏本身就是一個機械錶的節奏，它仿效著齒輪走動的聲音：「應著齒輪和齒輪對齒/切切嚼時間單調的機聲」——這二行的擬聲效果再明顯不過。那種「磨」的感覺，配合著「變小」、「積少成多」、最後「都失去了」的一連串動作，時間的「形象」就出來了。要表達這麼複雜的概念，光中先生只用了不過三行詩：「流過世紀磨成了歲月／流過歲月磨成了時辰／流過時辰磨成了分秒」。中文老師一定也不會忘記介紹當中的修辭技巧——排比、層遞和稍微變化了的頂真。這麼精緻的句子，這麼貼近描寫對象的作品，在現代文學中實在不多。最精彩的地方，是此詩在「暗地裏」分節的細致手法。表面看，此詩只一大段，沒有分節。但細心看，作品中有兩個空格。在第十五行首次出現：「偷偷地漏去。　這是世界上」，第二十七行也一樣：「從你的腕上。　輕輕，貼你的耳朵」。這兩個空格把詩歌的一、二、三部分分開來。第一部分表面寫錶，寫它的樣子和聲音，其實是用意象寫時間和時間的型態。第二部分寫的是時間的無情和人的感情反應。因著人的情緒，時間就有了快慢；人對時間的理解不同，全因為人有感情和期待。最後一部分寫時間不滅，人卻為生死所限。人是兔子，最初以為自己和時間對賽必勝無疑。可惜，人最後總是輸掉的。不過，在這短促的人生裏，我們到底是自己的主人呢，還是一張時間表的奴隸？如此有力的提問，使我非常感觸。短短的一首詩，竟有這樣高的語言張力和描寫能量，哲思層次又高，讓我不得不想起王之渙的〈登鸛雀樓〉。

另一首我常常用來教學的是〈蛛網〉[3]：

暮色是一隻詭異的蜘蛛
躡水而來襲

3 錄自余光中詩集《紫荊賦》。

複足暗暗地起落
平靜的海面卻不見蹤跡
也不知要向何處登陸
只知道一回顧
你我都已被擒
落進它吐不完的灰網去了

很多人都認為這只是一首寫暮色的小品，作者在用蛛網來比喻暮色，說不知不覺間暮色就來了。這確是個甚有特色的比喻。只此而已？假如只是這樣，詩人就不是光中先生了。這個作品的架構其實比想像中複雜和精密。詩人一方面用蛛網來描述暮色，但暮色這個「本體」，其實正是另一個「本體」的「喻體」。所以說，此詩層層深入，最終要揭示的是晚年的悄悄到臨。其實每個人都知道自己會老，但無一不「忽然」感到「老」的現實。作品的最後一句中有「灰網」一詞，指的當然是暮色的晦暗和蜘蛛的絲陣，但此詞還有第三重意義，那就是詩人漸漸變白的頭髮。這是點題的一句，讀來很有味道。

二〇一五年三月六日，光中先生到中大來演講。其後我們一起吃飯。那時的光中先生精神矍鑠，只是有點瘦。我們拍了好些照片，回家後，我還用水彩畫下了其中一幅。沒想到還未能把它親手送給先生，先生就辭世了。如今想起先生的種種，只覺悲從中來。

二〇一七年十二月二十七日夜裏，我和黃秀蓮、樊善標（他倆是光中先生在中大時的學生）來到了高雄，準備二十九日參加光中先生的喪禮。二十八日，高雄中山大學光中先生的同事王玲瑗組長帶我們三人到圖書館看光中先生的資料館。那個館子不大，但收集了很多光中先生的手稿，並將之製成燈箱，看起來十分明亮，那兒還有光中先生給後輩證婚的證書。看到這些東西，我又想哭了。中山大學視光中先生為鎮校之寶，稱他為爺爺、余老，什麼事都會找他一起做，包括給同事、學生的孩子起名。這個資料館，光中先生有份參與建成，一念及他當時或已明白人生苦短，我又忍不住流淚。到了中午，王組長帶我們到西子灣吃西餐。西餐館就在西子灣旁邊，我們吃飯的廳子日色明亮，天藍和海藍同色不同調，一一都反映到水杯裏。我們推開一道門，就已經站在沙灘上了。我問善標，這兒向西一直看，無阻無隔，難道對岸就是香港了嗎？善標說是。我一刻醒悟，光中先生的作品〈望海〉，原來「望」的正是他逗留了十一年的香港。香港，對他老人家來說，正是他黃金歲月所在。四十多歲到香港中文大學任教，光中先生愛沙田，愛港九，愛他的文友，如果不是有必來的政治變化，他應該會一直留在香港的中大，直到退休。但如今，同樣叫做中大的中山大學告訴我們，先生在高雄定居已經三十二年了。三十二年，即使是對一個長壽的人來說，那也是超過三分之一的人生了。想到先生從來沒忘記香港，我更感傷：

望海[4]

比岸邊的黑石更遠，更遠的

4 錄自余光中詩集《夢與地理》。

是石外的晚潮
比翻白的晚潮更遠，更遠的
是堤上的燈塔
比孤立的燈塔更遠，更遠的
是堤外的貨船
比出港的貨船更遠，更遠的
是船上的汽笛
比沉沉的汽笛更遠，更遠的
是海上的長風
比浩浩的長風更遠，更遠的
是天邊的陰雲
比黯黯的陰雲更遠，更遠的
是樓上的眼睛

此詩寫於一九八五年，詩後的「七十四」其實是「民國七十四年」的意思。那一年，正是他舉家遷回臺灣的一年吧？在中山大學、在西子灣望海，是因為捨不得香港的歲月。光中先生，我們也很捨不得你。

二十九日上午，我們來到高雄第一殯儀館的景恆廳。那是坐八百人的大廳。九點，儀式開始，座位滿了，後面還站了許多人。光中先生的家人一一公開向他道別。那天更早的時候我問過秀蓮光中先生家裏人的信仰。秀蓮起初說：「沒有——除了師母傾向信佛……」然後她急忙糾正：「啊，她最小的女兒是虔誠的基督徒。」我聽了，心裏忽然有了希望，因為我其實很想光中先生能夠相信救主耶穌基督，那麼我們將來就可以在天家再見。

未幾，禮堂響起了光中先生最小的女兒季珊的聲音。她說父親已經得享安息，且出死入生了。她還親自唱了〈奇異恩典〉這首詩歌，獻給賜恩典的主與蒙恩典的父親。我聽了很是震動，光中先生真的相信耶穌了嗎？我對秀蓮說，我要和季珊談談。秀蓮按著我：等儀式完了才說吧。於是我一直坐在那兒，希望能夠見到季珊。

獻花和鞠躬的機構和人很多，包括馬英九前總統伉儷。完了的時候，我站在椅子行中，一直沒離開。不久，季珊真的走過，而且還是一個人走過。我馬上前行，截住了她。「你趕忙著什麼嗎？」我問。她很驚奇，因為她不認識我。「不，」她說：「不趕。」

我於是開始提問。我的問題是光中先生真的相信了主耶穌嗎？季珊十分肯定地點點頭，她很大方，對於我的直接，並不反感，反而有點激動：「我爸信主，是在二〇一六年他小中風之後。」說時，她眼中有光芒。「那時我向他傳福音。他聽了，願意相信。我說：爸，天父現在已經伸出手來邀請您了，您要不要拉住祂？他果然把手舉高了。他還肯認罪、悔改，一字一字地跟著我做決志禱告。」我聽著聽著，淚如泉湧。

中午吃飯的時候，又看見季珊和她的好友兼禱伴楊小姐。楊小姐說，光中先生還在二〇一六年小中風後問過季珊何謂「稱義」。「稱義」是基督教信仰的核心之一，也是羅馬時代的法律術語。

在信仰上，那就是罪人蒙上帝「稱為義人」、因此即是得到救恩的意思。何能如此？那是因為完全無罪（義）的耶穌基督為罪人在十字架上受死，為人類償還了全部的罪債，最後祂還復活了。人若肯謙卑地接受來自主耶穌的這份恩典，就能成為義人，這就是「稱義」，將來，這些得以「稱義」的人要像耶穌基督那樣復活。季珊還說：「這次再病，他昏迷以後，全無反應。但我們對他（光中先生）再講福音，他的維生指數就起了變化，我們禱告後說阿們，就聽見他咳了一下。」季珊和楊小姐的這個消息，又使我激動了一陣子。在這頓飯裏，楊小姐的話使我開朗起來。季珊也不像她其他的家人那麼傷心。她說：「我和我爸只是暫別，不是永別。」

喪禮上，畫家、詩人羅青先生為光中先生述史。他選了光中先生於很多年前寫的〈蒼茫時刻〉來送別先生。我讀著這首詩，心裏哀慟。光中先生寫死亡寫得多麼真切啊。當時六十歲的他可能早就想到了今日這蒼茫時刻。雖然寫作之日和今天已有一段時日的距離，但我還是覺得這個時刻來得太早、太突然：

蒼茫時刻[5]

溫柔的黃昏啊唯美的黃昏
當所有的眼睛都向西凝神
看落日在海葬之前
用滿天壯麗的霞光

像男高音為歌劇收場
像我們這世界說再見
即使防波堤伸得再長
也挽留不了滿海的餘光
更無法叫住孤獨的貨船
莫在這蒼茫的時刻出港

光中先生，既然沒有人能把你叫住，就讓我們目送你出港吧。

——原載二〇一七年十二月十五日《灼見名家》
後收錄於《帳幕於人間》，由中華書局（香港）有限公司二〇一八年七月出版

胡燕青，香港基督徒寫作人，畢業於香港大學文學院。曾任香港浸會大學語文中心副教授，目前為翻譯編輯，創作發表於香港各大文學雜誌。已出版十本個人詩集，十四本散文集，三本短篇小說集，數本閱讀隨筆，二十多本少年兒童文學作品。曾獲兩項中文文學創作獎冠軍；兩項基督教湯清文藝獎；香港金閱獎；基督教金書獎以及三項中文文學雙年獎首獎。二〇〇三年獲香港藝術發展局頒發之「藝術成就獎」（文學藝術）。

---

5 錄自余光中詩集《高樓對海》。

異材秀出千林表
——吾師是余光中

黃秀蓮

「楚山修竹如雲，異材秀出千林表」，是蘇軾名句之一，余光中教授非常欣賞眉山蘇髯，那麼，我借此句來概括其成就和氣質。泉下恩師，大概不以為忤吧。

我有幸成為余教授的學生，是一九七七年的事。四十載師生緣分，從識荊於崇基書院的翠色，到告別高雄醫院加護病房裏已昏迷一天的詩人，多少回憶，都像吐露港的濤聲，像吹過中文大學第六苑門前群松的風聲，一下子湧上心頭，又如何說起呢？

中學年代已開始讀余教授文章，還記得當年捧書而讀時，雙手竟是微微在抖，哎呀，怎可能把文字寫得那麼美？本來就很美的中國文字，落在他手裏，變得更美、極美。他不是中文系出身，而是外文系畢業，一手中文竟然寫得出神入化。他常常把古典詩詞及古文，冶煉熔鑄，不是插入，而是融化，是化古為今，今而古雅，文白交融，圓融得不著痕跡，已然是拈花微笑的境界了。難得是自成風格，就是糊了姓名，也一眼看出是他的手筆。我對他的文章，始而驚豔，再而傾心，一直崇拜。驚豔、傾心、崇拜了幾十年，而人間已幾許風雨了。

余教授在一九七四年來中文大學中文系教書，得悉詩人駐校，我加倍發憤，一定要考上中大，追隨他讀書。在一九七七年我升上大二，可以修讀他開的「現代文學」課了。選科程序是先得教授簽名同意，地點在崇基教學樓。課室裏面很多學生排隊，人聲鼎沸，我忽然瞥見有一位教授，半低著一頭華髮，凝神專注地簽名。咦，眼前人好生眼熟，啊，是余光中！書本內頁有作者相片的，一時間心情激蕩，身子晃一晃，幾乎立不穩。呀，是余光中！

景慕詩人的學生為數不少，本來四十名額，卻有一百二十多人報名，破了中文系紀錄。教室便從聯合移師新亞人文館，我總是提早二十分鐘到，坐第二行正中，支著頭，等待詩人出現。而余詩人從來不叫人失望，教學大綱井然有序，備課充足，妙語如珠。他有舊式文人的儒雅，又有西方紳士的風度，眉宇清奇，顧盼神飛，令人見之忘俗。用中文說是魅力，用英文說是charisma。舉手投足總是流露出獨特氣質，明星光采，讓人一瞧見就忍不住要留神再看。在外表已是「楚山修竹如雲，異材秀出千林表」，更何況那比他五呎三吋還要高的著作呢。我得承認自己是余迷，是粉絲，且是以三重身分來迷。一是讀者之仰慕作家，二是學生之敬重老師，三是文學迷之崇拜文學明星，一重二重，三疊而來。

可是沒多久突然遇上衝擊，名為《這樣的詩人余光中》書籍出版了，他寫的評論〈狼來了〉，下筆頗重，令他陷入鄉土文學的論爭，一時間，他又成為風眼。我支著頭，迷茫不解地望著詩人，然後悵然離開教室，整整一個禮拜，我陷入迷亂疑惑，顫抖於狂風驟雨。風雨未停，幸而我已豁然開朗，一片澄明。自己不是把他的著作都讀遍了嗎？自己不是每一課都聽得仔細嗎？為什麼我不信任老師的為人？為什麼我不信任自己的眼光？難道我不知道余光中是誰?!

初次見他時，我心情激蕩，身子晃一晃，幾乎立不穩。此番衝擊，我再次心情激蕩，身子晃一晃，幾乎立不穩。可是，不過是晃一晃而已，自此之後，心如磐石，即使「世人皆欲殺，吾意獨憐才。」他是詩人，但是詩人也是人，論點不可能每一點都無誤。他有一首長詩叫〈火浴〉，發表之後大受好評，可是弟子鍾玲膽敢為文挑戰，批評此詩內容掙扎不足，結果為師者不止把詩重寫，還推薦此文，發表報刊。相似地，〈狼來了〉並未收入文集，他甚至表示悔其少作。他晚年時雲淡風輕，可是年輕時的確盛氣。他是個英雄主義者，心氣高傲，會擺好姿勢，拋下戰書，廣發英雄帖，邀約對手上光明頂決一死戰。其實多場筆戰中，他或挑戰而高叫「看劍」，或迎戰而大喊「放馬過來」，無不公然叫陣，打起旗號，光明磊落，英雄本色。至於告密之事，他一定不屑為之。不過是文人論文而已，怎料到輾轉傳開，事情失控，一切都不是本意。他心如朗月，絕無半點害人之心。盛名帶來掌聲與噓聲，在掌聲中他沒有沾沾自喜，在噓聲中他從容沉著。

我是粉絲，對於偶像，喜歡保持適當距離，更何況班上百多人，我毫不起眼，遙遠地崇拜似乎注定的了。然而，要是有緣，緣分總會來的。就在下學期初，在崇基校園，一輛汽車停在面前，乘客說是余的朋友，路過香港，託我轉交卡片。翌日即往曾肇添樓扣門，遞上卡片，當時我不會說普通話，師生對談，南腔北調，輔以英語。一張小小的卡片，展開了四十年情誼。後來他把我的論文投去《星島日報》，數年後推薦我寫專欄。師恩引渡，輕輕一扶，一葉小舟就把我送入文學桃花源裏。

在他的香江歲月中，我的身影只是隱約於人叢，怎料隔了「一灣淺淺的海峽」，感情反而更深，我甚至漸漸成為兩老的「香港電臺」。有一回余教授空郵兩盒錄音帶給我，原來是楊弦譜其詩為歌，成為流行一時的校園民歌。我自是喜從天降，同學看在眼裏，說：「余光中真幸福，有這麼愛他的學生。」我答道：「我真幸福，有余光中這麼值得愛的老師。」又有一回，他們下機當晚就赴書店演講，樊善標教授問因何我不來，余教授解釋道：「秀蓮病了。」我情況如何，他根本不知，只是他有信心，除非我生病，不然一定來見他們。同是弟子，陳芳明之愛師，愛得曲折，帶著浪子回頭的內疚。我之愛師，愛得康莊，帶著貫徹始終的堅定。

他們來港多是為了演講，偶有餘暇，多會外出，我曾帶他們去金鐘舊軍火庫欣賞義大利畫家Caravaggio畫的《以馬忤斯的晚餐》，又看電影《林肯》和李安拍的《少年Pi》。看罷電影，三人在太古廣場蹓躂，廣場商店名稱多是英文，他說這名稱來自哪本書，對面那店名稱來自哪首詩，浮想聯翩，商業化的地方，給他一分析，立刻詩意迴盪。相處多了，我覺得他傾向理性，愛靜中思考。另方面則靜中有動，喜歡外闖，〈後赤壁賦〉中，「江流有聲，斷岸千尺」，地勢險峻，蘇軾居然「予乃攝衣而上，履巉巖，披蒙茸，踞虎豹，登虬龍」，那種勇者姿態，他最為欣賞。難怪少年在臺北騎單車而輪轉天下，中年在香港船灣淡水湖長堤足踏兩輪而逆風奔馳。他愛探索，所以和周策縱教授、黃國彬教授去香港仔永遠墳場，尋蔡元培校長之墓。他好登高臨深，八仙嶺、飛鵝山、獅子山、西貢等山山水水，都多情地寫進文學史裏。又在無意之中，於飛鵝山百花林發現了孫中山母親之墓。由於愛山水，所以研究徐霞客遊記。白天郊遊，晚上執筆，化動態為靜態。

師生相處，充滿了解和信任，說話無拘無束，可是，從來沒聽過他們背後論人是非，說人長短。他常替人寫推薦書，至於誰人求薦，絕口不提。他告訴我有文抄公抄襲了他幾段文字，卻閃閃眼說不會告訴我那是誰。相反，他稱讚同事蘇文擢教授在系務會議陷入死胡同時化解了困局，常常稱讚金聖華教授的夫婿馮秋鑾先生是「好得不得了的人」，又說年輕詩人劉偉成特別有禮……

他的暮年詩賦依舊元氣淋漓，可是畢竟老了，要佩戴助聽器。師母架上老花鏡，把新電池換上，一雙手伶伶俐俐。教授說：「人造的耳朵怎也比不上母親造的耳朵。」尋常說話，家居動作，更能動人。天下余迷，都要再三感激余媽媽孫秀君女士、余太太范我存女士，沒有她們殷勤照顧，詩人又怎能專心作詩？

去年師母腸部出血，進了加護病房，教授心焦，獨自下樓，竟然摔倒，跌傷頭部，健康一下子倒退七八成，舉步遲疑，記性衰退。今年重陽，高雄中山大學拍了《余光中書寫香港》紀錄片，為他賀壽。那天他猶能登臺短講，依舊博君一粲。

今年十二月七日，我飛往高雄，此行本是為師母賀壽，所以只稍駐三天，怎料行前驚聞教授小中風，心情忐忑，一卸下行李，忙忙隨師母往醫院探望，他已插了氣喉和胃管。一見我就笑說：「你來了臺灣。」仍能背誦「床前明月光」，翌晨他情況不穩，要轉到加護病房。本來明天就要回港了，可是我又怎可以在他受苦之時離開，便把歸期延後。

加護病房探病時間短，每次只容二人逗留，師母與女兒加上我，輪流探望，床前安慰。奈何病情每況愈下，十二日早上他尚能點頭，表示聽到，及至黃昏已不能回應。也許，此刻他只聽到水聲訇訇，黃河洶湧，長江奔流，那聲音他最思念，那聲音最觸動鄉愁。監測心跳血壓等功能的顯示器，久不久就響一下，聽得我心驚肉跳。十三日我坐夜機回港，手裏提著公事包，內有教授的手稿和一副眼鏡，是贈與中大圖書館香港文學特藏室的。候機時，我抱著公事包，默默流淚，祇怕旦夕之間，手澤猶存的物品會變成遺物。翌晨十時四分，教授安詳離世。離世前最後的禮物，是送給香港，為沙田山居寫下完美句號。

喪鐘敲著沉痛，然而比沉痛更強烈的感覺，是崇敬。梁實秋先生器重愛徒余光中，謂：「右手寫詩，左手寫文，成就之高一時無兩。」梁先生這高足呀，還有第三隻手做翻譯，第四隻手寫評論，第五隻手做編輯，第六隻手寫剛勁有力撇畫分明的鋼筆字，更有能白手畫世界地圖的第七隻手。一張嘴，演講時錦心綉口，語妙天下，傾倒了兩岸三地萬千學子。又能朗誦，以古音吟詠「大江東去」而餘音不盡，朗誦英詩而全場喝彩。真是「異材秀出千林表」。終其一生，朝朝暮暮，孜孜矻矻，於文學於教育，貢獻千秋。他跟永恆拔河，何曾落敗？文學世界裏，他早已永恆。多讀中國文學，是他對讀者最大的期望。恭讀余教授的作品，等於為他唱一闋永別的輓歌。

——原載二〇一八年一月《明報月刊》

黃秀蓮，廣東開平人，長於香港，畢業於香港中文大學中文系。一九七七年成為余光中教授學生，之後一直追隨；得余教授提攜，從事散文寫作。曾獲中文文學獎及文學雙年獎散文組獎項。作品有《灑淚暗牽袍》、《歲月如煙》、《此生或不虛度》、《風雨蕭瑟上學路》、《翠篷紅衫人力車》。

文星輝永余光中

陶傑

中華民國首席文學家兼大詩人余光中病逝，轟動海內外。余光中除了在臺灣，曾在香港任教十一年，在中文大學培養學生和後進無數。相對之下，香港人卻對余光中認識最淺，彷彿不知道香港出過一位如此光盛的明星，真是香港的罪過。

余光中一九七四年應中大校長李卓敏之邀來聯合書院任教，一做就是中文系主任。中文系以考據訓詁為主力，學者多埋首於兩千年來的故字堆，對於所謂新文學，尤其是白話文，多少有點輕視。而余光中的詩名，早在四十年前已經譽滿臺灣，是香港年輕人文藝界的偶像。這樣一來就如一九七二年李小龍由美國來香港，掀起一陣旋風。李小龍尚且遭到挑戰，余光中因為是「國府的人」，所以也引起爭議。

一九七四年是香港文藝的佳釀年分。經濟在紅色暴動後復甦起飛。民間歌舞昇平，香港節舉辦過多屆，戰後一代開始產生本土意識。但香港人的本土意識這時又與一河之隔、文革瘋狂的大陸相連。余光中來香港正是時代，他的懷鄉詩此時已經寫了許多年。隔著落馬洲一重鐵絲網，余光中的靈感大有時空的用武之地。對於這一點，當初禮聘余光中來香港的人，實在獨具慧眼，造福於文學史。

七〇年代不止香港，臺灣的文藝氣氛也很濃厚。一海之隔，余光中往返臺北香港兩地，還令小說家白先勇和陳若曦也在香港走紅。余光中當時是臺灣藍星詩社的主持人，周末時時回臺小休會友。臺北的武昌街有一家明星咖啡館，門口有一個書攤是「孤獨國國主」周夢蝶的小生意。周夢蝶只賣詩集書刊，也有白先勇主辦的《現代文學》，周夢蝶與余光中也是好朋友。

明星館中有許多臺灣首屈一指的文藝人，包括《聯合報》副刊主編瘂弦、新進詩人羅青、資深戲劇家姚一葦。余光中往來臺港，為促進兩地的文藝交流貢獻至大。許多人通過余光中這扇窗口，也同時認識了臺灣現代畫家劉國松和舞蹈家林懷民。這兩位大師的作品，後來也在香港展出。這一切不能說余光中一人的功勞，但多少開一代風氣影響之先。

因為余光中有個人魅力，講課時幾乎連窗外的麻雀也可以哄引來聆聽。他妙語如珠，腦子反應奇快，若不做教授，做電視名嘴也可勝任。加上其時的英治政府推動文學風氣，一九七九年舉辦了一個「中文文學周」（Chinese Literary Week），在大會堂劇院請余光中、胡菊人、白先勇三人講述文學。其時座無虛席，可見當時文學不一定是小眾孤芳自賞的清流，而可逐漸深入大眾，只是視乎由什麼人來代言。

余光中與香港最美好的一段日子同行，一直陪伴香港進入中英前途談判。此時對香港有依依不捨之情，但由於九七大限，始終不宜久留。剛好臺灣前行政院長李煥禮聘余光中回歸，一九八五年余教授離開香港中大回國，是一件盛事。詩朗誦會、告別宴請，排得滿滿，盛況不下於彭定康撤旗歸國。

余光中生前觀點獨特，稜角分明，而且對極權嫉惡如仇，真正愛國而富有正義感。他畢生的信仰沒有變，只是時時受到曲解。不過文星光耀，今夜榮歸銀河的圖譜，從此與蘇軾杜甫齊名，俗世百謗，又豈能蔽其輝永於萬一？

——原載二〇一七年十二月二十三日《明周》

陶傑，為作家及傳媒工作者。曾任記者、副總編，為香港各大報紙撰寫專欄。著有《謊言的大時代》、《英國人有沒有害香港？》等。

飛鵝山上
——敬悼余光中老師

樊善標

1

那該是一九八三年秋天至一九八四年夏天之間的事，我在香港中文大學中國語言及文學系就讀一年級，某天和同學路經本部校園百萬大道上的碧秋樓，我對那位同學說，剛才在我們身旁走過的就是余光中了。當時中文系的辦公室在碧秋樓，那人正從樓裏出來，身量不高，步履輕巧而穩定，神情嚴肅。不過後來愈想愈懷疑，究竟那天見到的是余光中，還是另一位外形有點相似的老師劉殿爵教授呢？

余光中老師的名字我在高中就知道了。一位中文科老師說近年會考設題愛用余光中、朱光潛的文章，小息時我到學校圖書館找出余光中著的《逍遙遊》，但根本看不懂他在說什麼。升上大學，認識了同班的王良和。他初中開始寫作，得過不少青年文學獎的獎項，從他那裏我第一次聽到西西、鍾曉陽……聽得更多的是他正在全力揣摩的余光中老師。余老師的文字風格、文學觀點，我都是從良和的介紹裏有了初步印象的，於是我也開始期待二年級上學期余老師任教的「現代文學」了。

八〇年代中期中大中文系的課程以古典科目為主，一、二年級必修四個學期由先秦到晚清的文學史，兩個學期的「現代文學」則是二年級的選修科，有點補足新文學史知識的意味，但不要求全選。那年余老師和黃維樑老師各教一學期，余老師教新詩、散文，黃老師教小說、戲劇，我的興趣在古典科目，只修了上學期，淺嘗輒止。「現代文學」表面上是分文類講授，但余老師以尹肇池（即溫健騮、古兆申、黃繼持三位的諧音合名）所編《中國新詩選》及一本現在已難買到的李采靡所編《中國現代散文選》作教科書，選篇講評，仍是順時序而教，重點在五四至三、四〇年代。余老師表達異常清晰，評析作品單刀直入，極少不相干的閒話。講課的內容有些已寫成論文，收於《青青邊愁》、《分水嶺上》二書，但還有頗多精微之論隨風而逝，未免可惜，例如說何其芳的散文句式歐化而冗贅，舉〈哀歌〉為例，「像多霧地帶的女子的歌聲，她歌唱一個充滿了哀愁和愛情的古傳說，說著一位公主的不幸，被她父禁閉在塔裏，因為有了愛情」，語病嚴重，儘管作者是憑記憶借用「一部法國小說中的話」，也說不過去；但何詩的收筆往往有佳句，例如〈歲暮懷人之二〉：「西風裏換了毛的駱駝群／舉起四蹄的沉重／又輕輕踏下／街上已有一層薄霜。」同一年還有一個「創作」選修科，余老師教新詩、散文，小班上課，機會難逢，但我全無創作經驗，不敢選讀。翌年升上三年級，余老師回到臺灣，再沒機會修他的課了。

2

在短短一學期的課堂上，余老師當然認不出我這個平凡學生。他對我有點印象，應該是一九九二年應新亞書院邀請回到中大作一系列的演講。當時我已碩士畢業，留校當導師，黃維樑老師派我接送余老師，並在一場面向中文系學生的演講中充當主持。此後，余老師到港時，我也常在正式場合中和他見面，但更愉快的是私下和余老師、師母吃頓飯，或在他們的酒店房間談一會，那幾乎都是黃秀蓮師姊的安排。

私下聊天時，余老師不像在講臺上那樣光芒四射、字字珠璣，往往家常話說了幾句，師母就接過話題。師母語音清婉，說話不徐不疾，條理之清楚不亞於余老師上課時，而且她對人對事都有鮮明的見解，有時老師補充一兩句，但很少意見不同。想來他們平日無所不談，什麼都討論透徹了。

余老師曾送給我好幾本詩集、散文集，以及其他人評論他的書，從臺灣寄來的信封上一望而知是他剛正有稜角的楷體。後來從他的文章得知，但凡贈書，不僅寫信封，連打包、付郵都是他親自動手。可是我沒有收過余老師的信，幾次和他在電話裏聯絡，都是師母打來，接通了交給余老師的。好像只有十多年前的一次，余老師直接打來，開口仍是那緩緩的語調，你那篇寫我的論文是對的。停了一下，又說：某某人在某大學畢業，想到中文大學來念博士。我頓時慌了手腳，因為中文系的成規是統一錄取，我無權決定收什麼學生，只好把報考程序講了一遍。余老師沒有點破，又談了一些其他話才掛斷，絲毫未表露不快，他的體諒我一直心懷感激。

最後見到余老師是二〇一五年，這年他兩次來香港。先是新亞書院邀請他擔任錢賓四先生學術文化講座講者，兩場演講外加一場詩歌朗誦會，反應熱烈自不待言，但應付頻密的活動看得出他有點累了。活動結束，老師和師母回到高雄，不多久香港城市大學鄭培凱教授發來該校文化沙龍的邀請，嘉賓赫然是余老師。鄭教授是余老師早年的學生，在城大任教多年，主持的文化沙龍非常有名。以往幾次見邀總是陰差陽錯地去不成，這次無論如何不能錯過了。文化沙龍的前段是自助餐，以到會方式在一個活動室裏進行，我認識的人不多，隨便挑了個位子坐下，師母看見招我到他們那一桌，仍是說些家常話，也不免談到時局的不寧。沙龍後半是余老師演講，題目記不起來了，那天的活動可能相對輕鬆，余老師精神頗佳。

二〇一七年，臺灣的中山大學為準備慶祝余老師九十壽辰，特來香港拍攝《余光中書寫香港》紀錄片，師母來電囑我帶拍攝團隊到他們當年的宿舍取景，余老師香港時期的許多詩文即寫於那個前臨吐露港、遙對八仙嶺的書房裏。我翻看日曆，余老師的生日在星期六，應該可以到高雄參加慶生會，並欣賞紀錄片首映。怎料中山大學的慶生會在生日前三天舉行，我因為上課無法出席。然後就是十二月初，黃秀蓮師姊告知余老師小中風住院，她本已訂了機票到臺灣為師母祝壽，正好探望老師。再然後就是秀蓮 WhatsApp 裏陸續傳來余老師病情惡化的消息，至十二月十四日溘然長逝。

3

十二月二十九日參加完高雄的公祭後，回到香港的家裏，已是凌晨一點，幾個小時後就要為中大中文系校友會的「重尋余光中山水因緣」文學散步帶隊導賞。那是九月時開始籌備的活動，我在活動介紹裏這樣寫：「余光中教授在七、八〇年代任職本系，課餘訪尋香港郊野，範水模山，寫成眾多膾炙人口的香港地景文學名作。歲餘得暇，且讓我們跟隨余老師的步跡，在現場重讀〈船灣堤上望中大〉（大尾篤）、〈牛蛙記〉（中大校園）、〈飛鵝山頂〉（飛鵝山）諸詩文，印證他的香港山水因緣。」在電郵寄給參加校友的資料冊上，我又臨時添了一句：「謹以此次行程紀念余光中教授。」實在感慨萬分。

我們首先到大尾篤船灣淡水湖的長堤上，遠眺中大山城，誦讀「山盤水轉，再回頭來路已彼岸/波遠風長那對面/隱隱並矗的水塔下/背著半下午秋陰的薄光/高高低低斜錯的那些層樓/那一座是我的層樓啊層樓？」這是寫於一九七七年十二月的〈船灣堤上望中大〉，當時余老師在中大任教了三年多，已經適應了環境，開始好奇地探索校園以外的地方。這首詩上承《白玉苦瓜》已臻圓熟的詩藝，語言典雅自如，每行長短參差，但自有一氣貫注的節奏感，結構上則把空間的距離轉化為時間的流駛，預言「十年後」離港他去，「隔海回顧如前塵」。不想僅八年就下山了。

接著念〈不忍開燈的緣故〉：「高齋臨海，讀老杜暮年的詩篇/不覺暮色正涉水而來/蒼茫，已侵入字裏和行間/一抬頭吐露港上的暮色/已接上瞿塘渡頭的晚景……」從中大六苑二B宿舍的書房遙望，正是我們站立之處了。這是一九八四年中的作品，已接近余老師「香港時期」的尾聲。曾有人批評余老師此一時期的詩作鮮少呈現香港的現代化國際大都市氣息，這未嘗非事實，卻不應忽略了作家的處境和追求。余老師移居香港，同時由外文系轉到中文系，生活、教學和研究都需要大規模的調整，而處身的又是當時遠離塵囂的沙田山中，所以「香港時期」的詩作不僅語言和意象愈趨古典飄逸，更時見與李白、杜甫、蘇軾等古代詩人神交往還，這當然因為研讀有得，才能妙入古人的世界。但余老師還有一系列重評五四經典作家、探討中文書面表達、評論古今遊記寫作的論文，都是因應新的學術崗位而開闢的研究領域。其時余老師介乎四十六至五十七歲之間，學問識見已達成熟階段，體能又足以應付驅馳，乃有如此豐富的創作和研究成果。

從大尾篤乘車到中大，我們坐在聯合書院的大草坪上，朗讀〈沙田之秋〉和〈沙田山居〉。余老師初到中大是應聯合書院之聘，擔任該院中文系的系主任，當時的辦公室即在草坪側的大樓上。

〈沙田之秋〉（一九七四）是余老師居港的第三首詩，〈沙田山居〉（一九七六）則是居港的第一篇抒情散文，兩者在他的創作歷程以至香港文學史上都有非凡意義。前者延續余老師早已蜚聲文壇的鄉愁主題，但在這裏抓住了一個連結所在地和中國故土、卻不容許他順勢北上的事物——九廣鐵路，提煉成為動人的意象，較之以往詩文中隔著臺灣海峽的鄉思，別有一種強烈的張力。後者寫於一年半之後，有趣的是，文章似乎刻意避免發展為另一篇鄉愁之作，在想像的觸鬚伸展到香港的邊界時戛然而止，給人留下的印象是中大校園之奇美迷人仿若仙境。

余老師在詩集《與永恆拔河》的〈後記〉裏說，他居港四年半，所寫的詩已不限於「鄉國之思的時空格局」。其實同是「香港時期」的〈沙田七友記〉、〈催魂鈴〉、〈牛蛙記〉、〈我的四個假想敵〉等散文可能更膾炙人口，「幽默諧趣」在一般讀者心目中或已取代了沉重悲情的「自傳式抒情散文」，成為余氏文風的正字商標了。這些，證諸〈沙田山居〉，當是早有轉型的自覺。而從香港文學的角度看，余老師把香港地方風景寫進詩文裏，又匯聚諸家散文編成《文學的沙田》（臺北：洪範書店，一九八一年），雖然並非前無古人，但這種欣賞、愛惜在地的態度，在移居香港甚至長居香港的作家裏其實也不多見。香港地景文學中，余老師自有不可取代的位置。

在校園吃過午飯，我們再啟程往今天導賞路線的高潮：飛鵝山頂。途中我們誦讀余老師告別香港的〈十年看山〉：「十年看山，不是看香港的青山/是這些青山的背後/那片無窮無盡的后土/……看山十年，竟然青山都不曾入眼/卻讓紫荊花開了，唉，又謝了/……每當有人問起了行期/青青山色便哽塞在喉際/他日在對海，只怕這一片蒼青/更將歷歷入我的夢來」。可是我要指出，這種「人難再得始為佳」的懊悔，雖然充滿戲劇性，但從前面提過的詩文看來，卻不是真相，余老師早就投入在地的生活了。此詩的收結說：「十年一覺的酣甜，有青山守護／門前這一列，唉，無言的青山／把囂囂的口號擋在外面」，香港在中國歷史裏微妙的地位，余老師十年棲居的感恩，皆情見乎辭。再讀〈老來無情〉：「……每當我危立在飛鵝山頂／俯瞰一架架越洋的巨機／在壯烈的尖嘯聲裏／一揚頭便縱上了悠悠的雲路／不敢想某月某日，其中的一架／註定要武斷地挾我飛去／飛去了我，卻留下了飛鵝」，我們就到達飛鵝山的山下了。

〈飛鵝山頂〉是余老師在香港所寫散文登峰造極之作，在他全部散文中也屬於最出類拔萃那幾篇之一。此文固然不乏文字煉金術士的當行本領，全篇敘事的起伏照應，灰線草蛇，置諸古文名篇之林也不遜色，但更重要的是情感之飽滿淋漓。他在登山途中發現了國父孫中山母親楊太夫人的靈墓，拜謁之後，頓覺荒山野道有情起來。踏足峰頂時再有一發現：「像一場夢。在沒有料到的距離，從不能習慣的角度，猝然一回頭，怎麼就瞥見朝朝暮暮在其中俯仰笑哭的『家』，瞥見了自己身外的背影？」〈船灣堤上望中大〉的一幕再度上演，但這次不是預想，而是成真。文末以一個纏綿的長句把大陸、臺灣、香港這三片土地一筆綰住，宣布此心永遠縈迴於此三處，並無輕重之別。

這天乾爽晴朗，雖然有點煙靄。我們一路上頂禮過楊太夫人墓，由觀景臺俯瞰舊啟德機場和維多利亞港兩岸的密匝層樓，從另一方向遙望吐露港畔的中大山城，最後，站在此行最高點的氣象站鐵欄外，攤開手掌遮擋漸漸傾斜的日光，同時向我們的老師致敬，滿山潔白的蘆葦一齊晃動。

——原載二〇一八年二月《二十一世紀雙月刊》總一六五期

＊　本文的內容與筆者另外兩篇論文互為詳略：〈余光中香港時期的抒情散文〉，樊善標《爐外之丹》（香港：麥穗出版有限

公司，二〇一一年），頁八十五—九十；〈三位散文家筆下香港的山——城市香港的另類想像〉，《中國現代文學》第十九期（二〇一一年六月），頁一三二—一三八。

樊善標，香港中文大學中國語言及文學系副教授。研究範圍包括香港文學、現代散文、建安文學。著有《爐外之丹——文學評論及其他》、《清濁與風骨——建安文學研究反思》，創作集《暗飛》、《力學》。編有《香港文學大系一九一九—一九四九．散文卷一》、《犀利女筆——十三妹專欄選》。合編《少年文學私地圖》、《疊印：漫步香港文學地景》、《陌生天堂——五十年代都市故事選》、《墨痕深處：文學．歷史．記憶論集》。

在民國的餘光之中

廖偉棠

每當一個「文化老人」去世，總有人悲鳴「一個時代終結了」云云，這次詩人余光中的故去，也有不少大陸文化人聲言「臺灣最後的鄉愁消逝」，甚至於說「那一個民國已經遠去」等等，自我感懷一番。

不能說他們「非其鬼而祭」，余光中，的確比大多數臺灣作家更顯得與大陸作家是同類者。純粹從詩而看，他很接近另一位余姓作家余秋雨，徜徉山水之畔而不見人間，追懷古人而不問今人，用鴻鴻的話來說，就是「雅不可耐」——這不正是信仰中華復興的附雅者所嚮往的嗎？

對於普通的大陸民眾，〈鄉愁〉代表了余光中，也代表了他們想像的中華民國臺灣中的「有識之士」。那一首流行詩結構巧妙，不動聲色地把愛國主義融混到樸素情感中去，用遞進的方式，完成從母親、新娘、亡母到大陸的類比，比起宣傳部那些簡單粗暴的愛國譬喻，高明多了。但也因其潤物細無聲，同時又明朗易懂，遂被官方利用成為理想的宣傳詩。

至於大陸文青或者文藝中年，則會選擇〈當我死時〉或者〈尋李白〉，這兩首詩也是匠氣之作，但著力頗深，尤其前者的個人感懷寄寓較為率真。〈當我死時〉的源頭可以追溯到戴望舒的〈我用殘損的手掌〉，雖然密歇根的校園遠勝於香港域多利監獄的死囚倉，但這種愛國的思念皆非泛泛，大量肉體、感官意象暗喻出切膚之痛，這不是鄉愁，而是關於鄉愁的焦慮，關於一個漸漸失去思鄉

「合法性」的人對自己是否應該有鄉愁的焦慮。

可惜這種焦慮在余光中詩中沒有深化或者延續下去，他非常有自信可以越過這種焦慮。就像〈尋李白〉，基本上靠民間對李白的種種浪漫想像加上杜甫幾首寫給李白的詩的詩意，以誇張修辭繁衍成篇。這種民間定見，恰好又與大家對盛唐的想像相符合（就像徐克的諸多盛唐背景的電影，盡是李白式的堂皇、開闊、飛動、變幻之感），所以以李白指代盛唐也就成為一個約定俗成的做法，余光中作為學者型詩人，也不能免俗——不是因為他流俗，而是因為他需要從盛唐想像中獲取他的中國自豪。

但無論如何，他的那一個中國，明顯已經不是今天的中國，既不是大陸的中國，也不是臺灣的中國了。如此看來，他孑立在中華民國的餘光之中，一如他的名字，倒頗有幾分悲壯。

國府南渡，存中華凋零花果於一隅——當年唐君毅先生這一令人動容的形容，今天的臺灣年輕人聽來只會莫名其妙吧。而余光中們的鄉愁，即使僅以詩傳，而不被晚年的肉身行動抵銷，也一樣的不合時宜，這亦是我為余光中之逝保留個人的同情之故。

記得「他們在島嶼寫作」第一輯余光中篇《逍遙遊》裏，最為不協調音的一幕，是臺大詩社年輕詩人們討論他的詩。臺大詩社的同學很誠實，說他的詩就是一個六〇年代的文獻。一個詩人的詩不被當成詩而是當成文獻看待，和他在對岸被當成文化象徵看待一樣，不無諷刺。同學還說：「我〈跟他〉沒有『我們』的感覺」，「他面對的困難，在這個時候不用解決就已經解決了。」前面一句很對，後面一句我卻存疑，真的不用解決就解決了嗎？

比如他一生最大的污點：〈狼來了〉和告密，簡單罵一句無恥或者交付給「轉型正義」就解決了嗎？在其中除了人性的問題，是否還有時代的問題？其時中華民國面臨外交絕境，在生死存亡之際到達了最後一次愛國主義高潮——人性中的惡恰恰在後者的悲壯之中找到了順水推舟的可能。

告密和蓋帽子，無時無刻發生在左統所嚮往的中國，至今猶烈，那麼說是否還有中國人的共業的問題？但正正是這一點，讓我們看到了中華民國不同於對岸之處，我們可以嚴厲譴責余光中的失足，卻下意識覺得對岸那些更嚴重的告密事件不用少見多怪，難道不是因為我們預設了中華民國的文人應該有高於郭沫若們的道德標準嗎？

《逍遙遊》裏，余光中風趣幽默，說話準確優雅。但有一處本色流露，他在大陸遊覽，看到徐霞客紀念碑上面寫著「熱愛祖國」云云，詩人便笑說：「熱愛祖國，這就是句空話。我來寫，才是正格。」前半句剛剛讓人欣喜於他看破，後半句又讓他墮回為國捐「詩」的執念中去了。

紀錄片的結尾，余光中坐在遊覽船上昏昏欲睡，即便背後蘇州城煙花盛放他也沒有醒來，聽到導遊說這邊就是寒山寺，才恍然醒覺，但惶惑的神情大有夢裏不知身是客的樣子——我不禁想起片子中間的一張胡適與余光中居中、四周都是他們那一代精英的合照，畫外音道出：「當時，每一個人器宇軒昂啊！」——這樣的一代人，不應該那樣謝幕的。

——原載二〇一七年十二月十五日《上報》

廖偉棠，詩人、作家，現居於香港與臺灣兩地。

卷四　鄉愁已遠

我記得的余光中

於梨華

去年底去芝加哥我兒子家過聖誕節。星期日一早，按習慣看《紐約時報》，竟看到余光中於十二月十四日在臺灣過世的消息。有半版，很詳細。我看完呆呆的坐著，不但不能再看報，根本不能做任何事，腦子裡想的，盡是這麼多年同他在一起的許多事。他比我高一班，但在臺大時沒有往來，一九六二年之後才有往來。那時，我的前夫孫至銳[1]在西北大學教書，我們住在埃文斯頓（Evanston, Illinois），非常可愛的一個大學城；我的《變》和《又見棕櫚》就是住在那裏的三、四年中寫的。光中有一個好朋友就住在那裏，他那時一個人在美國，來看他的朋友時，就被帶來我家，很談得來。光中看起來很嚴肅，事實上他非常風趣——至少那幾年，而且很幽默，有一種我們寧波話「冷面滑稽」，所以特別逗人笑。我們在一起時十分開心，他喜歡開車（那時我存[2]在臺灣），我們常常開到附近的小城去玩，確實過了一、兩年十分輕鬆的日子。

他回臺灣不久，我們離開了埃文斯頓，搬到紐約的曼哈頓，我開始在「昆士大學」（Queens College）教中文。光中好像在臺灣待了一陣，就全家搬到香港，他開始在中大教書。大家都忙，開始時還通通信，慢慢地就疏淡了。

紐約居，大不易，住了兩、三年後，我們又搬到紐約上州的首府奧本尼（Albany），在州立大學教書，我的前夫教他的物理，我依舊教中文，做一個小小的講師，其實目的是多跟年輕人接觸，找寫作材料為實。

我在臺大讀書時就時常想起我的小妹。我的祖母重男輕女，我是老大，那也罷了，不想母親又生了兩個女的，祖母萬分不樂，藉口母親產後體弱，硬把小妹送給近處的一個農婦領養。不久日寇攻打上海，父親執教的光華大學解散，我們搬回寧波鄉下，父親失業在家待了一陣子，各處寫信求職，終於找到一個工作；他讀的是化學，早年留學法國。我們全家搬去廣州汕頭，經濟拮据，無暇顧及小妹。

接著是我們各處逃難，最後居住在成都，那些年的不安定，當然很影響到我同我弟弟們的學業。勝利了，父親被政府招募去臺灣接收糖廠，但家小留下。既坐不起飛機，也買不起船票，只好雇了三匹瘦馬，由西北地區，走了將近一個月，才回到上海。

戰後上海十分混亂，驟然來了無數的政府官員，一派勝利者的姿態，趁機接收、發財。留在淪陷區的居民敢怒而不敢言。我們寄住在親戚家，一籌莫展，只好借了錢回到寧波鄉下。等父親安定了匯錢來，我們也才安頓下來。我進了寧波湖西中學的高中，才讀了兩年，內戰便快要爆發，我們全家遂搬到臺灣，那年我十七歲。我們在上海的兩個星期中，母親四處打聽小妹的消息，只知道她隨領養人家搬到上海，卻怎麼也打聽不到她住在哪裡。

1　美國 UCLA 物理學博士，曾任普林斯頓大學高級研究員，執教於西北大學、紐約皇后學院，最後在紐約州立大學奧本尼分校任終身教授。是抗日將領孫立人姪兒。

2　范我存，余光中夫人。

在臺灣時，偶然問起她的下落，但父親忙於他的事業，每次問，他總說：「我託了人在上海打聽，一有消息就告訴妳，妳專心讀書要緊。」

一畢業我即去了美國。第二年進了加大洛杉磯分校讀新聞系，畢業後即結婚，相夫教子。孫至銳一直在學界，先去了普林斯頓，又去了埃文斯頓，最後定居在紐約上州的紐約州立大學奧本尼分校，穩定下來。一直在學界，當然交了許多在教書的中國同事，聚會時當然也談到中國的情形，有不少朋友都有親戚，父母或是兄妹在大陸的，當然思念，也當然想回去看看中國的現況。也有比較急進的，想方設法回去探親。但中美沒有邦交，自然回不去，還有些等不及的，輾轉到歐洲去設法。這些，都勾起了我想去中國看看的念頭，想試試能否找到我那幾十年都找不到的小妹。只好慫恿丈夫設法到新加坡去客座幾個月，因為他們與中國有邦交。至銳自己也有不少親戚留在安徽，他當然也想回去看看。令我們驚喜的是，申請簽證並不難，只兩周就批准了，我在申請表上填了要看的三個家人：幾十年下落不明的小妹、母親的姊姊，還有我的表兄。出發前往十七歲就離開的祖國，思念之情十分劇烈，既興奮，又不安，不知道小我兩歲的妹妹，是否安在。

臨走前給光中發了一封信，那時他已在香港中大教書了，而我會從香港深圳入境。多年沒聯繫，很希望在我入境前見到他，敘一敘。臨離開前接到他的信，叫我一到香港即聯繫他，給了我他學校裡及家裡的電話，雖然我們只能在香港待一、兩天，但我一抵港即打電話給他，約好見面的時間及地點。

他還是老樣子，穿得規規矩矩的，眼睛一眨一眨，瘦直的身軀展得筆挺，不時輕咳一聲。他朝我打量半天，用他一貫的語氣說：「學妹（這是他一向對我的稱呼），生了三個孩子怎麼還是這副身量?!」一句話，把時間拉回到在埃文斯頓一起出遊的逍遙歲月。「你還不是？一開口就想教訓我！」兩人坐下來吃飯，吃得少，講得多。我情不自禁的告訴他，我有多興奮，「馬上就要回到始終也忘不了的江南春色，我想見到的老友，最要緊的，找到我的妹妹……」他平心靜氣的說：「學妹，這個豬腳燉黃豆是我特別關照他們做的，妳一筷都沒碰，好意思嗎？」

我忙煞住，大口吃起蹄膀來，的確，在美國是吃不到的。他看我吃得差不多了，才放下筷子，清清喉嚨，叫我放下筷子聽他說。「學妹，到了那邊，用妳的耳朵，仔細聽，用妳的眼睛，仔細看。妳剛剛說了，回來時時間不夠，就直接回美了，所以我特別關照妳，千萬不要太興奮，太激動，一回到美國就罵。先要消化一下。冷靜一下，再慢慢寫，寫完多看幾遍，才拿去發表，聽見沒有？」

我點頭。

「到底聽見了沒有，學妹？」

「聽見了，余教授！」

我真的都聽見了嗎?!

一到廣州，就有人來接，我與至銳都吃了一驚。來的是一位中年婦女，姓簡，她自我介紹說，「叫我老簡，於老師、孫教授，十分歡迎你們回祖國看看。這兩周，我們政府派我陪同你們各處參觀及訪問。到了旅館，請你們休息一下，等你們吃了飯——旅館的周同志會帶你們去用餐——我再到你們的房間同你們討論這幾天安排的節目，行嗎？」

「簡同……不，老簡，我知道這麼多年與我妹妹都沒有聯繫，不知道她是不是還活著？是否改了名字等等。找起來等於大海撈針，找不到是意料中的事，所以你們也……」

老簡說：「於老師，我們看到妳申請表上的意願，已經開始尋找了。當然，這不是件很容易的事，但我們會盡量設法，請放心。」

在廣州參觀兩日後，即坐火車去北京，住進華僑賓館，吃了飯、休息之後，老簡來看我們，一進門，她即滿面笑容的對我說：「於老師，我們找到妳妹妹了！」

我楞在那裏，像傻瓜一樣的張著嘴，卻說不出一句話。

「妳妹妹在上海淪陷之後即被她的家人帶到上海謀生，她八歲時進了日本人辦的工廠做童工。在鄉下時好像只讀過兩年書。解放之後，她進了我們國家自己辦的製鋁工廠，一直至今。她幾乎每年都得到先進模範獎，是一個出色的工人同志，是共產黨員。」

我顧不及道謝，問：「我幾時可以看到她？可以立刻動身嗎？」

她對我望了一眼，說：「對不起，於老師，妳必須先寫信問她，她是否想見妳，因為妳是從資本主義的國家來的，也許她有所顧慮，如她願意，我們當然可以去上海見她。」

我又氣又急，正待提出抗議，忽然想起在香港時光中叮囑我的一些話，連忙說，「好，我現在就寫。」

回信第二天即來了。「親愛的阿姊……」一看到一手小學生七歪八倒的字，我已淚流滿面……「歡迎妳來祖國，我當然想見妳。我等妳來。」

第二天我們即搭火車去上海，住進南京路的國際飯店，老簡在我們上火車之前就告訴我，因文革剛過去，國內仍然混亂，國外來的朋友，都只能邀請家屬到他們住的旅社會見。

抵達國際飯店之後，老簡就告訴我隔天早晨九點她會帶我妹妹來，到時會通知我。那一晚我不知醒了多少次，怎麼都想像不出她是個什麼樣子。第二天六樓同志來告訴我妹妹到了，我立刻跟他到電梯口迎接她，兩人站在電梯口，面對面，從未見過的親妹妹。她像我但又不像，她比我高一些，壯一些，黑一些，也寬一些。我上前一步，想要抱她，她嚇得直往後退，我連忙煞住說：「對不起，美華，真高興看到妳。」

「阿姊，我現在叫玉芬。」

「但我記得的，妳叫美華。來，我先帶妳去二樓，喝口茶，休息一下，再帶妳去會妳的姊夫和我們的三個孩子。」

我要了咖啡，擔心她沒喝過咖啡，替她要了杯清茶，她且不喝，只顧四面張望。「美華，妳要什麼？」

「阿姊，妳知道我八歲到上海，來過南京路不知多少回，經過這個國際飯店也不知有多少次，做夢也沒想過有一天居然會走進來，」她頓了一下，嚥嚥口水，說：「居然會坐在這裡！」

她用很粗糙的雙手捧起杯子喝了口，抬頭看我，忽然冒出一句上海話：「阿姊，儂為啥哭？是我說錯話了嗎，阿姊？」

「妳沒有。慢慢喝，不要燙著。」

這篇文章我要寫的是同光中的友情。妹妹的事，應該是長篇小說的材料。就此打住。

一九七五年中國之行，除了探看三個家人之外，我還要求了訪問巴金等作家。但在上海時，只見到了黃宗英[3]、茹志鵑[4]、袁雪芬[5]；說是巴金不在上海，後來到北京也沒見到曹禺，說是在養病，倒是見到了冰心與丁玲。丁玲同我講她在文革時下放到農村養雞的事，也提到了紅衛兵將她放在一張桌上，用墨水潑了她一臉一身的事，我聽了難過忍不住哭起來，她站起來安慰我，這沒什麼，這都過去了……

除了見到這些人之外，多半還是由老簡帶著我們參觀。我出生在上海，七歲才離開，對於上海尚有記憶，她帶我們去見居民委員會的主任，向我們介紹解放後的情況，她問我：妳知道什麼是「滾地龍」嗎？我說知道，是貧窮人在冬天裹著一條薄棉被在馬路上過夜的人。她大吃一驚，妳怎麼會知道？

我看見過。這種事，看見過多次，不太容易忘記。

「於老師，這種情況，妳放心，現在完全消除了。」

我當時不知情，其實在兩個星期的參觀中，他們只讓我看到他們要我看的地方及東西。回到北京後，我同葉嘉瑩兩人坐火車到大慶及大寨去參觀。當陪同不在時，我們也談到為什麼去參觀這些地方，兩人都不得其解。嘉瑩的結論是，它們當然希望我們多了解幾個先進的地方。後來我們回到美國，才被告知這些都是老早安排好了的，是統戰。

回到美國，我急不可待地把存在腦子裡的種種印象，尤其是我妹妹告訴我許多令她感動的事，寫了下來。很快地，完成了一個短篇集《新中國的女性及其他》[6]，香港的出版社得知後，來信要我交給他們出版。在興奮中，我忘了光中在香港叮嚀我的話，立刻交給他們出版了。

出門兩個星期，返美後十分忙碌。三個兒女上學，我自己在一九六八年起就在學校的亞洲系教點中文；忙孩子，忙寫作，很快把回國探親的事忘了。

一聲巨雷，把我打得目瞪口呆。一個朋友從臺灣給我來信。我被判為「媚匪作家」。某大報開會討論怎麼處理我。某前輩說，不要像對待韓素音[7]那樣攻擊她，使得她更出名。要冷凍她，禁她的書！不許她回國！一星期之內，各書店及所有報攤舉凡她的書，統統收起來。

父親病危，我拿不到簽證，不能奔喪，這是我畢生最遺憾的事。除此，我在這十多年裡，很用功寫作，有幾本我極滿意的，如《傅家的兒女們》、《一個天使的沉淪》[8]、《相見歡》等，都是那個時期的作品，而每本書都一寫完就出版了，而且我的讀者一點都沒有減少。不幸的是我在這段時間哩，婚姻出了問題，同至銳友好的分手，沒過多久，我們各自都又結了婚。

一九八七年，李煥做了臺灣教育部長，他出面邀請美國許多大學校長到臺灣訪問，我丈夫 Vincent O'leary[9] 是紐約州立大學奧本尼分校的校長，也在受邀之列。我是從臺灣到美國的，他

3　祖籍溫州，中國當代女演員和作家。

4　祖籍紹興，當代著名女作家，以短篇小說見長，女兒王安憶也是知名小說家。

5　紹興戲名旦，上海越劇院名譽院長。

6　一九七六年，香港七十年代雜誌社出版的散文小說集。

7　韓素音（Rosalie Matilda Chou），英國籍亞歐混血女作家，父親客家人，祖籍廣東省梅州市。她是英國倫敦大學醫學博士，崇拜毛澤東，曾資助「中國翻譯協會」成立「全國優秀文學翻譯彩虹獎」，後成為「魯迅文學翻譯獎」前身。代表作《生死戀》（*Love Is a Many-Splendored Thing*）小說曾改編成好萊塢電影。

8　後改為最初連載發表時的原名《小三子，快回家吧》。

9　美國知名刑事司法專家。

當然想去看看這個美麗的小島。校方為他去辦簽證卻被拒絕了，因為我的名字在黑名單上。我丈夫大為氣惱，直接打電話到華府，第三天，校長室即拿到了簽證。

從一九七二年到一九八七年，足足十六年，我這個「媚匪」的作家，終於回得了家了。

當時臺大的校長是孫震，也是台大畢業的，他請我去他辦公室談談；他說了歡迎回來，然後談了些有關我寫作的事。隨即請當時的文學院院長帶我去文學院看看。文學院當然是老樣子，我讀二年級時是沈剛伯當文學院院長，我寫的《夢回青河》還是他寫的序。這時的年輕院長[10]好像也是臺大畢業的，同我聊了一下之後，請兩位學生出去倒茶，我趁機跟在她們後面去洗手間，兩位十八、九歲的姑娘邊走邊說：「噯，這個就是於梨華！」「是啊，她還在吔！」

我聽了覺得好笑，上前拍拍她們的肩說：「噯，我好好的，怎麼會不在?!」

兩個姑娘發現我就在她們後面，窘死了，手背蒙著嘴笑。

朋友們沒有指謫我，但也沒有歡迎，畢竟我是個媚匪的作家。但大家也都很清楚，八九年之後，不知道有多少人回國探親及訪問。誰敢說他們媚匪?!

海音姊[11]倒是念舊情，請了一桌男女作家到她家小聚，大家都很小心，說了很多客套話。離別前送我到門口，海音姊小聲說：「唉，妳也真是，舊習不改，怎麼不先看看才寫才發表呢？」

這就是當年在香港時光中對我說的話。

在臺灣待了幾天之後，我正想去高雄看他，他卻到我弟弟家來看我。老了不少，但講話表情卻與以往一式一樣，慢吞吞的，眼睛一眨一眨的，說：「學妹，我特地來請妳到高雄玩，我要帶妳去壽山，好地方，景色特美，我們去爬山、聊天。」

那是我在臺灣十來日最開心的三天。白天上山看山景，下午休息，與同行者坐在林蔭裏聊天，晚上逛街，吃牛肉麵，他談新寫的詩，我講我正在寫的長篇，他問我在州立大學當講師的心得，我問他在中山大學做大教授的樂趣。我幾次想提當年在香港時他給我的忠告，我沒有記住，我有多後悔！他沒讓我講完，卻說：「學妹，都過去了。最要緊的，妳一點沒放棄妳的寫做，也沒失去妳的讀者，這是最要緊的。」

沒想到那次高雄一聚，竟是永別。

我忽然想到他在一九七二年為我在《會場現形記》短篇集裡寫的序，在很多讚揚我的話語裡，也提到「文字稠密，感情充沛，一氣呵成，偶爾失卻控制，也會早成流露過分的情形。」

我在《紐約時報》上看到他去世的消息，整日悲慟不已。但現在平靜下來了，只想說，我很幸運，有他這樣一個朋友。

一個真正的朋友。

——原載二〇一八年三月《印刻文學生活誌》第十四卷第七期

於梨華，祖籍浙江鎮海，一九三一年生於上海。一九四七年舉家遷往臺灣，臺灣大學歷史系畢業，美國加州大學洛杉磯分校新聞學碩士。曾以英文短篇小說《揚子江頭幾多愁》獲米高梅電影公司文藝獎首

---

10 朱炎，一九八四年九月至一九九〇年七月擔任臺大文學院院長。

11 林海音。

獎。曾在紐約州立大學奧本尼分校執教。二〇〇六年獲佛蒙特州Middlebury College榮譽文學博士。著有《夢回青河》、《又見棕櫚、又見棕櫚》、《傅家的兒女們》、《焰》、《變》等二十六部小說與散文集，作品曾被翻譯成英文，也有一些被改編為電影和電視劇。

余光中永在

王蒙

「鄉愁」詩人余光中先生走了，鄉愁時代卻沒有就此結束。逝者如斯夫，不舍晝夜，在不舍晝夜的逝者以外，重要的是跳動的中國心，還有美麗且鮮明的中國詩文，以及你我的記憶與吟誦活潑如初。

一九八二年，紐約，聖約翰大學，中國當代文學討論會。我聽到香港中文大學教授、作家、評論家黃維樑先生發言，他高度評價余光中的詩文，而且認為余先生應該獲得諾貝爾文學獎。散會後，黃教授將余先生作品集與黃教授評論集贈送給我。我一路上饒有興趣地閱讀著，感染著余先生的清晰、明白與真誠。當時，大陸上更熱衷的是朦朧詩，是詩語言的錘煉與變幻莫測，而這位臺灣詩人的詩明白如話，深入淺出，不跩，不做作。我甚至覺得他的詩還欠一點發酵與點燃。

不幸的是，飛機經停東京成田國際機場，我下來稍事休息，再登機，兩本書被機上的清潔工清理掉了。責任在我自己沒有將它們攜帶下機，我覺得鬱悶。我似乎先驗地對不起他與黃教授。

一九八六年初，又是紐約，我作為國際筆會嘉賓，在第四十八屆年會上碰到了余先生。我們握手問好，文明禮貌，同時，保持著難以沒有的戒心與距離。

一九九三年，我參加《聯合報》召開的兩岸三地文學四十年討論會，我與余詩人，是僅有的作晚餐演講的主講人。我聽到演講的兩個主題，一個是說小島也能產生大作家，一個是他嚴厲抨擊所謂「臺語寫作」自我封閉的愚蠢與狹隘。他有他的天真和明朗之處，他有他的紅線。

此後大陸改革開放，兩岸關係有了長足進展。我們見面愈來愈頻繁了。而且余先生在大陸文壇，有了愈來愈高的威望與愈來愈大的影響。記得輕易不誇獎誰的四川資深詩人學者流沙河就對余光中作品評價甚高。邀請余光中訪問做客的大陸文學團體與大學愈來愈多。有一個笑話，說是南京大學邀請了余光中與其他幾位臺灣詩人到訪，打的橫幅是「熱烈歡迎余光中先生一行」，有一位也是臺灣資深詩人的客人，長得高高大大，他一到場，立刻被青年學生圍上，喚道：「您是余先生嗎？」他回答：「我不是余光中，我是『一行』。」

二〇〇一年，我三次參加香港中文大學「新世紀徵文」活動，我與白先勇是小說終審評委，而余光中是文學翻譯的終審評委。我們變成了同事。

二〇〇六年，評出第三次徵文的優勝者以後，我還參加了香港中文大學授予他榮譽博士學位的活動。會後，我把他與白先勇及文學院副院長、翻譯家金聖華教授請到了青島中國海洋大學做客，還舉行了包括余先生作品在內的詩歌朗誦會。他的〈鄉愁〉再一次贏得了熱烈掌聲與歡呼，而他的英語詩朗誦，尤其令人讚美。他是我聽到過的國人中不列顛式英語發音的佼佼者，從他那裏，我感覺到的是不列顛之夢。

他說喜歡我的詩〈不老〉。他給海洋大學王蒙文學研究所題字：「從伊犁到青島，拾盡大師的足印。」

中間的二〇〇四年，我們應邀到海南師範學院與黃維樑先生一起作關於散文的座談，主持人是海師喻大翔教授。活動在體育館舉行，學生聽眾極其踴躍。談到我此生讀過的最好散文時，我說是馬克思、恩格斯合著的《共產黨宣言》。而余先生說，詩是他的情人，散文是他的妻子。

他的學養很好，二十一世紀初我訪問愛爾蘭的時候在都柏林欣賞了愛爾蘭的話劇團演出的王爾德名劇《莎樂美》，回北京後我從國家圖書館借到了余光中翻譯的《莎樂美》，書中附有他談文學翻譯的文字。我在香港、青島的大學也親耳聽到他講翻譯的課。他有在美國求學與任教的經歷。他關於中英文比較的文章極有見地，例如他不贊成由於英語的影響而在中文寫作被動態語句中濫用那麼多「被」字，飯吃了，水喝了，當然用不著說成飯被吃了與水被喝了。他說的這些文字上的毛病我也有。他的英語很高明，他的中文很地道，絕對不帶翻譯調調。好得很，即使從這裏，也看出他的中國心與大陸情結。

他定居在高雄。他在臺灣反對過可能有某些左翼色彩的鄉土文學，還說過什麼「狼來了」。然而，他的後半生在他的詩中惦念纏繞的長江黃河華山、濟南南寧……到處留下了他的音容笑貌足跡。他說，他要住在臺灣的西部，從窗子上望出去，就是故鄉大陸，而如果住在臺東，看過去是美國，有什麼意思？當然，他的夢與愁跟你我一樣在中華，不在美利堅也不在不列顛。

陳水扁主政期間，余先生公開反對文化教育「去中國化」，當陳不通至極地用「罄竹難書」讚揚臺灣義工的業績時，臺灣教育行政負責人居然為陳「擦皮鞋」，他憤然予以指責。「擦皮鞋」一詞我是從他那裏聽來的，應該是拍馬與掩飾的意思吧。

文化是一種力量。文化是一種分野。文化是一種天命。余光中走了。我想著應該怎麼樣安慰與他同命運六十餘載的夫人范我存……兩岸各地友人與讀者懷念著他，默誦著「鄉愁是一方矮矮的墳墓，我在外頭，母親在裏頭」。外頭裏頭，情意超越生死。長江黃河，奔流澎湃洶湧。中華是屈原、李白、杜甫的中華，也是魯迅、艾青的中華，還是余光中、鄭愁予，以及歡迎他們接待他們一行的男女老少……的中華。余光中永在，中華詩歌永存，鄉愁永遠，仍然是那麼明白，那麼簡單，那麼深情，那麼不可抗拒也不可分割。

——原載二〇一七年十二月二十九日《人民日報》

王蒙，一九三四年生，曾任南京大學、浙江大學、上海師範大學、華中師範大學、新疆大學等教授、名譽教授、顧問，中國海洋大學文新學院院長。一九八六至一九八九年任中華人民共和國文化部部長，著有長篇小說《這邊風景》、《青春萬歲》、《活動變人形》等近百部小說以及詩歌、評論等多種。曾獲茅盾文學獎、義大利蒙德羅文學獎、日本創價學會和平與文化獎、俄羅斯科學院遠東研究所與澳門大學榮譽博士學位、約旦作家協會名譽會員等榮銜。作品翻譯為二十多種語言在各國發行。

敬悼余光中

王　洞

余光中先生於二〇一七年十二月十四日辭世，我是兩天後，看了老同學楊慶儀的電郵，才知道的。光中先生與先夫夏志清是很要好的文友，因之我和余夫人范我存及其女公子余珊珊都很熟，雖知余先生一年來身體很弱，噩耗傳來，還是很難過。我不僅失去了一位好友，余先生的家人失去了親人，中國更失去了一位大文豪。像余先生這樣學貫中西，精通繪畫音樂的大詩人，大散文家，大翻譯家，可謂前無古人，後無來者。

我讀過傅孟麗女士所著《茱萸的孩子：余光中傳》（臺北：天下遠見出版公司，一九九九年），從而得知余先生一九二八年九月九日，重陽節出生，是佩帶茱萸香袋，登高望遠，把酒賦詩的好日子，天生註定，將為大詩人。余光中隨父親余超英籍貫，是福建永春人；按出生地，是南京人。因為母親孫秀君是江蘇常州人，在江南長大，自命「茱萸的孩子，南方詩人」。

一九三七年，余先生跟隨母親從常州到上海，投奔父親，哪知父親早已隨國民政府遷往武漢。沒有父親的消息，只好落腳上海法租界，插班小學四年級，開始學英文。兩年後，余先生又隨母從上海乘船到香港，經越南、昆明、貴陽，輾轉來到重慶與父親匯合，在南京青年會中學住讀。一九四七年高中畢業，考取了北大和金陵大學。因國共內戰，國民政府節節敗退，北京岌岌可危，余先生進了金陵大學。十九歲已經開始寫詩，譯詩，向校刊、報社投稿。一九五〇年六月來到臺北，考進臺灣大學外文系，插班三年級，受業於梁實秋先生，經常向《中央日報》、《新生報》投稿，很受好評。一九五二年出版了《舟子的悲歌》。兩年後，與同好成立「藍星詩社」，對抗紀弦為首的「現代詩社」，反對「移植西洋的現代詩到中國的土壤來」。

余先生反對硬生生地模仿西洋詩，主張在以西洋詩的形式寫新詩時，也可以融入古詩，寫白話文時，也可以夾雜文言。他的詩和散文裏有畫有音樂，他從小就有繪畫的天才，因為逃難，看過峻山崇嶺，蜿蜒江河，浩瀚大海，愛畫地圖。在美國愛荷華（Iowa）留學時，師從李鑄晉（一九二〇—二〇一四）專攻藝術。余先生雖長住臺灣香港，常來歐美講學遊歷，他愛看梵谷（Vincent van Gogh）的畫，愛聽披頭四（The Beatles）的搖滾樂，也愛聽巴布・狄倫（Bob Dylan）、瓊・拜雅（Joan Baez）的民歌，把它們都融入他的詩裏。他的詩不僅可吟，有的還可以唱，歌手楊弦就多次譜曲演唱余先生的詩歌。余先生寫詩為文，不僅力圖流暢，而且創新，在〈重上大度山〉裏，有「星空，非常希臘」一句，常被人斷章取義，以訛傳訛，變成了「天空非常希臘」，遭人嘲笑。

余先生左手寫詩，右手為文，還有第三隻手翻譯。他翻譯過許多名著。在金陵大學一年級時，就嘗試翻譯拜倫、雪萊的詩，發表在校刊上。大學畢業，被派到國防部服役，為了排遣軍中寂寞，對女友的思念，余先生著手翻譯了梵高（Vincent van Gogh）傳。余先生很喜歡王爾德（Oscar Wilde）的妙語警句，於一九八三年翻譯了王爾德三幕喜劇《不可兒戲》（*The Importance of Being Earnest*）。余先生翻譯了不少名著，有些是英譯中，有些是中譯英，他的譯作都能達到「信」、「達」、「雅」，稱其為翻譯大家，當之無愧。

余先生是位有爭議的文學家，因為他不順應潮流，敢說真話。例如六〇年代，與以紀弦為首的

「現代詩社」對抗，反對「橫的移植」。七〇年代，鄉土文學盛行，左翼作家，假借鄉土文學，推動普羅文學，肯定文革，崇拜毛澤東。余先生寫了一篇三千字的短文〈狼來了〉（見一九七七年八月二十日《聯合報》副刊），揭穿鄉土文學的假像，引起左派作家的攻擊，並誣指余先生告密。其實余先生同夏志清一樣，對鄉土文學作家，如黃春明、王禎和、七等生是很推崇的。我認為以余先生的地位、人格，「告密」是不可能的，況且余先生人不在臺灣。

一九七四年至一九八五年，這十一年中余先生應聘在香港中文大學，擔任中文系系主任，除了一九八〇年去臺北師範大學客座一年，都住在中文大學校舍裏。中文大學依山面海，校舍在半山腰裏，一眼望去，是挺拔峻峭的馬鞍山，山下有火車，駛向羅湖，與深圳接界。詩人推窗望遠，心繫祖國同袍。有詩為證：

> 欄干三面壓人眉睫是青山／碧螺黛迆邐的邊愁欲連環／疊嶂之後是重巒，一層淡似一層／湘雲之後是楚煙，山長水遠／五千載與八萬萬，全在那裏面……（見〈沙田山居〉，《文學的沙田》，臺北：洪範書店，一九八一，頁九—十三）

余先生另有一詩，述說對母親及大陸的思念。題名〈鄉愁〉：

> 小時候／鄉愁是一枚小小的郵票／我在這頭／母親在那頭／／長大後／鄉愁是一張窄窄的船票／我在這頭／新娘在那頭／／後來啊／鄉愁是一方矮矮的墳墓／我在外頭／母親在裏頭／

／而現在／鄉愁是一灣淺淺的海峽／我在這頭／大陸在那頭（見《白玉苦瓜》，臺北：大地出版社，一九七四，頁五十六—五十七）

余先生身在香港，思念的是群山後的祖國，隔海的臺灣，故國歸不得，一九八五年應國立中山大學禮聘，主持文學院，定居高雄。留港期間寫了一篇〈沙田七友記〉（《春來半島》，香港：香江出版公司，一九八五，頁七十五—一〇三）。所寫七友：宋淇（筆名林以亮）、高克毅（喬治高）、蔡濯堂（思果）、陳之藩、胡金銓、劉國松、黃維樑，我全認識。科學兼散文家陳之藩我在紐約見過一兩次；大畫家劉國松僅有一面之緣，劉太太黎模華是我二女中（現中山女中）低我一班的同學，與我同住新店碧潭，每日同車上學；其他五位都是志清的好友，特別是思果，我和志清一九七〇年春，曾在他家小住兩周，他二〇〇四年六月去世，志清要寫文章紀念他，因為事忙沒有動筆，引為憾事。

在我的記憶裏，見過余先生三次。第一次是一九七〇年代，余先生夫婦訪美，我們在一個叫「全家福」的飯館宴請余先生、范我存，席間有何懷碩、董陽孜。事隔多年，吃了哪些菜，說了些什麼話都不記得了。「全家福」是江浙菜飯館，座落在百老匯（Broadway）九二街附近，地方很大，專辦喜慶壽筵，也供小型聚會。我們和飯館的李老闆很熟，每次他都會送一杯馬踢你（Martini）酒給志清。志清妙語如珠，一杯酒下肚，一定說了不少「渾話」。道貌岸然，寡言笑的余先生可能不以為然，但不影響他們的友情。余先生長女珊珊，繼承父親衣缽，也跟李鑄晉學習藝術史。學成來紐約就業，遵父命來拜訪我們。

我們請客時也會邀珊珊來，可惜我們的年輕朋友不多。珊珊端莊貌美，不久就被年輕有為的粟為政（William Lee）追到，於一九九〇年在法拉盛（Flushing）結婚。余氏夫婦來主持婚禮，自然邀請我們參加，這時我同范我存已很熟了。我父母在一九八〇年代相繼過世，我回臺北，就會去看林海音、董陽孜、姚宜瑛、張橋橋（瘂弦的太太），她們都是范我存的好朋友，范我存從高雄來，我們就常見面。珊珊的婚禮在教堂舉行，婚禮過後，有宴席，當時算是很排場的了，一般只有茶點招待。

我最後一次見余氏夫婦是在珊珊家，珊珊早從法拉盛搬到康州（Connecticut）的維斯頓（Weston）城，已是兩個孩子的母親。男孩，八、九歲，叫飛黃（英文名Sean），女孩，四、五歲，叫姝婷（英文名Audrey）。小女孩長得非常美麗。如今小男孩已經是二十三歲的博士生，小女孩即將大學畢業。歲月不饒人，我們做祖父母輩的人，怎能不老？不死？我聽到余先生過世，趕緊給珊珊打電話。為政說珊珊得知父親病危，早已飛到父母身邊。因為姝婷學校尚未放假，他和女兒聖誕節前夕才飛高雄。為政服務的公司在曼哈頓（Manhattan），拜電腦之賜，他不天天進城上班，他行前不來紐約，我也無法請他帶點禮物給宓宓（范我存暱稱宓宓或咪咪）。很遺憾，余先生大去，我沒有任何表示，對不住朋友。

十二月二十九日是志清的忌日，也是余先生追思會的紀念日。剛才好友董陽孜打電話來說，余先生一過世，她就去看宓宓。余先生前一些日子吃東西，嚥不下去，送醫院就肺積水轉成肺炎，不到兩個星期就撒手人間了。使我想到二〇〇九年志清患同樣的病，都是因為人老了，控制開關食道、氣管的那塊小肌肉失靈。吃的東西進了氣管掉到肺裏，肺就會積水，變成肺炎。余先生因為人太瘦，不能在氧氣筒上支持太久，想到人生至此，怎不傷情呢？但轉而一想，余先生乃有福之人，彌留時，愛妻、愛女都圍繞身邊。雖然幼年時，歷經戰亂，擔風險的是父母，不是他。成年到臺灣，完成學業，娶得心儀的表妹為妻，四個女兒，端莊美麗，學有專長。余先生珠玉之詞，將流芳百世，永存不朽，人生至此，夫復何求？

後記：正巧好友張鳳女士來電郵，一面賀節，一面邀稿。她要在「北美作協」網站做一個專集，紀念余光中、紀剛、喻麗清，年底繳稿，明年三月發表。我平日不事寫作，下筆不快，寫文章很吃力。以志清和余先生的友情，寫篇文章悼念余先生，是義不容辭的事，只好勉力為之，草就此文，奉上我對余先生的崇敬與哀思。

——原載二〇一八年三月北美華文作家協會官網紀念余光中專輯

王洞，山西省介休縣人，民國二十四年出生於山西省太原市。七七事變後，隨父母逃亡至四川省灌縣暫住，後遷往陝西省漢中市入「兒童教養院」讀小學一年級。抗戰勝利返鄉，入「太原女師附小」。民國三十八年到臺灣，入「臺北第二女中」讀初一，民國四十七年臺灣大學經濟系畢業。一九六〇年赴美留學，獲加州大學柏克萊分校教育系碩士，耶魯大學語言學碩士。一九九一年入哥倫比亞大學學習計算機，任職美林證券公司，直至退休。一九六九年與夏志清結婚，一九七二年女兒出生，名自珍。

日落西子灣
——懷念余光中先生

馮亦同

落日去時，把海峽交給晚霞
晚霞去時，把落日交給燈塔
——余光中詩〈高樓對海〉

新世紀第一個金秋，睽違故都五十一載的「鄉愁」詩人偕夫人回到他魂牽夢縈的紫金山下，出席江蘇學界召開的「余光中文學作品研討會」。我有幸參與其事並在會上發表論文〈美麗的中國結——淺談余光中詩歌創作的母題〉，這也是我同景仰已久的光中先生通信十二年後第一次見面。正當重陽時節，白髮詩翁在出生地迎接七十二歲華誕，他在南大胡有清教授陪同下登中山陵、回母校，我陪他們夫婦去了棲霞山。丹桂飄香、紅葉初染，行走在棲霞古寺石階上，先生笑言他在娘胎裏就來過。那是一九二八年重陽節前，待產的母親來敬香祈福，登高動了胎氣，第二天「茱萸的孩子」呱呱落地，棲霞山可謂他的「詩心起跳之地」。光中先生有長文〈金陵子弟江湖客〉記敘這次回鄉之旅，在贈送給我的詩集《高樓對海》扉頁上，也鄭重地寫下「亦同先生正之：並紀念初歸南京之行，余光中，二〇〇〇年十月六日」的親筆題詞。

《高樓對海》是他在寶島出版的第十八部詩集，書名取自同名詩作，因為詩集中的作品「都是在對海的樓窗下寫的，波光在望，濤聲不絕，所以靈思不絕」。說來有緣的是金陵初會幾個月後，我與同窗摯友王盛教授、江蘇學界的年輕同行吳穎文、王雲駿兩先生就來到了這「高樓對海，長窗向西」的詩意棲居之所，位於寶島最南端高雄港區西子灣的中山大學美麗校園內。登上文學院新樓四樓，按動有「余光中」三字的研究室門鈴，穿一件淺色套頭衫的主人笑吟吟地開門迎接遠客。親切的問候與交談中，我送上首發他詩作〈重登中山陵〉和胡有清教授相關文章的《青春》雜誌，同期還有我整理記錄余先生在甯講演、參加研討活動的專稿〈在「祖國的語文」裏抓住自己的「根」〉。老詩人連聲道謝，指著茶几上幾本大陸刊物說剛收到，上面也有他的詩文。去年秋天返臺後又去歐洲開會，一直忙個不停，不少文債還來不及償還。面對靠牆的一排高大書架，先生說：「我自己出的書大部分都在這裏，你們難得來，每人都可以自選一本，馮先生可以多拿幾本……」簽好字、分贈完書，他興奮地說：「今天天氣好，我帶你們上陽臺看海去。」

我早從先生的詩文中得知，他寓所和辦公室窗外就是無垠的大海，向西望去，即是水天茫茫的臺灣海峽。他曾打趣說「自擁」海峽一座總要比杜子美晚年獨對江峽「闊氣得多」。而此刻登上五樓西牆外的觀景陽臺，領略這位「海的鄰居」所擁抱的壯闊與神奇，海天一色中最引人注目的，莫過於防波堤盡頭的那杜燈塔了。「燈塔是海上的一盞桌燈／桌燈，是桌上的一座燈塔」，我在同樣凝眸的光中先生身邊輕誦他的詩句，詩翁會心地笑了。在這座對海的高樓上，真有一盞「燈塔」似的桌燈，映照不眠的身影和手中的健筆，輝耀那神遊八荒、思接千載的文學旅程。他以一個看燈人的忠勇與執著守候在這條希望的海岸線上，送長庚，迎啟明，不怕孤單和寂寞，不管潮來與潮去，因為他闊大又纏綿的詩心，始終如一地情牽華夏，魂繫九州。

「亦同先生惠存：並志西子灣重逢之喜。余光中，二〇〇一年二月二十日」，這是詩翁在送我的散文集《日不落家》上的親切留言。十幾年過去，我們在南京、無錫、泉州、廈門等地又有過多次相逢。我曾追隨和見證他們夫婦健步登上武夷山仙掌峰的儷影，行至「回聲谷」時有人喊了個啊字，果然回音嫋嫋。我想起福州舉行的余光中詩文朗誦會上，老詩人登臺領誦他的代表作〈民歌〉數千名聽眾應和的情景，便因地制宜請他在這得天獨厚的「演播廳」再來一遍。先生欣然同意，當同行者與遊客們簇擁過來，浪跡天涯的詩壇泰斗手扶石欄，面對朗朗乾坤，以他渾厚又清亮的男中音放聲吟誦：「傳說北方有首民歌／只有黃河的肺活量能歌唱／從青海到黃海／風也聽見／沙也聽見」，當他念到最後兩行中的「風」和「沙」時，所有聽眾都大聲念出接下去的三個字，四面青山立刻回應：「也——聽——見——」訇然的聲浪在空谷裏不絕於耳……

最難忘二〇〇七年六月南京詩歌文化界在雞鳴寺舉辦的首屆端午詩會，年屆八旬的詩翁同音樂人晁岱健先生相繼演繹其名作〈鄉愁〉，詩人的朗誦和作曲家的演唱贏得滿堂掌聲。他還吟誦了新作〈回鄉〉，這首新格律體的十四行詩鑄古融今，別開生面，是那次詩人節聚會的一大亮點。「有人問我，你寫了鄉愁的過去和現在，那麼『未來』呢？我來告訴大家——」光中先生回答說：「未來來啊／鄉愁是一道長長的橋樑／我來這頭／你去那頭」，為他的傳世名作增添了一段嶄新的結尾。

又一個十年過去，今年重陽節前一周，我同遠在高雄家中的余先生通了電話，告訴他江蘇文藝出版社已快遞寄出我為他選編的最新詩集《風箏怨》，祝賀他即將來到的九十華誕。電話那頭傳來詩翁微弱的聲音：「感謝你這個知音，在南京出書對我有意義，餘下的時間不多了，我還要多寫，多翻譯一點東西……」

先生的家在高雄市區的愛河左岸，愛河流經西子灣注入大海——對海的樓窗啊，窗前的桌燈啊，你們都聽到了來自黃河和長江的回聲了嗎？

——原載二〇一七年十二月二十四日《揚子晚報．詩風專刊》

馮亦同，一九四一年生於江蘇寶應，一九五九年畢業於揚州中學，一九六三年畢業於南京師範大學中文系，一九六一年開始發表習作。著有詩集《相思豆莢》、《男兒島》、《紫金花》、《牽手樹》，詩評集《紅葉詩話》，散文集《鑲邊的風景》、《金陵心記》等；編有余光中散文選《左手的掌紋》、余光中詩集《風箏怨》等。曾任南京市作家協會副主席、江蘇省臺港澳暨海外華文文學研究會副會長。現為南京市作家協會顧問、江蘇省中華詩學研究會顧問。

《記憶像鐵軌一樣長》念憶余光中先生

張　鳳

在北一女和師大的少年時愛詩，曾泛讀：羅曼羅蘭、莫泊桑、契可夫、福樓拜、卡繆、吉本、房龍、杜翁、托翁；也讀司馬遷、劉勰、金聖歎、曹雪芹、葉嘉瑩、洛夫、鄭愁予、周夢蝶、葉珊（楊牧）、翱翱（張錯）、聶華苓、白先勇、王文興、陳若曦、歐陽子。當然還捧讀余光中之詩文！余先生早年的《天國的夜市》、《蓮的聯想》，我甚至還有手抄本，尤其喜歡他的散文〈幽默的境界〉、〈聽聽那冷雨〉……及《梵谷傳》等翻譯。欣賞一個作家，重要的是用心讀他滿腹經綸，文貫中西的作品。後來，他多篇詩文被選入三地的教科書，作品被譯為英、韓、日、德、法文等影響一代。

我的哀樂中年多艱辛，經過三十多年哈佛大學的歷練，隨著時間的流逝，益發體會：少年愛做的事，哪一樣，不是夢的延長？於是總有些意猶未盡。

二〇〇八年十一月回臺北劍潭，參與世界華文大會，趁便應邀到幾校演講，應允二十三—二十四日去高雄中山大學演講，主要為見南臺諸友，最大的吸引力還是余先生。他曾首任中山大學文學院院長，時任院長黃心雅，和在哈佛開過會的張錦忠教授主持，悉心安排了一段不短的時間讓我與詩人歡敘。

在他辦公室暢憶二〇〇四年九月二十七—二十八日，初次於北京八達嶺長城世華作協大會首遇，並參加符兆祥先生舉辦的長城放飛和平鴿之盛舉，似遠實近的余先生，就同我和熟知多年的鄭愁予先生的歡敘相逢。

他聽我脈絡分明地梳理他的美國留學講學，難掩愉悅訝然。我還說到他一九五八—五九年去愛荷華大學隨李鑄晉教授研讀碩士、與我後來申請到該校獎學金的淵源……一九六四年應國務院邀請，他為「亞洲教授計畫」客座伊利諾州楓城（Peoria）的布德里（Bradley）大學及中密西根大學，賓州蓋提斯堡學院，紐約州等巡迴教學。一九六九年第三次赴美，是美國教育部之聘，任科羅拉多州教育廳外國課程顧問和寺鐘女子學院客座教授。在高高的丹佛，他山居了兩年。

他談那次赴美，發現與楊牧還多一項同好：搖滾樂。看到異國披髮朗吟的詩人，一揮手，一投足，一啟唇之間，欣然而聆者數以萬計，乃感到自己的現代詩太冷，太窄，太迂緩。正當美國社會和平運動勃興，他受二〇一六年諾貝爾文學獎得主巴布．狄倫（Bob Dylan）和瓊．拜雅（Joan Baez）及一些民謠詩人有所感觸，寫了〈民歌手〉、仿狄倫詩句寫〈江湖上〉……抒發於一九七四年的詩集。

我留神的是一九七四年，他的〈鄉愁四韻〉分別被楊弦、羅大佑譜成民歌，於胡德夫演唱會發表。更有李泰祥，將〈海棠紋身〉和〈民歌〉兩詩譜曲等。翌年，楊弦續譜《白玉苦瓜》內多首詩歌，一九七五年初夏，在現代民謠創作演唱會發表，他已任教香港中文大學，特返來登臺朗誦詩作。聽眾對鄉土渴望的迷思，與既親又疏的現代音樂打混，引起熱烈共鳴迴響，而有民歌運動「以詩入歌」的創作，並引發學院派的音樂家論戰。

楊弦，本名楊國祥，是外子擔任臺大合唱團團長時的男高音之一，低一屆農化系學生。將其詩鋪衍成類似異鄉的詩樂，啟動為《我們的歌》引領先聲。

余先生愛旅行和開車，還幽默，提他書中信手拈來，涉筆成趣的事，如在美國漫長而無紅燈的四線高速公路，曾以七十哩的時速疾駛，越過九個州，想突破重重的秋色。他笑說：我現在還天天開車，我聞之甚喜，稟告他與我們哈佛的趙元任老一樣，學到老開到老。

他謝我到校演講，非常鼓勵地說絕對是應該聽的講座，他送了我《記憶像鐵軌一樣長》、《藕神》、《憑一張地圖》他的新作。親自勾勒簽贈，墨寶點畫勢盡，力透紙背，讓我喜出望外。並為我珍藏幾十年他的作品《左手的繆思》、《掌上雨》、《逍遙遊》、《五陵少年》、《望鄉的牧神》、《敲打樂》、《白玉苦瓜》、《在冷戰的年代》、《焚鶴人》……簽書。

在西子灣西望神州，我也論起膾炙人口，早於一九七二年一月二十一日寫就的〈鄉愁〉。其實他離鄉，是與父母跨海來臺……他說：「鄉愁是人同此心、舉世皆然的深厚情感……我離開大陸，已經二十一歲，漢魂唐魄入我已深，華山夏水長在夢裏。」日後更遠赴美，鄉思尤甚。他的詩上千，鄉愁之作大約十占其一，但他所嚮往的實是唐詩中洋溢著「菊香與蘭香」的故鄉。

細品他編《藍星詩頁》的一九六〇年前後（他也編過《現代文學》），為準備一期女詩人專號，安排良久，仍缺一首，他便以「聶敏」的筆名，虛擬了〈第三季〉這詩，在蓉子和夐虹之間，祕密地公開出來。聶敏者，匿名也。曾引得周夢蝶幾位有非非之想。他在〈鄉愁〉等詩，書寫舊事他在重慶悅來青年會中學，寫信給朱家祠堂母親傾談……也有與母親分隔的語境虛構。

〈鄉愁〉本指的淡淡的哀愁，但看到朗誦，常是激動，甚至淒厲，有樣板戲的風味，令他很難為情。夏志清教授論及他時，曾說「創新最有成績的要算余光中」。散文在余先生充滿剛柔之美的文字的熏染下，漸孕育成恢弘的氣度。千禧二〇〇〇年，他與我皆入選《世界（紀）華人學者散文大系》。

中山大學別後，他就由助理代通電郵，劍潭和二〇一一年冬香港世界華文旅遊文學國際大會等，都曾再度同會欣逢，親睦相敘暢談近況，樂而不疲談論詩畫音樂或共同師友夏志清伉儷等等。

他也獨到地跟我談起書，「腹有詩書氣自華」，架上的書，永遠多於腹中的書；讀完的藏書，恐怕不到十分之三。儘管如此，書確是可以「玩」的。玩書的毛病始終沒有痊癒。玩書則是玩書的外表：七色鮮明設計瀟灑的封面一見傾心，是重大的原因。企鵝叢書的典雅，現代叢書的端莊，袖珍叢書的活潑，人人叢書的古拙，花園城叢書的豪華，瑞士史基拉藝術叢書的堂皇富麗，盡善盡美……這些都是使蠹魚們神遊書齋的樂事。如梵谷的書集，康明思的詩集，就需要久玩才能玩熟。

約翰生曾說，既然我們不能讀完一切應讀的書，我們何不任性而讀？他說他的讀書便是如此：大學時代，出於攀龍附鳳，進香朝聖的心情，曾經遵循文學史的指點，自勉自勵地讀完八百多頁的《湯姆．瓊斯》，七百頁左右的《虛榮市》，甚至咬牙切齒，邊讀邊罵地嚥下了「自我主義者」。自從畢業後，這種啃勁愈來愈差了。

「人生識字憂患始，姓名麤記可以休。」劉邦會用讀書人，漢生楚敗，這也是一個原因。蘇軾這兩句詩倒也不盡是戲言，因為一個人把書讀認真了，就忍不住要說真話，而說真話常有嚴重的後果。這一點，坐牢貶官的蘇軾當然深有體會。

讀書其實只是交友的延長，吸收間接的經驗。生活至上論者說讀書是逃避現實，其實讀書是擴大現實，擴大我們的精神世界。因不只生活在一種空間。英國文豪約翰生說：「寫作的唯一目的，是幫助讀者更能享受或忍受人生。」倒過來說，讀書的目的也在加強對人生的享受，如果你得意；

或是對人生的忍受，如果你失意。

據說《天路歷程》的作者班揚，生平只熟讀：《聖經》。密爾頓是基督教的大詩人，當然也熟讀《聖經》，不過更博覽群書。結果，班揚的成就也不比密爾頓遜色。真能再三玩味善讀智慧之書者，離真理總不會太遠。

這種智慧之書，叔本華說：「只要是重要的書，就應該立刻再讀一遍。」考驗書是否不朽，最可靠的試金石當然是時間。一切創作之中，最耐讀的恐怕是詩了。

就余先生而言，「峨眉山月半輪秋」和「歧王宅裏尋常見」，讀了幾十年，幾百遍了，卻並未讀厭；所以《二十二史劄記》的趙翼說「至今已覺不新鮮」，說錯了。其次，散文、小說、戲劇、甚至各種知性文章等等，只要是傑作，自然也都耐讀。

卷帙浩繁，讀來廢寢忘食的依賴厚重情節多武俠小說，往往不能引人看第二遍，最不耐讀。

朱光潛的試金法：拿到新書，往往先翻一兩頁，如果發現文字不好，就不讀下去了。我要買書時，也是如此。因為一個人必須想得清楚，才能寫得清楚；反之，文字夾雜不清的人，思想一定也混亂。

偶爾有一些書，文字雖然不夠清楚，內容卻有其分量，未可一概抹殺。有分量的哲學家，卻不一定成為清晰動人的作家。作家如果表達上不為讀者著想，那就有一點「目無讀者」。

在〈逍遙遊〉、〈鬼雨〉一類的作品裏，記得他說：當真想在中國文字的風爐中，煉出一顆丹來。他嘗試把文字壓縮搥扁拉長磨利，拆開又拼攏，折來且疊去，為試驗速度、密度和彈性。理想的要讓文字，在變化各殊的句法中，交響成一個大樂隊，筆應該一揮百應，如交響樂的指揮杖。

余先生和我都同意中外文壇很少認真批評散文，散文包容廣，易寫難工，不能昧於現實，需具詩才，小說家的本領，真何止一把刷子。晚年他寫詩臻入化境：詠物詩，環保詩，能把全球化的現象，國際和個人問題入詩，或帶進節氣——提醒冰姑、雪姨不忘神農的期待，具民族感性。他勤於寫詩到晚年，在中年就說：詩人過了四十五歲，居然還出詩集，該是一件值得慶幸的事，例舉華茲華斯等西方詩人為例。但文友晚近廈門提問：都說詩歌是屬於年輕人，您現在是怎樣進行詩歌創作？有著皎白銀髮機巧又悠闊的他，頓成怒目！

他早就洞徹生死，詩文中常牽觸死亡，在一九六三年冬，唯一的兒子誕生，僅三天早夭，死亡隨著生之喜悅接踵而來，使他猝然體會生命之單薄而瞬息……一眨眼「死就在妳的肘邊」，三十歲那年，母親在臺去世，三十五歲子殤又得暫瞞愛妻，令他盡歷淒涼的歲月。

他感傷「南山何其悲，鬼雨灑空草。雨在海上落著。雨在這裏的草坡上落著。雨在對岸的觀音山落著。雨的手很小，風的手帕更小，我腋下的小棺材更小更小。小的是棺材裏的手。握得那麼緊，但什麼也沒有握住，除了三個雨夜和雨天。潮天濕地。宇宙和我僅隔層雨衣。雨落在草坡上。雨落在那邊的海裏。」北臺灣的潮天濕地，深化了他兒子淒淒切切喪禮的高渺，轉而宣講莎翁和覆王文興先生的郵箋闡發：超脫一己的椎心之慟，而為沉甸哀悼千古的死亡。當時看似頗為完滿齊全的我，也移情成為憂鬱的文青，撼動非常！

不忍心再問他是否想過這是表親近戚結合之故？常思不知究竟他如何向咪咪師母忍痛明說？在那階段，他常詩與文一題二奏，除折射散文〈鬼雨〉的詩〈黑雲母〉——獻給未見亡兒的妻……還將私情浪漫化，他寫情詩誠真意切，又多過百首，最多給妻子——一生戀著的江南表妹。

人心千頭萬緒，有人明哲保身選取噤聲不語，或栖栖皇皇……他發表鄉土文學論戰等的執念釁端不贅，也同於各類人生的自由抉擇……在文學創作，他總卓犖不群！

他是自我淬礪的詩人，要提升自己，同時還要身外分身，比昨天的我更加高明客觀，要能看透……他指在文學上的經驗愈豐富，功力愈高而能脫胎換骨。

在廈大二〇一四年秋舉行的海外華文女作協大會和母校廈大第四度的召喚，縱使在師母右腿跌傷了髖骨，住院開刀才兩個月，正是需要人照顧時刻，依然排除萬難光臨，作主題演講。得再相會，十月二十四日起頭尾餐會都幸同坐，他對我嘆道，本來我存夫人，會陪他從高雄直飛，女兒幼珊正照料，女婿手續未成……唉！

依然生氣勃勃以自嘲嘲人的冷詼諧，在盛況空前的聽眾前，逗人傾倒歡笑，著實具有耀目的輝煌，二〇一七年冬竟然驟去，真難叫人相信，就此天人永隔！

——原載二〇一八年三月北美華文作家協會官網紀念余光中專輯

張鳳，密西根州大碩士，哈佛中國文化工作坊主持人，北美華文作家協會副會長。曾任職哈佛燕京圖書館編目組二十五年，海外華人女作家協會審委。主持百餘場會議，研究文學、漢學。著作：《哈佛問學三十年》、《哈佛緣》、《哈佛問學錄》、《域外著名華文女作家散文自選集——哈佛采微》、《繁簡哈佛心影錄》、《哈佛哈佛》、《一頭栽進哈佛》。入選「世界華人學者散文大系」，獲華文著述獎文藝創作散文類第一名。

余光中和母親

楊欣儒

著名詩人余光中先生病逝了，享年八十九歲。

打從上世紀六〇年代，在中學讀書的我就非常喜歡余光中的現代詩。他的詩集《蓮的聯想》（一九六八）、《五陵少年》（一九六九）、《在冷戰的年代》（一九七〇）等著作我至今仍然珍藏著。

余光中的母親孫秀君生於一九〇六年的江蘇武進，生余光中於一九二八年的重陽節，在南京。抗日戰爭爆發後，她獨自帶著年僅九歲的余光中逃到上海，乘船去香港，經越南繞道回國，從雲南、貴州到四川，最後在重慶和他的父親余超英團聚。他母親於一九五八年逝世於臺北。余光中對母親非常孝順，在幾首詩中流露了對母親的敬愛。

一九五八年他母親去世時，他寫了〈招魂的短笛〉，前一段以排比的手法寫「魂兮歸來，母親啊，東方不可久留」「魂兮歸來，母親啊，南方不可久留」「魂兮歸來，母親啊，北方不可久留」「魂兮歸來，母親啊，異國不可久留」，日子不能久留，人遲早都得走，而你終於走了。這些句子如迫擊炮一樣連發，鏗鏘有力。

一九六七年一月他寫了〈母親的墓〉，抒發了他的孝思，極為感人。

余光中在母親逝世二十五年以後（一九八三），猶年年不忘，寫了悼念母親的詩歌〈親情傘〉，第一段是「……孩時的一陣大雷雨，下面是漫漫的水鄉，上面是閃閃的迅電，和天地一吒的重雷，我瑟縮的肩膀，是誰，一手抱過來護衛，一手更挺著油紙傘，負擔雨勢和風聲」；第二段寫的是「……驚雷與駭電早慣了，只是颱風的夜晚，卻遙念母親的孤墳，是怎樣的雨勢和風聲，輪到該我送傘去，卻不見油紙傘，更不見那孩子。」一想起孩時的一陣大雷雨，母親撐著油紙傘，涉水來接他回去。第二段他該報母恩了，卻不見了油紙傘和那孩子，無可奈何，感人至深。前後兩段對比，寸草難報春暉，確實是錐心泣血之作。

〈母難日〉（三題）裏的「今生今世」寫道：「我最忘情的哭聲有兩次：一次，在我生命的開始；一次，在你生命的告終。」這是真情的流露。〈矛盾世界〉寫「當初我們見面，你迎我一微笑，而我答你以大哭」，寫的是他的出生；「我送你以大哭，而你答我以無言」，寫的是母親的逝世。「不論初見或永別，我總是對你大哭，哭世界始於你一笑，而幸福終於你閉幕。」這的確是個矛盾的世界！〈天國地府〉裏寫道：這世界從你走後，變得已不能指認，唯一不變的只有，對你永久的感恩。

這就是對母親永遠孝敬，對母親永遠感恩的余光中！

——原載二〇一七年十二月十七日馬來西亞《中國報》

楊欣儒，曾在中小學與師範學院教導華語三十餘年。師範學院前話文主任，退休後從事語言文學研究工作、報刊專欄作者、馬來西亞華校董事聯合會總會（董總）華文學科顧問、馬來西亞華語規範理事會副主席、檳城州華人大會堂圖書館管委會副主席。曾出版《語音與文字》、《華語常用詞表》、《演講並不難》、《部首、筆順與規範詞語》、《小學華文知識全書》。學術作品刊登於國內外報刊。

西子灣畔訪余光中

喻大翔

余光中這輩子善結「海緣」。

我不敢久看他／怕蠱魅的藍眸／真的把靈魂勾去／化成一隻海鷗／繞著他飛

——〈與海為鄰〉

《高樓對海》裏有很多海，西子灣的海，高樓上的海，從窗口和露臺望去的海。詩集「取名《高樓對海》，是紀念這些作品都是在對海的樓窗下寫的，波光在望，潮聲在耳，所以靈思不絕。」（《高樓對海．後記》）

不管多遠，我一定要去看看那窗，看看那樓，看看那海。

二〇一三年七月中上旬，我喜歡的夏天到了。學校暑假，我隨同濟大學裴鋼校長一行訪問臺灣的幾所大學。公務告一段落，啟程往香港前，獲准有兩天空閒，可以自行活動。十日一大早，我毫不猶豫地挎起背包，到臺北車站買票、登車，到海的另一端——高雄去拜訪余光中先生。

火車停靠左營，記得是上午十點剛過一些。因為行前有越海的電話，昨晚又在捷絲旅臺大尊賢會館向余先生報告了一遍。立等片刻，那輛被員警追過的美國西部的狂車就出現在眼前。這也是我期待的理由之一：半個世紀之後，那種浪漫的桀驁還流淌在詩翁的血液裏嗎？

車過一條長路，車過一些窄路，車到海邊，再上山。雖然少了些狂野，但那流暢與自由也絕不是一般八十五歲老人能夠想像的，何況還是一位老詩人。路上我問：「臺灣允許八十歲以上的老人開車嗎？」「允許啊！」「您開這麼快，沒人攔您的車哦？」「好像他們都認識我，不找我的麻煩。」上山時，中大的保安略略彎腰，對他笑了笑，車子就風一樣的飆起。

至今心懷愧意：我先下車，出於好奇，不知道我當時問了一句什麼話，分散了他的注意力，他下車時，頭額撞在門框上沿，有點重，他停了停，又撫了撫。我十分歉疚地立在旁邊，輕語地詢問了幾句。余先生說沒事，這才拿了行李，上他的辦公室。原來是車庫牆上一塊藍底白字的大牌子，吸引了我的視線：

中山大學榮譽退休教授
余光中老師停車位

下面還有兩行英文，也讓我第一次知道了詩翁的英語名字：Yu Kwang Chung。我很感動。在海邊的小廣場，我已見到了刻有余詩的石頭。還有老人十年前受邀到同濟，曾送給我一個印有西灣落暉圖的詩杯。他告訴我說：中山大學每年有一筆預算，請他挑選印製有他詩文的紀念品，以便送贈世界各地的朋友或機構。真替詩人感到由衷的溫暖與欣慰。

余教授的辦公室在文學院大樓四樓，編號「五三四」，下面是余光中三字的印刷體。還沒進門呢，我們就拍了兩張照片：一張我玩的自拍，不說了。剛好這時來了一個女學生，她幫余老師和我拍了一張合影。門的正中是一張菱形的淺底色的抽象畫，看過去，畫的左下斜邊是梵谷的自畫像，懷疑的眼神和憤怒的黃鬍子；余先生就站在他旁邊，淺笑著側耳傾聽梵谷的聲音。畫的左上斜邊是紅底灑金的一個「福」字，有些像毛筆，又有些像炭筆，現在看來，很像是余先生親筆書寫的。畫的右側尖向就是本人淩亂的長髮，似乎通過兩張畫面在和余先生連線。余先生提著一個手袋，應該是那個學生剛剛交給他的材料。

進屋放下背包，余先生第一個召喚就是去看海！不是步行至沙灘，也不是坐船遠行，而是到樓西頭的露臺上眺海。他辦公室的一排窗口朝西南，那裏是一座山和一座土紅色的樓房，只在遠處的右前方，有一線斜斜的綢藍。我記得，從他門口到西邊的露臺，中間只隔著一間辦公室。步上露臺，世界大開！海水一望無際，船影艘艘而點點；近海棧橋縱橫，浮標漂浪；更近處和左側，當然是海堤、山坡和住宅，是一部大藍大綠大紅的音色交響曲。這就是帶給余光中畫意詩情的視境，源源不斷的靈感之泉。

余先生指著遠方輕輕地說：「海峽的對面就是大陸，我已經眺望快三十年了！」然後沉默，再然後，還是沉默。因為這一泓海水，因為六十多年日日夜夜的風波，它將詩人的情思拉得又深又細又長：

大地多礙而太空無阻／對這些夢與地理之間的問題／鏡中千疊的遠浪盡處／一根水平線若有若無／是海全部的答覆

——〈夢與地理〉

其時太陽甚烈，我們都戴著墨鏡。我說余先生，我們來張自拍吧？他說好啊！我們靠在露臺的石欄上，陽光從東北方向瀑布似地洗下來，有些令人窒息。詩人曾說，在杜甫之前，江峽一直無主。詩人沒有說的是，在光中之後，西子灣有主了，這一灣淺淺的海峽，早可別名為余子灣或棲詩灣了。

在詩翁的辦公室談了不少話題：比如永春余光中文學館的建設，他拿出了一張設計圖給我看；比如大陸一些選本的刪存與得失；他還談到了關於他的評論和傳記作品……並說：目前為止，這類作品中，徐學的《火中龍吟——余光中評傳》是最有分量的。

余先生的辦公桌上堆放著很多書刊，有一冊香港的《明報月刊》好像剛剛闔上。沙發旁的一張小几上放著一沓學生的英文作業，余先生在整理物件的當兒，我翻了好幾頁，每一頁都有先生勾畫的筆跡與文字。最後一頁原作英文只有三行，其他都是先生的手跡。在他的允許下，我拍下了這一頁，以作意外的紀念。在給學生「九十」分的嘉賞之下，先生花了十五行對論文作了評價，認為該篇研究「見解深刻，資料翔實，其範圍不囿於英國浪漫主義，還旁及世界文學。」此外，先生還引申到浪漫主義詩人雪萊，以柯勒律治筆下的忽必烈汗（KublaKhan）構建奇異殿堂及花園為例，談雪萊創作〈古舟子詠〉的直覺天賦，讓學生觸類旁通。大陸讀者知道余先生中文書寫一絲不苟，卻未必見過他英文的嚴整漂亮，且是在學生的一份作業上！這樣的詩人學者、這樣的批評家教授，能不受到學生的愛戴嗎？我在大學任教近四十年，知道一個好老師對學生和學校的重要性。而一個大師級的好老師，其影響和榮耀，更是不言而喻的！

離開余先生辦公室之前，他簽贈了三本新著給我。不過，我答應為一家大學出版社撰寫一部《余光中評傳》，需要的資料真的是太多了。但一看他書架上重本不多，又怕麻煩先生，故只向他借了兩本黃維樑教授早年主編的兩部評論集《火浴的鳳凰》與《璀璨的五采筆》，並寫下了一張借條，準備半年後奉還。豈料寫作並不順利，二著捨不得按時歸還。那張借條一定還躺在詩翁某一個抽屜或資料夾裏。想起數年來瑣事纏身，辜負了先生的期望，而我從此失去當面求教的機會，遺憾終生啊！

在海邊安靜而優雅的大學飯店用了午餐，又在椰葉搭起的涼棚下拍了照片，穿過幾幢教學樓長長的走廊，我們進了中山大學圖書館。下一個活動，就是參訪設在該館的「余光中特藏室」。這間特藏室面積不大，可是，卻是中山大學和他的共同心血，它以余先生親自設計並以收藏他從香港返臺後的全部作品、圖片、畫像、手稿、書法、影像等為特色。由導覽員開了個頭、介紹了各種展覽形式，並播放了他吟唱的〈念奴嬌．赤壁懷古〉、一位女指揮家指揮合唱的〈鄉愁四韻〉之後，余先生慢慢從中庭環形的棕色沙發上站起來，為我一個人講解了大約半個小時以上。緩緩的語調，從容不迫的節奏，一書一稿一簽一字都如數家珍，真令我這個後學喜出望外又受寵若驚！其間，他特別拿起人民日報出版社《余光中對話集——凡我在處，就是中國》說：裏面有郭虹的一篇，超過一萬字，是她把問題寫好寄給我，我書面回應的，比較可靠。

那時大約下午三點多了。余先生在車站接我時就說了：范老師一定要接我到市內的家裏住一晚，床上用品洗漱之類都是新的。余先生這時也有些疲憊，說我們該返回辦公室拿東西，然後到他家裏晚餐歇息了。

再進辦公室，余先生斜躺在沙發上，拿一小瓶眼藥水滴眼睛。我則繼續好奇一書一畫一筆一紙，並用帶去的小型攝像機進行了掃描式拍攝。片刻，余先生談興再起，與我談起了鄉土文學的論爭；談到許多年來飽受一些人的指摘甚至攻擊；談這些年在華人社會的來去對他創作的影響；還有就是心理上的誤解、困惑與憂悶……我這時看余先生，是那樣的瘦小與羸弱，一股敬惜之情油然而生。

這時電話鈴響了，是范我存老師催我們回她的家了。余先生輕輕地說：「馬上就回。」真是天有不測風雲，我的手機也響了，校長祕書說，「颱風要來了，我們須明天提前飛香港，你今天一定要趕回臺北。」

幸好，我趕上了左營當天最後一班高鐵，一邊啃麵包，一邊電影似地回憶起從早上開始的經過……

——原載二〇一八年一月九日《文匯報筆會》

喻大翔，筆名荒野，湖北黃陂人，一九五三年農曆七月二十五日生。文學博士，曾先後任教於華中師範大學、海南師範大學和同濟大學中文系。教授、詩人、作家、文學評論家。已出版詩集、散文集、文學評論集等十餘種。

余光中的翻譯活動

許鈞

當代著名文學家余光中先生與世長辭，給後人留下無盡遺憾。余光中的詩歌滋養了一代又一代讀者的靈魂，激發了無數後輩詩人的創作靈感。他不啻一位文藝繆思，但他又是一位繆思，是溝通東西文化的赫爾墨斯。他在自己翻譯、詩歌、散文、評論的「四度」創作中，更將翻譯放在了最先的位置。

余光中的翻譯活動，幾乎始於他詩歌創作的同一時期。早在金陵大學攻讀外文系時，剛上大一的他就已嘗試翻譯拜倫、雪萊等詩人的詩歌，也嘗試過戲劇、小說的翻譯。他在大學期間翻譯的海明威《老人和大海》（即《老人與海》），是這部小說最早的一個中譯文。這個譯本，被導師看後贊許不已，同意他以譯文代替畢業論文。之後幾十年，他翻譯了海明威、麥爾維爾、王爾德等名家的作品，累計譯作近二十部，涉及小說、詩歌、戲劇、傳記等多種文類。在從事外譯中的同時，他也曾將一些中文作品翻譯成英文，在很多年前，就已承擔起對外傳播中國文學的使命。

余光中精通漢英雙語，翻譯中又有明確的文體追求，因此譯文不但忠實原文，表達上更是臻於化境。他善於用優美規範的中文來表達，力避寫出「翻譯體」譯文，戕害中文。為防止落入「詩人譯詩」的圈套，又注意自我克制，防止將一切詩歌都簡化成自我的風格，於翻譯中根據不同的文體要求與原語特點，選擇不同色彩的語言，創造出許多典範譯例。例如英國詩人薩松的詩句“In me the tiger sniffs the rose.”由他翻譯成「心有猛虎，細嗅薔薇」，被無數讀者津津樂道。這些生花譯筆當然有妙手偶得的成分，但更多是不斷思索推敲的結果。余光中對待翻譯非常嚴肅鄭重，這從譯文的前言後記中得到了充分的體現。這些文字既是對所譯文本的研究，也是對翻譯過程和經驗的記錄，通過這些文字，他彷彿要踐行自己向廣大譯者提出的要求：譯者一要精通原文和譯文兩國語言文字，二要熟悉文本的內容，必要時成為這一領域的專家，三要有一種負責任的態度。

余光中雖未寫過翻譯學理論專著，但他的翻譯思考，卻貫穿翻譯實踐的始終。幾十年中，他一直做翻譯，教翻譯，主持翻譯比賽，為比賽寫評語。在實踐之餘，寫就了〈翻譯和創作〉、〈變通的藝術〉、〈翻譯乃大道〉等論翻譯的名篇，這些文章儘管篇幅短小、語言平實，其中的見解卻精闢深邃。特別是他寫於一九六九年的〈翻譯和創作〉，寫於一九七三年的〈變通的藝術〉，已經提到了翻譯創造性、譯者主體性等翻譯研究的核心問題，而那一時期，在世界範圍內，翻譯學還沒有確立。由此可見他翻譯思想的超前性，其觀點今天看來都還沒有過時。

他堅定認為翻譯是一種創作，至少是「有限的創作」，反對將翻譯等同於翻字典的偏見。在〈翻譯和創作〉一文中，他指出：「流行的觀念，總以為所謂翻譯也者，不過是逐字逐詞的換成另一種文字，就像解電文的密碼一般；不然就像演算代數習題，用文字去代表數位就行了。如果翻譯真像那麼科學化，則一部詳盡的外文字典就可以取代一位語言翻譯家了。可是翻譯，我是指文學性質的，尤其是詩的翻譯，不折不扣是一門藝術。」在他看來，翻譯活動與創作活動的心智頗為相似，甚至更為複雜，因為翻譯不僅要像創作那樣，將經驗轉化成文字，還要顧及記錄原作者經驗的原文，實在「是一種很苦的工作，也是一種很難的藝術」（〈翻譯與批評〉）。

余光中也認識到，翻譯是「有限的創作」，原文語言限制著譯者進行隨心所欲的發揮，所以他又將這「有限的創作」稱作「變通的藝術」。對於這種藝術，他在〈變通的藝術〉一文中如此解釋：「『東是東，西是西，東西永古不相期！』詩人吉普林早就說過。很少人相信他這句話，至少做翻譯工作的人，不相信東方和西方不能在翻譯裏相遇。調侃翻譯的妙語很多。有人說，『翻譯即叛逆。』有人說，『翻譯是出賣原詩。』有人說，『翻譯如女人，忠者不美，美者不忠。』我則認為，翻譯如婚姻，是一種兩相妥協的藝術。譬如英文譯成中文，既不許西風壓倒東風，變成洋腔洋調的中文，也不許東風壓倒西風，變成油腔滑調的中文，則東西之間勢必相互妥協，以求『兩全之計』。至於妥協到什麼程度，以及哪一方應該多讓一步，神而明之，變通之道，就要看每一位譯者自己的修養了。」

這段話可以說在某種程度上概括了翻譯的一些基本特徵：翻譯是一種相遇、相知與共存的過程，在這個過程中，有衝突，有矛盾。為相知，必尊重對方；為共存，必求「兩全之計」，以妥協與變通，求得一樁美滿婚姻。「變通」的藝術，蘊含了對翻譯最深的理解，也蘊含了對譯者最高的要求。由這種追求來看，他的翻譯、詩歌、散文、評論，是同一個活動的四個側面。他並不是人們所說「藝術上的多妻主義者」。他的「藝術上的妻子」，只有一位，那就是美。

——原載二〇一八年一月十九日《中華讀書報》

許鈞，浙江龍遊人，現任浙江大學文科資深教授、教育部長江學者特聘教授，曾任南京大學學術委員會副主任，現兼任國務院學位委員會外國語言文學學科評議組召集人、全國翻譯碩士專業學位教育指導委員會副主任、中國翻譯協會常務副會長，並擔任國內外近二十種學術刊物的編委。已發表文學與翻譯研究論文二百八十餘篇，著作十一部，翻譯出版法國文學與社科名著三十餘部，譯著多次獲國家與省部級優秀成果獎，榮獲法蘭西金質教育勳章、翻譯事業特別貢獻獎。

死亡，你把余光中摘去做什麼？

何龍

二〇一七年十二月十四日十點，中國文壇的一顆巨星在臺灣高雄隕落。這顆巨星是如此的閃耀，以至於在隕落之後激起華人文壇的強烈嘯鳴。

這顆巨星叫余光中。

我對「巨星」的稱謂一直沒有多少好感，因為「巨星」二字已經被娛樂圈用到「巨濫」和「巨貶」。但對余光中及其逝世，我找不到比「巨星隕落」更為恰切的詞語。

我閱讀余光中是從大學四年級開始的。那是一九八四年，我從圖書館偶然看到臺灣版余光中散文集《左手的繆思》。讀了數篇之後，就被他大異於內地散文的文筆所吸引。

那個年代，我們已經對楊朔的「意境」感到「意盡」、把秦牧的《花城》看成「圍城」（外面的想進來，裏面的想出去）、讀劉白羽的《日出》讀到「日落」，突然看到余光中飛揚的文字、雄奇的意象、巧妙的比喻、幽默的語言，就無法不被其俘虜。

讀完《左手的繆思》後，我把能找到的余光中散文悉數找來，《掌上雨》、《逍遙遊》、《望鄉的牧神》、《焚鶴人》……可以說，每一本、每一篇、每一字都不錯過。

那時內地還沒有出版過余光中的散文，我只好大量謄抄或複印臺版余光中散文的名篇和片段。讀研究生二年級時，我寫了篇〈余光中的散文藝術世界〉的評論，發表在遼寧出版的《當代作家評論》一九八三年第三期上。當時認識香港中文大學的余光中研究專家黃維樑先生，我就把這篇評論寄給他，並附上一封信，請他轉給余光中先生。

很快，我就收到從香港中文大學寄來的一封信。打開一看，是余光中一九八六年八月二十六日寫的回信。

余光中在信中說：

> 黃維樑先生轉來尊稿的影印及七月十三日大函，很感謝你對我的謬賞與溢美，給我鼓勵頗多。我的散文在三十多歲時飛揚跋扈，不知為誰而雄；現在我的風格已漸趨淡永，變了不少。明年我可能出一本散文選集，以呈現自己三十年來散文創作的發展歷程。遠在遼寧的刊物如此注意海外文學的動向，實在令人欣慰……

可想而知，我當時收到回信是怎樣的心情。

我做過十年的娛樂新聞，從未追過星，幾乎沒有主動找娛樂明星簽名合影。我的偶像只有少數幾個作家。在中國作家中，能讓我癡迷的，就是錢鍾書和余光中。

一九八八年十二月，我受邀到香港中文大學做一個月的訪問研究。期間，余光中到香港參加「香港文學國際研討會」，黃維樑安排他住在中文大學。我終於見到了余光中，並不時到余先生的住所拜訪他。

余光中那年正好六十歲。他講話就像他寫字一樣，一筆一劃、一詞一句都不緊不慢毫不含糊。

印象最深的，是他問我大陸為什麼特別喜歡使用成語、大詞和重複的語言。他舉例說，比如你們找男女朋友，會說「找物件」，而「物件」可是哲學用語啊。

余光中還認為單字名在稱呼上比較尷尬，比如「何龍」，叫姓名會顯得不禮貌，叫單名「龍」又會覺得太親昵；不像黃維樑這樣的名字，叫「維樑」就很自然……

一九九一年和一九九四年，我又分別到香港中文大學和嶺南學院做了四個月的訪問研究，把之前讀不到的余光中散文都讀了。《聽聽那冷雨》、《青青邊愁》、《分水嶺上——余光中評論文集》、《記憶像鐵軌一樣長》、《憑一張地圖》、《隔水呼渡》……我終於能全景式地觀賞余光中散文。

我在香港的日子裏，余光中也來香港參加文學活動。黃維樑先生善解人意，除了請我與當年的「沙田四人幫」（余光中、梁錫華、黃國彬和黃維樑本人）一起吃飯之外，還安排我與余光中一起到海邊放風箏，讓我有更多的機會接近余光中。

一九八九年，花城出版社出版辛磊先生編選的余光中散文選《鬼雨》，把我另一篇評論余光中散文的文章〈奇妙的文字方陣〉作為代序。這是內地出版的第一本余光中散文選集，一九九〇年第三次印刷時，又印了兩萬多冊，可見「余迷」之眾。

一九九四年六月，余光中到蘇州大學參加「兩岸暨港澳文學交流研討會」，蘇州大學辦了個余光中見面會，全場爆滿，氣氛火熱，那場面不亞於現在粉絲追逐演藝巨星。

會議期間，東道主安排了爬山觀光活動。爬山爬到一半時，臺灣作家張曉風爬不動，就去坐轎子。余光中見狀，私下開玩笑說，人家思果（散文家、翻譯家）已經七十六歲了都沒有坐轎子……

在蘇州古紫金庵門口，我在跟余光中合影時，他沒按「套路」照相，而是摟著一尊很萌的石獅與我合影。

那年之後，我就再也沒有見到余光中先生了，只是給他打過一次電話。

余光中四十歲時在〈論夭亡〉中說：夭者在「陽壽」上雖然吃了一點虧，至少他免了老這一劫。不僅如此，在後人的記憶或想像之中，他永遠是年輕的。壽登耄耋的人，當然也曾經年輕過，只是在後人的憶念之中，總是以老邁的姿態出現。

一九九四年余光中六十六歲，於是六十六歲的余光中就定格在我的記憶之中……

余光中一生寫詩千多首，撰文數百篇，是詩文雙璧的真正大作家。黃維樑用「璀璨的五采筆」來形容余光中的創作：「用紫色筆來寫詩，用金色筆來寫散文，用黑色筆來寫評論，用紅色筆來編輯作品，用藍色筆來翻譯。」在黃維樑看來，紫色象徵高貴，金色煥發白話文的生命，黑色表達褒貶力求公正無私，紅色意味圈點修飾、一絲不苟，藍色則象徵信實之意。

〈鄉愁〉是被內地讀者津津樂道的詩作，但〈鄉愁〉只是余光中的一個小小名篇，是在特殊語境中被特殊情感放大的名篇。

據黃維樑透露，對於〈鄉愁〉的盛行，余光中一則以喜，一則以憂。「如果把余光中等同於〈鄉愁〉，那我們對他的認識就太片面了。」余光中也曾說過：「這首詩就像一張大的名片，把我的面目都遮蓋了。」

生命是造物主寄存在世上的物品，何時拿來，何時取走，全在他老人家念起念滅之間。死神從來不肯打盹，總是對人類虎視眈眈。死神的造訪從來不曾預約，它總是魯莽地破門而入。有時候，死亡像地平線，它近在眼前，卻遠在天邊；有時候，死亡又像飛機舷窗下的雲，它遠在天邊，卻近在眼前。

詩人丁尼生在〈刈者和花〉中寫道：「有位刈者叫死亡，／他用鋒利的鐮刀／把有鬍鬚的莊稼收割，／雜生其間的花朵也難免一氣砍掉。」

這個死亡刈者犯下的最大罪惡，是經常從事不當的收割——余光中才八十九歲，再給他一些時間，他還能給人類留下更多的文學財富。

一九六三年，美國詩人羅伯特‧佛洛斯特去世，余光中在懷念文章〈死亡，你不要驕傲〉中說：「當一些靈魂如星般升起，森森然，各就各位，為我們織一幅怪冷的永恆底圖案，一些軀體變成一些靈魂，一些靈魂變成一些名字。好幾克拉的射著青芒的名字。……死亡，你把這些不老的老頭子摘去做什麼？你把胡適摘去做什麼？你把佛洛斯特的銀髮摘去做什麼？」

現在我也要質問——死亡，你把余光中摘去做什麼？

——原載二〇一八年二月香港《文學評論》

何龍，廣東省作家協會理事，雜文創作委員會主任。廣東技術師範大學中文系碩士生導師，華南師範大學、中山大學和韶關學院等客座教授。出版有文藝論著《追蹤文藝新潮》，雜文隨筆《城裏人》、《當代愚公挖什麼》等。

鄉愁已遠行

——記與余光中先生洛城文學因緣

曉　亞

二〇〇六年由美之大姊所創立的德維文學協會與美國《世界日報》邀請余光中先生來到洛杉磯，進行了兩場公開文學活動，一場是訂為「余光中之夜」的詩朗誦會，一場是題為「當中文遇見英文」的演講會。

活動籌畫時，我曾為了朗誦會上朗誦詩作名單及呈現方式和詩人以電話、傳真（那時伊媚兒尚非十分普遍）往返溝通了數回，印象中他老人家一絲不苟，人如其文，在嚴肅穩重中又帶點輕鬆詼諧。當時剛過完農曆新年，這位兩岸三地共同推崇的文學大師趁著春節教書空檔，偕同夫人范我存女士及小女兒余季珊翩然來到洛杉磯，進行為期五天的訪問。兩場活動總計吸引了超過六百名文藝粉絲齊聚一堂，這在有著「文化沙漠」之稱的洛城可以說是極為罕見。其中有人開了數個小時車程跨越半塊加州，甚至從外州遠道而來，只為一睹這位詩壇祭酒的風采，在兩場詩歌與文字魔幻時空中，領略了中國詩文的瑰麗與浩瀚。

記得當時不論是詩朗誦會或是演講會，早在活動開始前個把小時，座落於蒙特利公園市的長青書局及《世界日報》大樓便湧入大批人潮，將現場擠得水洩不通，後來者乾脆席地而坐。這些人裏有慕其名而來者、有故舊同學友朋、有多年死忠讀者、有藝文界作家畫家藝術家及桃李滿天下的學生……大家彷彿都化身為小粉絲，以期盼沸騰的熱情歡迎這位集新詩、散文、評論及翻譯於一身的詩文大家。在朗誦會上，余光中先生以感性的語調或緩慢或激昂一口氣朗誦了自己從七〇年代橫跨三十餘年的十八首新詩作品，明顯地看出在不同時期階段語言、題材與詩風的轉變。他朗誦了〈江湖上〉、〈白霏霏〉、〈民歌〉，然後是〈盲丐〉、〈搖搖民謠〉、俏皮的〈踢踢踏〉及紀念結婚三十周年的〈珍珠項鍊〉，還有描述洛城寄宿張錯教授家中對其古董兵器珍藏之印象的〈洛城看劍記——贈張錯〉，及二〇〇〇年詩人回到了誕生地南京，循著兒時記憶足跡寫下的〈再登中山陵〉……等中文詩作品。之後以英文朗誦了英國浪漫詩人雪萊的十四行詩〈阿西曼地亞斯〉（Ozymandias）、曾得過四次普立茲獎的美國詩人羅勃．佛洛斯特（Robert Frost）的〈全心的奉獻〉（The Gift Outright），以及文藝復興時期英國詩人湯姆斯．納許（Thomas Nashe）的〈甜蜜的春天〉（Spring, the Sweet Spring）。

余光中先生曾說，詩的生命具備兩個部分：一為意象，一為節奏與音調。因此詩作如果不加以想像力大聲念出來，詩的生命便死了一半。於是，這些不管是自身作品或英文、西班牙文詩作，在其抑揚頓挫、或高昂或低迴的語音情感詮釋下，注入了更廣闊豐沛更能觸動心弦引起共鳴的生命力。

第二天的演講會「當中文遇見英文」於《世界日報》大樓舉行，延續了前一天的熱情，整個場子騷動沸騰。詩作朗誦是抒情感性的抒發，演講會則以輕鬆幽默的方式，藉由英文與中文的對照看待中英文關係、異同，探討西方與東方的衝擊影響，是理性與知性兼具的呈現。相同的是，兩場活動結束之後，大批意猶未盡的讀者圍繞著余光中，提問、簽書、寒暄、敘舊、留影，場內的盛情正如窗外加州陽光般燦爛溫暖。

我們知道這位飽覽群書情感豐沛的詩人，肯定會喜愛洛杉磯極富盛名、庭園優美、文物藝術品收藏豐富的漢亭頓博物館（Huntington Library），在美之大姊特別安排下，眾人來到了位於聖馬利諾市、塵囂之外的一塊美麗綠地。那一天春陽和暖，助理副館長蘇西摩舍（Suzy Moser）帶領遠來訪客遊覽，介紹正興建中的中國園，假山流水湖光山色，典型的秀麗江南亭臺樓閣，當時詩人為眼前美景所觸動，雅興大起，相約兩年後待庭園完工之時，邀請其他文人相聚於此吟詩作對，以祝福慶賀，雖然這個提議後來沒有實現，但當時光想像這個畫面，便令在場者雀躍嚮往不已。

〈天方飛毯原來是地圖〉一文中，余光中曾描述自己對於地圖的癡迷，上中學時畫地圖的功課簡直成了賞心樂事，一生中收藏了兩百多幅單張輿圖和數十本中外地圖冊。館內西方歷史原稿負責人布洛吉特（Peter J. Blodgett）知悉後，準備了多份西元十五世紀手繪航海地圖供其欣賞。他盯著眼前一張張泛黃地圖看得津津有味，並以其對輿圖地理的豐富知識，當場指出幾處比例與名稱的錯誤與瑕疵，如愛爾蘭尺寸幾乎與英國等同、美國新大陸被視為新西班牙、香腸形的蘇門達臘被繪成了三角形……等。此外，館中珍藏的英美作家真跡手稿則令眾人大開眼界，包括英國作家史蒂文森、浪漫詩人雪萊、拜倫及美國作家霍桑、梭羅、惠特曼……研究英美文學的余光中沒想到竟然有此機緣親睹這些心儀作家的手跡，愛不釋手，仔仔細細地端詳閱讀。這些手稿中，包括雪萊的巴掌大筆記本，裏頭有詩人興之所至隨手塗鴉的素描人像，更顯罕見珍貴。令人佩服的是，僅憑手繪素描，余光中竟能辨識出所繪對象，可見其對英美文化界知之甚詳及文學素養的深厚。

除了對於地球山川脊陵街道湖泊圖像的喜愛之外，詩人對於天上點點繁星所繪成的盤奇詭圖、奧祕的星空密碼也是神往不已，於是透過任教於加州理工學院、作家伊犁的夫婿翁玉林教授的安排，演講會結束後第二天，我們帶著喜愛觀星的余光中參觀了南加州名聞遐邇的太空計畫中心「噴射推進實驗室」（Jet Propulsion Laboratory, JPL），參訪了太空梭製造測試室、火星探測器模擬及許多難得一見的探索儀器。漫步在匯集著世界頂尖科學家的幽靜園區，余光中與夫人、小女兒專注地聆聽著陪同工作人員的詳細解說。從地圖的繪製到太空的觀星奧祕，涉獵廣泛興趣盎然，正是「上知天文下知地理」的最佳寫照。

在散文作品《青銅一夢》書扉頁，他提筆寫下數字話語相贈：「曉亞小姐留念，並誌羅省之行」，字體工整一貫余氏藝術風格，後面鄭重簽下「余光中」三個字，如今這三個字已然載著永恆的鄉愁，走入歷史。我有幸在難得機緣下，與這位現代文學歷史中鏗鏘有聲、並將佔有一席巍峨之位的人物短暫相處了數日，於某個時空下因緣相會。書店與報社裏或坐或站或蹲踞的瘋狂人潮畫面、山清水秀風和日麗的漢亭頓博物館、地理文學遊蹤及噴射推進實驗室的太空天文探索之行，十年過去了，這些景象與人物猶歷歷在目。初春夜裏，異鄉大都市一隅，燈火通明沸沸揚揚的中文書店裏，那一聲聲「風也聽見／沙也聽見……醒也聽見／夢也聽見……」的滿室詩誦語音，似乎至今依舊迴盪不止。〈不流之星〉一文中，詩人記述一次觀流星體驗，寫道：「這一刻卻輪到了我，來仰對初冬肅穆的高穹。全宇宙神祕的光彩……此刻卻不約而同，都趕到我的睫間。全宇宙億兆的星球，竟都納入了一球渺小，像我忙碌的瞳孔。不知道這是否造化有意的安排，或許，永恆也不過如此。」

星子般璀璨光亮的歲月，永恆也不過如此。雖然詩人已遠行，在他開創的朗朗文學與美麗詩歌世界裏，他的身影未曾離開。

——原載二〇一八年三月北美華文作家協會官網紀念余光中專輯

曉亞，畢業於臺灣大學國貿系，赴美進修獲企管碩士學位，曾任臺灣報社政治記者、美國雜誌社主編。已出版《如花世界》、《美國學校酷寶貝》、《曾經有座城》、《親子快樂禪》、《轉個念，心讓世界大不同》等散文集及短篇小說集十種，於美國《世界日報》、《星島日報》、臺灣《人生雜誌》等報刊撰寫專欄多年。作品兩度獲僑聯總會海外華文著述獎散文類首獎、臺灣優良出版品獎，並獲選入《美國華文作家作品百人集》、《美國華人名家散文精選》、《圓作家大夢》等文選。

天涯此時同一哭：哀悼詩人

辛金順

在我心中，能真正被稱為詩人者，其實極少極少，余光中先生是極少極少數中的一個。

我開始讀臺灣現代詩，是從余先生的《隔水觀音》和楊牧的《有人》開始，後來才大量延伸閱讀了余先生其他詩集、散文集和評論。余先生鎔鑄古典與現代的詩作，與典雅求新求異，豪健卻不失其余氏幽默的散文，是我在八〇年代中，最美好的文學精神糧食，以及在某種意義上而言的現代文學啟蒙。

一九九二年十二月中，那時剛抵臺灣不久，就獨自到中山大學找余先生做訪問，余先生那時很高興的聊及他對古典詩詞，尤其杜甫、蘇軾和陸遊作品的追慕，他精神奕奕的，隨談隨背了這些詩人的詩句，那麼熟爛到完全不用思考。我那時想，古典中國才是詩人的精神故鄉。

兩小時多談下來，余先生滔滔不絕的話語，博學與超強的記憶力，讓我相當驚服。然而讓我更驚服的是他的親和，完全沒有架子。他對馬來西亞來的學生，多少有比別人更貼心的親近，或許是來自於其父親曾經在馬來西亞（馬六甲和麻坡）教過一段時間的書有關吧？我那時心裏如是想著。

談話結束前，他問我有沒有想到轉去外文系。我那時忘了怎麼回答，只是覺得念中文和外文對我沒有太大差別。然而要過了很多年，才知道中文系的古墓系統，以及那些古墓派傳人的厲害。

往後，有兩次因新加坡朋友所託，請余先生寫稿給《錫山文藝》，余先生兩次都寄了兩首詩來支持，這是很難得的事。最後一次看到余先生，是在臺南《中華日報》總社，那時他在那邊演講，結束後，我同樣受朋友所託，拿稿費給他，也閒聊了幾句，此後，就沒再見過他了。

沒再見過他，卻偶爾可在報紙副刊上看到他的詩稿。其實，自他出版那一本告別香港之作《紫荊賦》後，我已經很少再讀他的作品了，即使他後來出版的一些詩集，仍然每一本都有買來收存，然而卻只翻了一下，就擱在一邊，很少仔細閱讀，更甭談上研究。倒是他那雋永的散文，卻讀了不少。

有次在研究所某臺灣文學研究課堂上，某老師提及余先生後來寫一系列臺灣本土景象和瓜果的詩，缺乏了本土內在的精神，是空泛的意義指向之作。我那時有點不以為然，知道那論述背後，有其政治意識型態和位置的問題，外省籍成了臺灣文學的原罪，在那時已見端倪。

一如某次，從報端讀到余先生在高雄市文藝獎頒獎典禮上，被一位張姓極端本土主義者不斷大喊「狼來了，狼來了」的鬧場新聞，而不覺心寒齒冷。我當然知道一九七七年所掀起的鄉土文學論戰始末，一句「工農兵」文學以及其背後所牽連的恩怨，但在特殊時代情境和文學脈絡下，卻被政治意識扭曲成人格的完全抹殺，文學成就的詆毀，無疑是件讓人難過的事。但在這方面，卻從未看到余先生公開辯解，或許，所有的辯解都無關緊要。畢竟文學事，文學解決，一切都將會在文學史中見個清白。

前兩年，余先生獲得花蹤「世界華文文學獎」，這對他而言，也只是錦上添花的事。到此刻，獎項或許對他已經不是那麼重要了，但他卻還是千里迢迢來此領獎，這也顯見出了他處處為人體貼的一面。

如今詩人往矣，典型卻在，是的，其詩其人，深深的記在我的心裏。

（昨晚剛好在閱讀臺灣文學館編纂的《臺灣現當代作家研究資料彙編．余光中》，今日下午三點多醒來，看到《中國報》編者明標來訊，說余先生過世了，《中國報》星期日要做個專輯紀念他。搜尋FB，才確定余先生真的去了。因此，寫下此文，哀悼一個我曾經追慕的詩人。）

——原載二〇一七年十二月十七日《中國報》

辛金順，國立中正大學中國文學博士。曾任教於臺灣國立中正大學和南華大學、馬來西亞拉曼大學中文系等。曾獲新加坡方修文學獎新詩和散文首獎、馬來西亞海鷗文學獎新詩首獎和散文特優獎、時報文學獎新詩首獎、臺北文學獎新詩首獎和散文優選獎及梁實秋散文獎等；曾出版詩集《說話》、《注音》、《時光》、《詩／畫：對話》、《詞語》等十一本；散文集《月光照不回的路》、《家國之幻》等五本；論文專著《中國現代小說的國族書寫——以身體隱喻為觀察核心》等三本。

十二月十四日中午

周梁泉

二〇一七年十二月十四日中午。

先生走的時候，我正在文學館裏為臺盟中央的客人講解鄉愁。中午十二點多客人離開後，我收拾一下，然後騎著摩托車匆匆往家裏趕，因為一點三十分還有一批金門縣議會的客人來訪。途經亞洲酒店時，手機響了，我以為是金門客人提前到了，趕緊停車，沒想到竟是一位香港文友傳來了先生已走的噩耗。我的淚水開始洶湧，完全看不見前方的路，就在路邊哭了起來。一點三十分時，金門客人的電話來了，我只好哽咽著說：「對不起，今天我確實無法為您們講解了……」這是我自開館以來唯一不能講解的時候。

淚水一直無法停下來，我只好沿著桃溪慢慢地往家走，心裏總在想著先生與國家，先生與永春，先生與文學館，先生說的「桃溪水流過的地方，就是我的故鄉」，總在後悔著一直未能騰出身來前往先生家中深造鄉愁……

兩年又一個月零六天沒見到先生了。

清楚地記得認識余光中是在三十年前的大學時代，那是我是福建師大的文學青年，曾身兼《閩江》主編、長安文學社社長數職，創辦於福州的《臺港文學選刊》、《中篇小說選刊》每期必讀，因為先生是《臺港文學選刊》的常客，鄉愁便悄悄地進入了我的心田，一種敬仰、自豪之情油然而生，因為先生是永春人。

畢業之時，由於種種原因，我回到了最偏僻的山村任教，但我的心情是快樂的，工作是投入的，現在回想起來，就是由於鄉愁已根植我心，因為永春是我的家鄉。

第一次見到先生是在二〇〇三年秋，先生回家了。那時候我已是縣文化館唯一的文學幹部，自然跑前跑後，不亦樂乎。記得先生最喜歡手捧著蘆柑拍照，上車時還將那綠油油未成熟的蘆柑帶在身邊，說要帶到臺灣去，可以天天看。先生果真在第二年給我寄來了一首詩：

永春蘆柑

一對孿生的綠孩子
鄉人送來我手中
圓滾滾的肚皮
釀著甜津津的夢

夢見天真的綠油油
熟成誘惑的金閃閃
把半山的果園

烘成暖洋洋的冬天

向山縣慷慨的母體
用深根吮吸乳香
爬上茂枝密葉
向高坡索討陽光

輕的變重，酸的變甘
直到脹孕的果腹
再包也包不住
蠢蠢不安的瓤瓣

於是村姑上梯來
來采滿筐的金果
去滿足渴望的饞客
安慰焦喉與燥舌

二〇〇四年八月五日

先生在文末還寫上了我的姓名、單位、電話號碼，讓我十分感動。我在想，先生不僅把那對蘆柑帶到了臺灣，還一直珍藏著哩。

先生十四年前這次原鄉行，對永春文化進步的幫助是革命性的。先生十分關注家鄉的文學藝術，詳細地問了許多相關情況，勉勵我將已停刊十七年之久的《永春文藝》復辦起來。還親筆題了「創作不絕，中文永春」贈予尚未復刊的《永春文藝》。在先生的鼓勵下，作為一名普通館員的我克服了種種困難，在各界人士的幫助下，幾個月後復辦了《永春文藝》。十幾年來，四百多萬字永春人自己的作品成功面世，無愧於先生「創作不絕，中文永春」的殷切期望。

二〇一〇年，永春走到了急需轉型的時刻。財政近三分之一靠煤炭，由於污染，由於資源有限，顯然不可持續。由於地處晉江上游，工業發展受到限制，唯有以文化帶動旅遊才是生存發展之道。

靠什麼文化品牌來聚人氣？在那城鎮化建設的年代，在鄉愁詩人的故鄉，我們自然而然地想到了鄉愁。於是，「鄉愁之路」從鄉愁故里開始了：從一首詩到一齣戲，到一個館，到一片園……

這其中，先生當然功不可沒。

總記得先生在交響詩劇的創作過程中就親筆題了劇名，這是一種何等的信任；總記得先生撥冗在香港的旅館裏一口氣看完了一百二十分鐘彩排錄影，連連點頭；總記得先生專程回來觀看演出，並鼓勵我們說：「當年福建三百萬人到臺灣，很多人下南洋，該劇到那些地方演出，會引起很大的共鳴。」

總記得在文學館奠基的時候先生回來了，「永春縣用這麼好的地蓋文學館，而且以我來命名，我覺得非常榮幸。」總記得文學館大樓框架完成時先生回來了；總記得先生親自回來指導布館工作，「我的〈鄉愁〉布館時可以用鼎新堂還有後面的五棵荔枝樹為背景圖」，「關於文學館，凡我能做的，我都將去做」；總記得先生捐贈了四百多張手稿、五百多本書，還有價值千萬的他堂叔余承堯的名畫，連大學錄取通知書、工資證明都捐出來了；總記得開館前一天，八十八高齡的先生在館裏花了近三個小時的時間給我們細細講解鄉愁，總記得先生指著自己的手繪地圖說：「你看，我把永春畫得和泉州廈門一樣大的。」並親筆題寫「文學有家，作家之幸」；總記得先生近兩年因年事已高行動不便，便委託高雄中山大學的同事悄悄過來文學館看看，回去後再向他詳細描述；總記得我們上個月在永春最高的山上舉辦鄉愁詩會為先生祝壽，先生第一時間就委託二女兒余幼珊教授發來賀信；總記得先生常嘮叨：我的父親余超英，四十幾年間，只要有永春人到我家裏，一定趕回家親自下廚，無一例外，所以永春是我的父鄉；總記得先生說：桃溪水流過的地方，就是我的故鄉，我一定不會忘記……

回到家鄉的遊子總像孩童。總記得先生二〇〇三年原鄉行時，對著記者說「小時候我最喜歡爬屋子後面的荔枝樹」，先生小時候的玩伴、比先生大三歲的余江海心直口快：「你小時候很膽小的，總要我帶。」十幾年過去了，兩位老人還在為這件「小事」較真著，總在我面前堅持著自己將近一個世紀之前的記憶。其實先生說的本沒錯，「最喜歡」與「爬」本是兩個概念。或許他們兩人都不敢肯定自己記憶的真實了。開館前先生特地寫了篇〈五株荔樹〉：「也許小時候我曾經攀過，余江海卻說，他不記得了，但記得這一排五株高樹，他真的陪我冒險爬過……」還交代我們要放在館裏較為顯眼的位置。先生走了，余江海也終於改口了：「光中爬樹比我厲害，爬得很高，手腳很好，沒有摔下來過。他還喜歡坐在石磨上，我就幫他推……」

總記得開館前一天，先生和他「百分之百的妻子，百分之五十的女兒」一起和塑像玩了半小時，輪流、組合地擺各種姿式拍照，先生說：連筋脈的走向都一模一樣……

總記得先生常說：鄉愁的內涵很多很多……

先生走在我們的萬畝鄉愁園啟動之後，我想，先生走時應是無憾的。

將鄉愁進行到底，就是對先生最好的紀念。

周梁泉，余光中文學館負責人。國獎作品・交響詩劇《鄉愁》創意・演出總監，中國中鄉電視臺二十六期動漫連續劇《永春白鶴拳之五色羽傳奇》主創人員・監製，中國華藝十集紀錄片《祖地》主演，福建省二〇一七年百場社會科學專題報告會報告人，民盟福建省文化委委員、民盟泉州市文化委員副主任、永春縣作家協會主席。

余光中蓋棺芻議

龔剛

余光中的文學成就豈止於〈鄉愁〉？鄉愁豈止於家國？未聞海德格爾所謂還鄉乃詩人天職之論乎？我在〈哲性的鄉愁〉一文中指出，鄉愁有三種，哲性鄉愁乃終極鄉愁，是對精神家園的嚮往、追尋。有人以鄉愁為毒藥，甚而炮製出「余光中難題」之說，頗有屍骨未寒、秋後算帳之肅殺。其實，上世紀七〇年代之鄉土文學論爭背景複雜，觸及中華意識與本土化之糾結，不易定論，若告發陳映真一事屬實，當然是「污點」，但以此一節而欲否定其人其文，則與酷吏何異？

以余光中詩、文、學、藝之綜合成就，可稱大家。其詩作動人者甚多，如〈唐馬〉、〈尋李白〉、〈民歌手〉、〈母難日〉之類，皆超越時代而動人心。其平生行狀，詩藝短長，自當平心而論。天下無完美之人，請人上神壇，何異樹鵠的而引眾矢？

好多先鋒派自以為比余光中高明，但大家廣為記誦的詩裏，余詩占了不少。先鋒派們忘了詩以情動人、以詩性智慧照亮生命的本質。

福柯解構過懷舊，有人害怕鄉愁。對我而言，形象大於思想，好詩不受概念左右。文化研究的弊端在於，誤以為讀懂了政治（宏觀或微觀），就讀懂了文學。

二〇〇九年冬，臺灣史學家汪榮祖教授邀我赴桃園出席「錢鍾書教授百歲紀念國際學術研討會」，有幸與余光中、葉嘉瑩、《管錐編》英譯者艾朗諾（Ronald Egan）、《圍城》德譯者莫芝宜佳（Monika Motsch）等同座論學。

是日寒風襲臺，余光中先生頭戴小帽，侃侃而談，聲音不高，語調不急，純以內在的詼諧與機鋒取勝，細聽細品，極為過癮。

余光中在談話中評論了錢鍾書的小說《人·獸·鬼》和《圍城》，認為他以散文家的筆法加上戲劇家的對話來刻劃人物，諷喻世情，活潑生動，堪比英國的菲爾丁、王爾德，又像《唐璜》作者拜倫，夾敘夾議，就像引人入勝的說書人。

余光中本人的諸多談藝衡文、品評人生之作，淵博風趣，引人入勝，頗有錢鍾書之風，也是說書人的路數。

——原載二〇一七年十二月十九日《澳門日報》

龔剛，筆名夢堂、閑農，一九九四年起於北大比較文學研究所攻讀碩士、博士，後於清華哲學系從事博士後研究，現任澳大南國人文研究中心學術總監、中文系博導，兼任揚州大學講座教授、《外國文學研究》編委、《澳門人文學刊》主編、澳門中國比較文學學會會長。主要研究方向：中國現代文藝思想史；倫理敘事學；比較詩學。著有《錢鍾書與文藝的西潮》、《現代性倫理敘事研究》、《中西文學輕批評》及《乘興集》等，主編有《澳門人文社會科學研究文選．文化藝術卷》。

我恨那搖喪鐘的海神

——遠悼余光中先生

梁白瑜

「余老，您醒醒！」

您睜開緊閉的雙眼，如初醒的孩童般看了看我看了看四周。——我可是擾了您的清夢嗎？可，我不願您如此沉睡如此不醒。

「海神每小時搖一次喪鐘。」您微微一笑，輕輕說，說得相當安詳。比〈鬼雨〉中，一次次寫下這句話時安詳許多。——如今的您或許已見到那只有三天生命的兒子和曾經護著您躲避炮火的母親了。

可是，我恨那搖喪鐘的海神！

去年今日（二〇一六年十二月十六日），我到高雄看您，您依舊穿著經典款背帶格子褲，依舊清清瘦瘦，——只是，似乎更顯瘦了一點。

「您老很帥啊！只是好像瘦了一點。」我沒大沒小地跟您說話，您回我予溫暖的笑容。您知道啊？您在燈下一筆一畫寫著「和光公益書屋　余光中二〇一六年十二月十六日」時，我有多感動。為了一個小小的我，為了一個尚未成形的小小書屋，您竟贈我如此厚禮！

轉眼到了今年的十二月。我恨今年的十二月，尤其恨十四日那截斷一切的「病逝」。隔著海峽，我只能一遍遍痛哭，一遍遍追憶。

二〇一五年九月到十一月，您三月兩還鄉，為的是位於桃溪岸畔的這座以您的名字為名的文學館。而我也正是因這座館與您結下厚緣。那是九月，我第一次來到余宅，您遞給我幾張手稿，跟我說：「小梁，這些可以帶回去。」太重了！這份囑託太重，我抖著手，接過。

「白瑜嗎，我是余光中。」十月，突然接到您的電話，最後您說，「謝謝！」您的這聲謝，令我不僅手抖，心都抖了一下。在「文字魔術師」面前，我的文字該有多稚嫩啊，您卻一點也不嫌棄。不僅不嫌棄，還呵護有加。「小梁對我是了解的。我放心。」您每次跟旁人這樣說的時候，我都假裝沒有聽見，因為作為後學晚輩，哪裏夠得上了解您，您的呵護是贈予我的大恩德。

余老，您還記得嗎，我懇請您畫的地圖嗎？您一定記得。二〇一五年十一月七日，文學館開館的前一天，您走到那幅地圖前，特意指著大大的「永春」二字，樂呵呵地說：「在這裏。」哈，又調皮了！看看，圖上，與「永春」字型大小字體一樣的都是大城市的名。如此不守規矩地將心意真實地表達是頑童才敢有才能有的不拘。

「白瑜，這是楊惠姍老師的作品。是我們一家人送給您的。」那天，幼珊姊把我叫到房間，送我一方青綠通透的琉璃——「龍展千秋」。我不懂琉璃，也不認識楊惠姍，我只懂得您與家人予我的厚愛。

——誰曾想，兩年前的那一趟返鄉會是最後一趟！您還沒有回來看看和光公益書屋呢？您還沒有來閩臺緣看看我呢？

——誰曾想，一年前的那次見面會是最後一面！三個月前，我才剛剛收到您郵來的光碟《詩情樂韻——余光中》。看著畫面上的您，聽著您朗誦，總想著下一回要到現場去聆聽。

「當我死時，葬我，在長江與黃河之間，枕著我的頭顱，白髮蓋著黑土……」您說著，閉上了雙眼。

余老先生，安息吧！我知道您定已化身為隨意暢遊舊大陸新大陸的詩人，化身與李白同遊高速路的好友，化身繆思的座上賓，化身燧人氏的神火。

——原載二〇一七年十二月十八日《泉州晚報》

梁白瑜，中國閩臺緣博物館文博館員、和光公益書屋發起創辦人之一、余光中文學館布館大綱主筆人。

「與永恆拔河，還沒有輸定」

——追憶余光中

孫茜

二〇一七年十二月十四日中午，聽到了余光中先生逝世的消息。作為今年剛出版的余先生自選自譯詩集《守夜人》（江蘇鳳凰文藝出版社二〇一七年三月版）的責任編輯，外加南京人，中文系，母親四川血統，對蒲公英的情愫等等，這些千絲萬縷的聯繫一瞬間編織成網，把我捲裹其間，喘不過氣來。

那天下午，我在焦灼不安與渾渾噩噩中完成了《守夜人》的圖書加印等事情。忙完離開辦公室，外面已是徹底的夜，十二月底南京的典型氣候，下了一天的冰雨，讓我的暈眩焦灼稍稍冷卻。寂靜的冷雨裏，陡然想起了余先生的《聽聽那冷雨》。他看過聽過寫過很多的雨，陪我一起送別他的，也是雨。

去年初拿到《守夜人》出廠樣書後，我埋頭在辦公室寫了編輯手記〈受不住永恆，守一個緣分〉，當時也是覺得與他有緣，這些心境如果不記錄下來，會隨所有回憶漸次褪色淡漠，那樣的話，必定是我莫大的遺憾。我不是詩歌愛好者，對於寫詩的人心存敬畏，編輯生涯十餘年，這是我編的第一部詩集，不可思議地又一次經歷了新手期的誠惶誠恐，唯恐貽笑大方。但對於余光中，卻是再熟悉不過，他是文壇長者，少年時成名於〈鄉愁〉，後斬獲各大文學重要獎項，早已是詩文界的泰斗。學生時代讀他的詩歌雖不算多，讀他的散文卻一發不可收拾——因為實在是好看，文字雅致犀利，信息量大又不失幽默，讀來過癮。讀他的文如與智者並肩促膝而談，他親切隨和，又優雅風趣；讀他的詩則不自覺便置於旁觀和仰視的角度：詩歌是他的王國，他自己先沉醉其中，再把讀者和聽者帶入。詩意與詩性仍是他的，卻感染到你，觸發到你。我自己有些惋惜的是，提到余光中，大家的第一反應依然是那首數十年前的〈鄉愁〉，事實上，他不同時期優秀的詩歌數不勝數，中後期的很多詩歌，也許是因為對中西文化精髓的咀嚼與參悟，更具張力和力度，對人生和社會的思考更為深沉與通透。

去年十月二十一日，我們還剛剛給詩人隔空過了九十歲生日——出版了他的詩集《風箏怨》，一部他自稱「寫給妻子」的詩集——「我是要收線的，這只風箏放得太遠了」。我的同事還在去年夏天專赴臺灣高雄，前往余先生家裏探訪了先生和妻子范我存。二位老人精神矍鑠，和來自家鄉的訪客海闊天空地聊詩歌聊文學，談故鄉的趣事，孩子般神采飛揚。往事如電影的蒙太奇片段交疊拼接，「鄉愁」沒有隨著時間而稀釋，反而被濃縮成一顆種子，在心底生根發芽。

二〇一六年八月確定要出版余光中自選集後，原本以為先生會把原先在臺灣出版的繁體版自選集《守夜人》（二〇〇四年）直接交於我們出版，卻沒想到先生自己堅持要做一本「全新的自選集」，依然命名為《守夜人》。為了不耽誤出版進度，在病床上便開始從自己浩如煙海的詩歌中重新編選，修訂，分輯；訂了選目，再把尚無英譯的詩歌重新翻譯出來——連中英文版的注釋都重新梳理、更新、校訂。當時余先生身體已不太好，但一個月後還是陸續交來了稿件，除了一首〈江湖上〉的英文沒有譯好。二〇一六年十月底，我把缺了一首英文詩的校樣發給余先生。十一月，余先生發來一份幾乎每頁都有手寫改動的修改校樣，並補上了那首新翻譯的〈江湖上〉，還應我們的要求，欣然為新版《守夜人》一筆一畫寫下序言，題寫書名，還把繁體字版的兩版序言重新修訂，一併收入書中，灑脫地寫下「這第三版該是最新的也是最後的《守夜人》了」這樣的句子。十二月，三校樣改完，郵件發給余先生，余先生當時病重在床，無法看字，是讓家人把改動處讀給他聽，他點頭首肯的。二〇一七年三月，簡體字版《守夜人》出版。

我沒有面對面地與先生對過話，因詩文結緣，又像是與他相識很久。今晚，再次拿起案頭的《守夜人》，第N加一遍地默讀，每一首詩，都有了新的聯想。

〈半途〉寫於二〇一四年，也是被先生選入《守夜人》裏的最後一首。「與永恆拔河，還沒有輸定／向生命爭辯，也未必穩贏／……光陰的回廊／一瞥可驚，有自己的背影／……聖人說到七十就為止／只為更遠他未曾親歷／而我到此八秩有七了／有一天醒來會驚對九旬／行百里者，果真，九十是半途」。

如先生所說，「詩興不絕則青春不逝，並使人有不朽的幻覺」。那麼，這種幻覺會一直持續下去，與永恆的拔河，也將持續下去。

——原載二〇一八年一月十二日《中華讀書報》

孫茜，南京師範大學現當代文學碩士，副編審。先後就職於譯林出版社、仙那都（英國）出版公司，現任江蘇鳳凰文藝出版社圖書拓展部主任。自二〇〇〇年起在各類報刊及網路陸續發表書評、影評、人物誌及雜文等，為《中華讀書報》、《女友》、《新民晚報》等長期供稿，曾合著八零後訪談錄《雜發生色》。

二〇一六年，擔任余光中自選集《守夜人》簡體字版策畫及責任編輯。

九　歌　文　庫　1　2　9　3

聽我胸中的烈火
——余光中教授紀念文集

國家圖書館出版品預行編目（CIP）資料

聽我胸中的烈火：余光中教授紀念文集 / 李瑞騰主編. -- 初版. --
臺北市：九歌，2018.10
面；　公分. --（九歌文庫；1293）
ISBN 978-986-450-211-0（平裝）

855　　　　107014915

主　　編——李瑞騰
執行編輯——鍾欣純
創 辦 人——蔡文甫
發 行 人——蔡澤玉
出版發行——九歌出版社有限公司
臺北市八德路3段12巷57弄40號
電話 / 25776564 傳真 / 25789205
郵政劃撥 / 0112295-1

九歌文學網　www.chiuko.com.tw

印　　刷——晨捷印製股份有限公司
法律顧問——龍躍天律師・蕭雄淋律師・董安丹律師
初　　版——2018年10月

定　　價——450元
書　　號——F1293
I S B N——978-986-450-211-0